30
ANOS

GIGANTES ADORMECIDOS

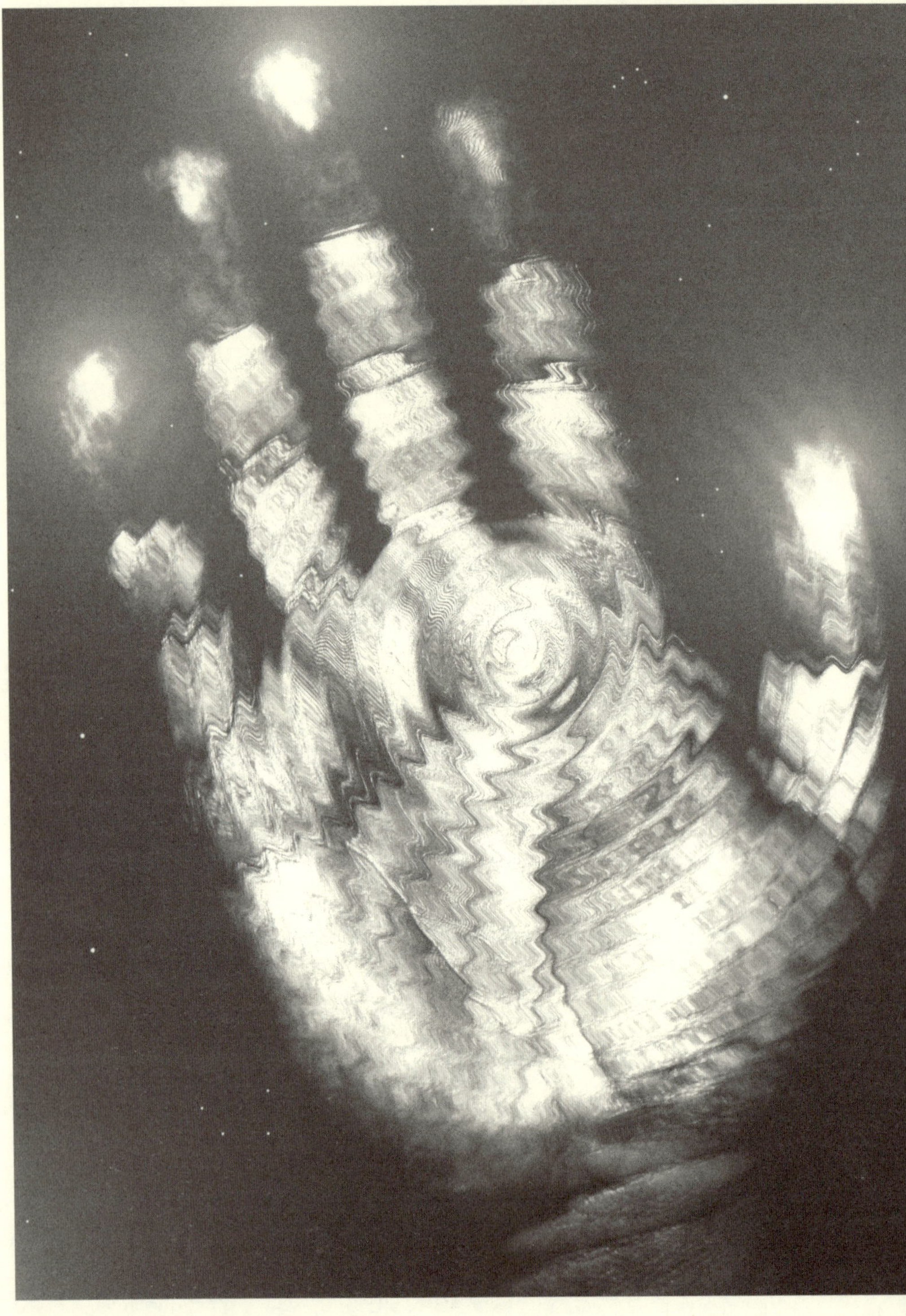

SYLVAIN NEUVEL

GIGANTES ADORMECIDOS

LIVRO 1 DOS ARQUIVOS TÊMIS

TRADUÇÃO MICHEL TEIXEIRA

SUMA de letras

Grafia atualizada segundo o Acordo Ortográfico da Língua Portuguesa de 1990, que entrou em vigor no Brasil em 2009.

Título original
Sleeping Giants

Capa
James Andrew Rosen

Preparação
Gustavo de Azambuja Feix

Revisão
Renata Lopes Del Nero
Angela das Neves

Dados Internacionais de Catalogação na Publicação (CIP)
(Câmara Brasileira do Livro, SP, Brasil)

Neuvel, Sylvain
Gigantes adormecidos : Livro 1 dos arquivos Têmis / Sylvain Neuvel ; tradução Michel Teixeira. – 1ª ed. – Rio de Janeiro : Suma de Letras, 2016.

Título original: Sleeping Giants.
ISBN 978-85-5651-012-9

1. Ficção científica 2. Ficção norte-americana I. Título.

16-03548 CDD-813

Índice para catálogo sistemático:
1. Ficção : Literatura norte-americana 813

[2016]

EDITORA SCHWARCZ S.A.
Rua Cosme Velho, 103
22241-090 — Rio de Janeiro — RJ
Telefone: (21) 2199-7824
Fax: (21) 2199-7825
www.objetiva.com.br

À Théodore.
Maintenant, on va t'apprendre à lire… et l'anglais.

PRÓLOGO

Em meu aniversário de onze anos, meu pai me deu uma bicicleta nova de presente. Era branca e rosa, com fitinhas no guidão. Fiquei doida para sair pedalando, mas meus pais não queriam que eu saísse enquanto meus amigos estivessem em nossa casa. Só que não eram exatamente meus amigos. Nunca fui boa nesse negócio de fazer amizades. Eu gostava de ler, de passear pelo bosque e de ficar sozinha. E sempre ficava meio deslocada perto de outras crianças da mesma idade. Então, quando eu fazia aniversário, meus pais convidavam os filhos dos vizinhos. Eram muitos, e eu mal sabia o nome de alguns deles. Mas foram legais e trouxeram presentes. Por isso fiquei, soprei as velinhas, abri os pacotes e sorri muito. Não me lembro de quase nada do que ganhei, porque só conseguia pensar em sair pedalando aquela bicicleta. Já estava quase na hora do jantar quando todo mundo foi embora, e eu não queria esperar mais nem um minuto. Já, já estaria escuro, e meu pai só me deixaria sair de casa pela manhã.

Saí de fininho pela porta de trás e pedalei o mais rápido que pude até chegar ao bosque no final da rua. Só fui diminuir o ritmo dez minutos depois. Talvez já estivesse escuro demais para aproveitar, então comecei a pensar em dar meia-volta. Talvez fosse só o cansaço. Parei por um minuto, ouvindo o vento arrastando os galhos caídos no chão. Já era outono. A floresta havia se transformado em um cenário multicolorido, deixando as encostas ainda mais profundas. Em um instante, o ar ficou úmido e frio, como se a chuva estivesse chegando. O sol estava se pondo e o céu acima das árvores tinha um tom rosa igualzinho ao das fitinhas do guidão.

Ouvi um estalido atrás de mim. Talvez fosse uma lebre. Alguma coisa atraiu meu olhar para o fundo do vale. Larguei a bicicleta na trilha e comecei a descer devagar, afastando os galhos do caminho. Estava difícil de enxergar, pois as folhas ainda não tinham caído. Mesmo assim, dava para ver um estranho brilho turquesa vazando pelos ramos. Não dava para ter certeza de onde vinha. Não era o rio, que eu conseguia ouvir ao longe. A luz estava muito mais próxima e parecia vir de toda parte.

Cheguei à base da colina. Foi então que o chão desapareceu sob meus pés.

Não me lembro de muita coisa depois disso. Fiquei desmaiada por horas a fio e, quando recobrei a consciência, o sol estava nascendo. Meu pai estava uns cinco metros acima de mim. Dava para ver os lábios dele se mexendo, mas eu não conseguia ouvir nada.

O buraco era um quadrado perfeito e tinha o tamanho da nossa casa. As paredes, escuras e lisas, emitiam uma luz turquesa, linda e brilhante, por entalhes complexos. A luz brotava de praticamente tudo que estava ao meu redor. Tateei à minha volta. Eu estava deitava em um leito de terra, pedras e galhos partidos. Embaixo de tudo, estava uma superfície ligeiramente curvada, suave ao toque, porém fria, como se fosse algum tipo de metal.

Eu não tinha reparado antes, mas também havia bombeiros acima de mim, rondando o buraco com seus uniformes amarelos. Uma corda caiu a alguns metros da minha cabeça. Em pouco tempo, fui amarrada a uma maca e içada até a superfície.

Meu pai preferiu não tocar mais no assunto. Quando eu perguntava em que tinha caído, ele encontrava maneiras cada vez mais espertas de explicar o que era um buraco. A campainha só tocou de novo uma semana depois. Pedi que meu pai atendesse, mas ele não me respondeu. Desci as escadas correndo e abri a porta. Era um dos bombeiros que me tirara do buraco. Ele tinha feito algumas fotos e imaginou que eu gostaria de ver. Com razão. Ali estava eu, uma coisinha no fundo de um buraco, deitada de costas na palma de uma gigantesca mão de metal.

PARTE 1

PARTES DO CORPO

ARQUIVO Nº 003

ENTREVISTA COM A DRA. ROSE FRANKLIN, PH.D., CIENTISTA SÊNIOR, INSTITUTO ENRICO FERMI

Local: Universidade de Chicago, Chicago, Illinois, EUA

— Qual o tamanho da mão?

— Tinha 6,9 metros, embora parecesse muito maior para alguém de onze anos.

— O que você fez depois do que aconteceu?

— Nada. Não falamos muito sobre o assunto depois. Fui para a escola todos os dias, como qualquer criança da minha idade. Ninguém da minha família fez faculdade, então sempre me estimularam a continuar estudando. Acabei me formando em física.

"Já sei qual é a próxima pergunta, mas, se eu dissesse que me interessei por ciência por causa da mão, estaria mentindo. Sempre fui boa em ciências. Meus pais perceberam a minha aptidão quando eu era bem novinha. Ganhei meu primeiro kit de ciências quando tinha uns quatro anos. Era um desses kits de eletrônica. Dava para fazer um telégrafo, ou coisa assim, encaixando os fios em molinhas de metal. Acho que teria feito exatamente o que fiz mesmo se tivesse obedecido ao meu pai e ficado em casa naquele dia.

"Enfim, terminei a escola e continuei fazendo a única coisa que sabia fazer. Estudar. Você precisava ter visto a cara do meu pai quando soube que eu tinha passado na Universidade de Chicago. Nunca vi alguém tão orgulhoso em toda a minha vida. Nem se ganhasse um milhão de dólares, ele ficaria tão feliz. Acabei sendo contratada pela universidade depois de concluir meu ph.D."

— Quando foi que você reencontrou a mão?

— Não reencontrei porque não estava procurando por ela. Acho que posso dizer que, depois de dezessete anos, foi ela que me encontrou.

— O que aconteceu?

— Com a mão? O Exército isolou o local logo após a descoberta.

— E quando isso aconteceu?

— Quando eu caí. Oito horas depois os militares entraram em cena. O coronel Hudson, acho que era esse o nome dele, ficou responsável pelo projeto. Ele era da região, então conhecia quase todo mundo. Acho que jamais esbarrei com ele, mas quem o conhecia falava muito bem.

"Li o pouco que sobrou das anotações do coronel, a maior parte tinha sido redigida pelo Exército. Nos três anos em que esteve no comando, o maior interesse dele sempre foi descobrir o significado dos entalhes. A mão propriamente dita, que costuma ser chamada de 'artefato', é mencionada de passagem e poucas vezes, uma prova de que os construtores daquela câmara, seja lá quem forem, tinham um sistema religioso muito complexo. Acredito que o coronel sabia muito bem o que queria."

— E o que seria?

— Não faço ideia. Hudson era um militar de carreira. Não era físico nem arqueólogo. Jamais estudou algo que tivesse qualquer relação com antropologia, linguística ou outra disciplina que pudesse ter qualquer utilidade para a situação. Qual fosse a noção preconcebida do coronel, deve ter tido origem na cultura popular, em filmes como *Indiana Jones* ou algo parecido. Para sorte dele, estava cercado de profissionais competentes. Ainda assim, deve ter sido estranho estar no comando e, na maior parte do tempo, não fazer ideia do que estava acontecendo.

"O que me fascina é o esforço que fizeram para refutar as próprias descobertas. A primeira análise indicou que a construção deveria ter cerca de três mil anos. Como aquilo não fazia sentido para eles, tentaram fazer a datação com carbono do material orgânico encontrado na mão. Os testes mostraram que era muito mais antigo, tinha entre cinco e seis mil anos."

— E isso foi surpreendente?

— Dá para dizer que sim. É preciso entender que isso contraria tudo o que sabemos sobre as civilizações americanas. A mais antiga civilização conhecida fica na região de Norte Chico, no Peru, e a mão parece ser pelo menos mil anos mais antiga. Mesmo que não fosse, é bastante óbvio que ninguém carregaria uma mão gigante da América do Sul até Dakota do Norte. Além disso, civilizações tão avançadas só surgiriam muito tempo depois na América do Norte.

"No fim das contas, a equipe do coronel disse que a datação por carbono foi contaminada pelo material que estava ao redor. Após alguns anos de pesquisas esporádicas, concluíram que o sítio tinha mil e duzentos anos e era um templo de adoração para algum ramo da cultura mississippiana.

"Li e reli os documentos muitas e muitas vezes. Não existe nenhuma prova que sustente essa teoria. Só o fato de fazer mais sentido do que qualquer outra conclusão baseada nesses dados. Se tivesse que dar um palpite, diria que o coronel Hudson não viu interesse militar na descoberta. É bem provável que estivesse insatisfeito ao ver sua carreira atolar aos poucos em um laboratório de pesquisas subterrâneo e quisesse encontrar logo uma explicação, por mais estapafúrdia que fosse, só para se safar dali."

— E conseguiu?

— Sair? Demorou pouco mais de três anos, mas conseguiu. Ele teve um derrame enquanto passeava com o cachorro e entrou em coma. Morreu algumas semanas depois.

— E o que aconteceu com o projeto depois da morte do coronel?

— Nada. Absolutamente nada. A mão e os painéis ficaram juntando poeira em um depósito durante catorze anos, até que o projeto saísse da responsabilidade dos militares. Foi então que a Universidade de Chicago assumiu a pesquisa com recursos da NSA, a Agência Nacional de Segurança, e, no fim das contas, acabei com a missão de estudar a mão em que eu tinha caído quando era criança. Não acredito nessas coisas de destino, mas me limitar a dizer "como o mundo é pequeno" também parece pouco.

— Por que a NSA se envolveu em um projeto arqueológico?

— Eu sempre me faço essa pergunta. Eles patrocinam vários tipos de pesquisa, mas essa parece estar fora da área de interesse da agência. Talvez estivessem interessados na linguagem para criptologia ou no material de que a mão é feita. Seja como for, o orçamento foi bastante generoso, por isso preferi não fazer muitas perguntas. Deixaram uma pequena equipe à minha disposição para trabalhar com a parte científica propriamente dita, depois passamos tudo para o departamento de antropologia. Como o projeto ainda era considerado absolutamente confidencial, fui transferida para um laboratório subterrâneo, assim como meu antecessor. Acredito que tenha lido meu relatório, então o resto não é novidade.

— Li, sim. Você entregou o relatório em apenas quatro meses. Muita gente consideraria isso um tanto precipitado.

— Era um relatório preliminar, na verdade. Não achei prematuro. Bom, talvez um pouco, mas eu tinha feito descobertas significativas e não acreditava que conseguiria ir muito longe com os dados que tinha, então, para que esperar? Aquela câmara subterrânea guarda tantas informações que seriam necessários séculos para decifrar todas. Acho que, enquanto não coletarmos mais dados, nós não teremos subsídios para formular qualquer hipótese.

— Nós?

— Nós. Eu. Você. A humanidade. Qualquer um. Aquele laboratório guarda segredos que estão além de nosso alcance no momento.

— Certo. Conte sobre o que você já entendeu. Os painéis, por exemplo.

— Está tudo no meu relatório. São dezesseis painéis no total, cada um medindo cerca de três por dez metros, e menos de dois centímetros de espessura. Foram todos construídos na mesma época, há cerca de três mil anos. Nós...

— Posso interromper? Acredito que você não seja adepta da teoria da contaminação das amostras.

— Na minha modesta opinião, não há razão para desconfiar da datação por carbono. Para ser honesta, a idade das amostras é o menor dos nossos problemas. Já mencionei que os símbolos estão brilhando sem parar há dezessete anos, sem fonte de energia aparente?

"Cada parede é feita de quatro painéis e tem uma dezena de linhas com dezoito a vinte símbolos entalhados. As linhas se dividem em sequências de seis ou sete símbolos. Contamos quinze símbolos diferentes. Alguns são usados de modo recorrente, outros aparecem uma única vez. Sete são curvilíneos e têm um ponto no centro, sete são compostos de linhas retas e o último é apenas um ponto. O desenho é simples, mas muito requintado."

— A equipe anterior conseguiu interpretar algum dos entalhes?

— Na verdade, uma das poucas seções do relatório do coronel Hudson que permaneceu intacta foi a análise linguística. Eles compararam os símbolos a todos os sistemas de escrita conhecidos, do passado e do presente, mas não encontraram qualquer correlação relevante. Acreditavam que cada sequência de símbolos representava um enunciado, como em uma frase de um idioma atual. Mas, sem algo para usar como referência, não era possível sequer especular uma possível interpretação. O trabalho foi bastante meticuloso e cada etapa foi documentada. Não vejo razão para fazer a mesma coisa duas vezes e rejeitei a proposta de trazer um linguista para a equipe. Sem parâmetro de comparação, não havia maneira lógica de se chegar a algum tipo de significado.

"Talvez minha opinião seja parcial — afinal, quem topou com ela fui eu —, mas era a mão que me atraía. Não sei por quê, mas tudo em mim dizia que a mão era a peça-chave."

— Bem diferente de seu antecessor. E o que você pode me dizer sobre a mão?

— Bem, é algo realmente estonteante, mas imagino que você não tenha interesse em minha apreciação estética. Ela tem 6,9 metros de comprimento do pulso até a ponta do dedo médio. Parece sólida e é feita do mesmo material dos painéis, mas é pelo menos dois mil anos mais antiga. Tem cor cinza-escuro, com matizes em bronze e sutis propriedades iridescentes.

"A mão está aberta, com os dedos muito juntos e ligeiramente dobrados. É como se segurasse algo muito precioso ou um punhado de areia e tentasse não derramar nada. Existem sulcos como os que na pele humana normalmente se dobram, e outros que parecem meramente decorativos. Todos emitem o mesmo brilho turquesa, que mostra a iridescência do metal. A mão parece forte, mas... *sofisticada* é a única palavra que me vem à mente. Acho que é uma mão feminina."

— Neste momento, eu estou mais interessado nos fatos. De que é feita essa mão forte, porém sofisticada?

— É quase impossível cortar ou alterar a mão por meios convencionais. Foi preciso fazer muitas tentativas até se conseguir extrair uma pequena amostra de um dos painéis. A espectrometria de massa mostrou que o material era uma liga de vários metais pesados, principalmente irídio, com cerca de dez por cento de ferro e concentrações menores de ósmio, rutênio e outros metais do grupo platina.

— Então a mão deve valer seu peso em ouro?

— Engraçado você perguntar isso, porque ela não pesa tanto quanto deveria. Então posso afirmar que ela vale muito mais que seu peso em qualquer material.

— E quanto ela pesa?

— Trinta e duas toneladas... É um peso considerável, mas, mesmo assim, a mão é muito leve quando se leva em conta sua composição. O irídio é um dos elementos mais densos que existem, provavelmente o mais denso de todos. Por isso, mesmo tendo uma parte de ferro, a mão deveria pesar pelo menos dez vezes mais.

— Qual é a explicação para isso?

— Não sei. Continuo sem entender. Não consigo nem elaborar uma hipótese sobre o tipo de processo usado para a construção. Na verdade, o peso não me preocupava tanto quanto a enorme quantidade de irídio que estava diante de mim. O irídio não é só muito denso, é também muito raro.

"Os metais desse grupo — como a platina — adoram se ligar ao ferro. Foi isso que aconteceu com a maior parte do irídio da Terra, milhões de anos atrás, quando a superfície do planeta ainda não havia endurecido e, por ser tão pesado, o metal mergulhou em direção ao núcleo terrestre, a milhares de quilômetros de profundidade. O pouco que restou na crosta costuma estar misturado a outros metais, e é necessário um processo químico complexo para fazer a separação."

— Em comparação a outros metais, ele é muito raro?

— Raríssimo. Só para dar uma ideia, se juntarmos todo o irídio puro produzido no planeta durante um ano, teremos cerca de duas toneladas de metal, o que daria para encher uma mala grande. Com a tecnologia de hoje, levaria décadas para coletar irídio suficiente para construir tudo isso. Ele é muito raro na Terra, e não existem muitos condritos dando sopa por aí.

— Condritos?

— Desculpe. Meteoritos do tipo rochoso. O irídio é tão raro em rochas terrestres que, muitas vezes, é impossível detectá-lo. A maior parte do irídio minerado provém de meteoritos que caíram na Terra por não terem se desintegrado ao passar pela atmosfera. Para construir esta câmara — e parece razoável pensar que existem outras construções semelhantes —, é preciso encontrar fontes de irídio muito mais abundantes que a superfície terrestre.

— Viagem ao centro da Terra?

— Júlio Verne nos deu uma das hipóteses. Para obter quantidades maciças desse tipo de metal, seria necessário fazer a extração a milhares de quilômetros de profundidade ou minerar no espaço. Com todo o respeito ao grande escritor, ainda nem chegamos perto de conseguir minerar tão fundo. Hoje, as minas mais profundas não passam de buraquinhos diante do que seria necessário escavar. O espaço parece muito mais viável. Muitas empresas privadas têm interesse em captar água e minérios preciosos no espaço e esperam fazer isso em curto espaço de tempo, embora todos os projetos do tipo ainda estejam nos primeiros estágios de planejamento. Quando for possível minerar meteoritos no espaço, no entanto, conseguiremos obter muito, mas muito mais irídio.

— O que mais você pode contar?

— Acho que é tudo. Depois de alguns meses analisando isso aqui com todos os equipamentos conhecidos pelo homem, tenho a sensação de que não estamos chegando a lugar nenhum. Sei que estamos fazendo as perguntas erradas, mas não sei quais são as certas. Apresentei um relatório preliminar e pedi licença.

— Você pode refrescar minha memória? Qual foi a conclusão do relatório?

— Não fomos nós que construímos isso.

— Interessante. E qual foi a reação deles?

— Licença concedida.

— Só isso?

— Só. Acho que esperavam que eu não voltasse. Nunca usei a palavra *alienígena*, mas essa deve ter sido a conclusão deles após a leitura do meu relatório.

— E não foi isso que você quis dizer?

— Não exatamente. Deve haver uma explicação muito mais plausível, mas não consegui descobrir qual. Como cientista, só posso dizer que, hoje, a humanidade não possui recursos, conhecimentos ou tecnologia para construir algo semelhante. Pode ser que alguma civilização antiga conhecesse a metalurgia melhor que nós, mas mesmo assim não haveria muito mais irídio disponível, seja cinco, dez ou vinte mil anos atrás. Assim, respondendo à sua pergunta, eu não acredito que essas coisas tenham sido construídas por seres humanos. Pode tirar as próprias conclusões dessas palavras.

"Não sou idiota. Sei que o relatório pode significar o fim da minha carreira, e com certeza aniquilei qualquer credibilidade que ainda tinha com a NSA, mas o que eu poderia fazer? Mentir?"

— O que você fez depois de apresentar o relatório?

— Fui para casa. Voltei ao lugar onde tudo começou. Depois que meu pai morreu, fiquei quase quatro anos sem voltar para casa.

— E onde fica essa casa?

— Nasci em uma cidade pequena chamada Deadwood, cerca de uma hora a noroeste de Rapid City.

— Não conheço bem essa parte do Meio-Oeste.

— É uma cidadezinha construída na época da corrida do ouro. Uma daquelas terras sem lei, como se veem nos filmes. Os últimos bordéis fecharam quando eu era criança. Deadwood ficou famosa, vamos dizer assim, por conta de uma série de TV da HBO, que aliás durou pouco, sobre o assassinato de Wild Bill Hickok. Minha cidade conseguiu sobreviver ao fim da corrida do ouro e a alguns grandes incêndios, mas a população encolheu até chegar a apenas mil e duzentos habitantes.

"Embora longe de seus melhores dias, Deadwood continua de pé. E a paisagem é de tirar o fôlego. Fica bem no limite do Parque Florestal de Black Hills, um lugar de formações rochosas estranhas, belíssimos bosques de pinheiros, rocha nua, cânions e riachos. Duvido que exista lugar mais lindo no mundo. Entendo perfeitamente que alguém quisesse construir algo lá."

— Você ainda chama Deadwood de casa?

— Com certeza. Faz parte de mim, embora minha mãe discorde. Ela parecia hesitante quando abriu a porta. Nós quase não nos falamos mais. Sinto que ela tem mágoa por eu nunca ter voltado, nem mesmo para o funeral de papai, por tê-la deixado sofrer a perda sozinha. Cada um lida com a dor de um jeito e acho que, bem no fundo, ela entende que esta é a minha maneira de encarar. Mesmo assim, dava para ouvir na voz dela a raiva das coisas que não tem coragem de dizer em voz alta, e isso vai afetar nossa relação para sempre. Eu entendo. Depois de sofrer tanto, minha mãe tinha todo direito de ficar ressentida. Nós não conversamos muito logo que voltei, mas em pouco tempo conseguimos estabelecer uma rotina.

"Dormir no meu antigo quarto me trouxe muitas lembranças. Quando era criança, eu saía da cama sem fazer barulho e me sentava em frente à janela para ver meu pai partindo para a mina. Ele passava no meu quarto antes de ir para o turno da noite e me pedia para escolher um brinquedo para levar na marmita. Dizia que lembraria de mim quando destampasse a comida e dividiria o prato comigo em meus sonhos. Meu pai não era de falar muito, nem comigo nem com minha mãe, mas sabia como pequenas coisas são importantes para uma criança e sempre vinha me cobrir antes de sair para trabalhar. Eu queria muito que ele ainda estivesse vivo, para que pudéssemos conversar. Meu pai não era cientista, mas tinha uma visão clara das coisas. Não consegui falar com a minha mãe sobre o assunto.

"Durante alguns dias, tivemos conversas breves, mas agradáveis, uma boa mudança dos comentários educados sobre a comida que trocamos nos primeiros dias depois da minha chegada. Meu trabalho era sigiloso, e fiz o que pude para manter nossas conversas longe do que eu tinha em mente. Ficou mais fácil à medida que as semanas foram passando, quando percebi que ficava mais tempo remoendo erros da infância do que pensando na mão.

"Só voltei ao local onde encontrei a mão pela primeira vez depois de um mês. O buraco estava tapado havia tempo. Algumas árvores pequenas começavam a crescer em meio à terra e às pedras. Não tinha mais nada para ver. Caminhei sem rumo até o cair da noite. Por que fui a primeira a encontrar a mão, depois da queda? Com certeza existem outras estruturas como essa. Por que ninguém mais encontrou? Por que aconteceu naquele dia? Qual foi o gatilho? O que estava presente vinte anos atrás que não estivera durante milhares de anos?

"Então tive um lampejo. *Essa* era a pergunta certa. Eu precisava descobrir o que tinha ativado a mão."

ARQUIVO Nº 004

ENTREVISTA COM KARA RESNIK, 3ª SUBTENENTE, EXÉRCITO DOS ESTADOS UNIDOS

Local: Aeródromo Militar Coleman, Mannheim, Alemanha

— Informe seu nome e sua patente.

— Você já sabe o meu nome. Está bem aí neste arquivo.

— Fui informado de que a senhorita iria cooperar com o processo. Gostaria que dissesse seu nome para registro.

— Talvez você devesse começar me contando do que se trata esse "processo".

— Não estou autorizado a fazer isso. Agora, diga o seu nome e sua patente para registro.

— "Não estou autorizado a fazer isso..." Você sempre articula as sílabas dessa maneira?

— Gosto de articular bem as palavras, pois ajuda a evitar mal-entendidos. E, se detesto alguma coisa, é ser repetitivo...

— Então, você quer ouvir meu nome? Se é tão importante, diga você mesmo.

— Como quiser. A senhorita é a terceira subtenente Kara Resnik, piloto de helicóptero do Exército dos Estados Unidos. Correto?

— Era. Perdi meu brevê, como você já deve estar sabendo.

— Eu não sabia. Posso perguntar o que aconteceu?

— Tenho descolamento de retina. Não dói, mas afeta a visão. A cirurgia está marcada para amanhã. Quando perguntei se eu voltaria a pilotar, responderam que havia uma chance razoável… o que, para mim, tem todo o cheiro de "não". Qual é o seu nome, mesmo?

— Eu não disse qual é.

— Então diga. Para o registro…

— Tenho boas razões para sonegar essa informação, algumas muito relevantes, outras nem tanto. No que lhe diz respeito, basta saber que a senhorita não sairia da sala com vida se eu respondesse à sua pergunta.

— Bastava dizer que não queria. Você realmente acha que vai conseguir alguma coisa me ameaçando?

— Peço desculpas se soou como uma ameaça, subtenente. Jamais tive a intenção de causar mal-estar. Só não quero que pense que estou sonegando informações.

— Então você está preocupado com a minha segurança? Que cavalheiro. Por que estou aqui?

— A senhorita está aqui para contar o que aconteceu na Turquia.

— Nada aconteceu na Turquia. Pelo menos, nada de interessante.

— Isso não cabe a você julgar. Você sabe que o meu acesso a informações confidenciais está muitos níveis acima do seu, então comece do começo.

— Nem sei se entendi o que isso significa.

— Como a senhorita foi parar na Turquia?

— Estava a serviço da Otan. Cheguei de manhã bem cedo e fui dormir um pouco. O briefing da missão era às dezesseis horas. Eles me apresentaram a meu subalterno, o quarto subtenente Mitchell, e saímos em missão. Decolaríamos dos arredores de Adana às duas da manhã em um helicóptero UH-60 modificado, invisível ao radar. Deveríamos entrar no espaço aéreo sírio em baixíssima altitude e coletar amostras do ar cerca de vinte quilômetros ao sul da fronteira, perto de Raqqa.

— A senhorita disse que não conhecia seu subalterno. Até onde sei, o Exército prefere manter as mesmas equipes. Parece estranho dividir uma equipe logo antes de uma missão perigosa e designar alguém praticamente desconhecido para o voo. Por que seu copiloto habitual não estava na missão?

— Ele foi transferido.

— Por que razão?

— Só perguntando a ele para saber.

— Eu perguntei. A senhorita ficaria surpresa em saber que ele pediu para ocupar qualquer posto, desde que fosse com outro piloto? Se bem me lembro, as palavras que ele usou para descrevê-la foram: *obcecada, volúvel* e *irascível*.

— Ele gosta muito de fazer palavras cruzadas.

— É por isso que vocês não se davam bem?

— Eu nunca tive qualquer problema com ele.

— Este não é o ponto. Não é comum ver alguém colocar em risco a própria carreira militar só para não ter que conviver com outra pessoa.

— Nós discordávamos em muitos pontos, mas nunca deixei que isso interferisse na hora de voar. Não tenho culpa se ele não foi capaz de fazer o mesmo.

— Então o problema pessoal não é culpa sua? A senhorita é assim mesmo e ponto final?

— Por aí. O que você quer? Que eu diga que não sou uma pessoa fácil? Não sou mesmo. Só que a gente não está aqui para discutir os meus encantos, disso eu tenho certeza. Você quer saber como foi que derrubei um helicóptero de vinte milhões de dólares em uma plantação de pistache? É isso?

— Podemos começar por isso. A senhorita disse que deveria coletar amostras de ar. Sabe por quê?

— A Otan acredita que a Síria está desenvolvendo um programa nuclear há anos e quer colocar um ponto final nisso. Israel bombardeou um suposto reator nuclear em 2007, mas a Otan não quer fazer algo tão drástico sem um motivo evidente.

— Eles preferem ter provas antes de adotar qualquer iniciativa militar.

— Eles querem é pegar os sírios com as calças na mão. Uma fonte da Inteligência Militar da Síria disse aos Estados Unidos que testes subterrâneos estavam sendo realizados nas proximidades de Raqqa. Como a Síria se recusa a permitir a visita de inspetores a supostas instalações nucleares, foi preciso usar uma abordagem mais discreta.

— E essa inspeção discreta não teve algo além da coleta de amostras de ar?

— Não. Nós deveríamos entrar e sair. Eles trouxeram equipamentos enormes para detectar sinais de atividade nuclear das amostras de ar que iríamos coletar. Deixamos a Base Aérea de Incirlik às duas da manhã, como planejado. Seguimos para o leste ao longo da fronteira durante cerca de uma hora, depois viramos para o sul, para além da fronteira síria. Fizemos a navegação a baixa altura por cerca de doze minutos, voando a vinte e cinco metros do solo. Chegamos às coordenadas designadas por volta de três e quinze, coletamos as amostras de ar e voltamos pelo mesmo caminho.

— Você estava nervosa?

— Você é engraçado. Eu fico nervosa quando esqueço de pagar a conta do telefone. Voar a duzentos e sessenta quilômetros por hora, quase tocando o solo, em território hostil, com óculos de visão noturna, causa uma sensação bem diferente. Se isso não fizer o coração disparar, nada mais faz. Então, sim, a gente estava no limite. Com os óculos de visão noturna, só dava para ver o que estava um palmo à frente, mais nada. Foi como se eu estivesse voando a uma velocidade alucinante dentro de um túnel iluminado por luz verde.

— E tudo correu como planejado?

— Tudo perfeito. Voltamos ao espaço aéreo turco em menos de vinte e cinco minutos. Subi para oitocentos pés quando já tínhamos nos distanciado um pouco da fronteira. Estávamos nos aproximando de Harran quando percebemos uma luz logo abaixo do helicóptero. Não eram as luzes da cidade, porque estávamos sobrevoando uma área rural, e a cor era estranha. Então, do nada, o motor parou e o cockpit apagou completamente.

"Só deu para ouvir os rotores parando, depois mais nada. Um brilho turquesa emanava dos campos lá embaixo. Dava para ver um monte de árvores baixas, que pareciam arbustos, plantadas a cerca de um metro uma da outra e nada além de terra entre elas. Ficamos ali sentados, olhando. Era surreal, dava uma sensação de... paz. Depois caímos como pedras.

"Quando atingimos o chão, o air bag bateu com tudo no meu visor e me nocauteou. Só fui acordar alguns minutos depois. Eu estava sozinha no helicóptero. Um velho com uma túnica de algodão estava tentando me desprender dos cintos de segurança. Tinha pele escura e áspera e devia ter pelo menos uns sessenta anos. Ele me olhou e murmurou qualquer coisa que sabia que eu não entenderia. Depois, sorriu. Ele não tinha alguns dentes de baixo, mas os olhos eram muito doces. Acordei de vez e também fiz minha parte, me esforçando para me desprender do assento.

"Ele me ajudou devagar, colocando meu braço sobre o ombro. Alguém agarrou meu outro braço, uma moça que devia ter uns dezesseis anos e era muito bonita. Ela ficava olhando para baixo, e só abria a boca quando o homem falava com ela. Devia ser pai ou avô dela. Os dois me carregaram até uns trinta metros do helicóptero, depois me puseram no chão, e o homem me deu água de um cantil. A moça me mostrou um pedaço de pano e apontou na direção da minha testa. Como não fiz menção de impedir, ela pôs o pano úmido no meu supercílio direito. Depois tirou e escondeu rapidinho, provavelmente para que eu não visse a mancha de sangue."

— E onde estava o copiloto?

— Na hora, eu não sabia. Depois de um ou dois minutos, percebi que tinha um grupo reunido atrás do helicóptero. Não dava para ver o rosto de ninguém, só as sombras contra a luz turquesa. Eu me levantei. A moça ficou repetindo as mesmas palavras várias vezes, acho que estava dizendo "não se levante". Fui andando em direção à luz e cheguei à borda de uma imensa cratera que desfigurava o campo de pistache. A luz era muito brilhante.

"Mitchell estava lá com alguns homens do lugar. Ele agarrou meu braço e passou por cima do ombro, depois me puxou para seu lado. Parecia mesmo feliz de me ver. Não faço ideia do que era aquilo para que estávamos olhando, mas era a coisa mais impressionante que já vi na vida.

"Parecia uma baleia feita de metal escuro, um navio, um submarino, embora fosse pequeno demais. Era liso e ondulado, como o corpo de um 747, mas não tinha abertura aparente nem turbina. Parecia mais uma obra de arte italiana do que alguma coisa de uso prático. Veias turquesa corriam pela superfície em intervalos regulares, formando uma teia."

— Por quanto tempo você ficou ali?

— Não sei. Dez minutos, talvez. O barulho de outros helicópteros e a areia que o vento jogou na nossa cara desviaram nossa atenção. Quatro Blackhawks pousaram em torno da cratera, e deles saíram mais fuzileiros do que dava para contar. Mitchell e eu fomos levados para um dos helicópteros e decolamos imediatamente. Os fuzileiros que ficaram no chão afastaram a multidão da cratera. Vi que dois deles estavam tentando impedir que a polícia chegasse ao local.

— Realmente, foi... uma infelicidade... que as autoridades da região tenham se envolvido. Teria sido mais fácil se tivessem chegado alguns minutos depois. Continue.

— É só isso. Não tenho mais nada a dizer. Fui levada ao hospital da base da Turquia. Depois me trouxeram até aqui para fazer a cirurgia dos olhos há uma hora. Como você sabia que eu estava aqui?

— Isso tem importância?

— Já entendi, você não vai me dizer. Pode pelo menos me explicar que coisa era aquela?

— O Departamento de Estado está pedindo permissão ao governo turco para repatriar os destroços de um avião secreto da Segunda Guerra Mundial encontrado por agricultores da província de Urfa.

— Você só pode estar brincando. Um avião antigo não seria capaz de derrubar meu helicóptero. Acha mesmo que vou engolir essa?

— O que você acredita não faz diferença na atual conjuntura. O que importa é em que o governo turco acredita. Eles só precisam estar convencidos de que estamos levando um avião de setenta anos de volta aos Estados Unidos.

— E o que era aquilo, afinal?

— O que você acha do subtenente Mitchell?

— Você não vai mesmo responder à minha pergunta?

— ...

— Mitchell é bom. Ele se saiu bem.

— Não foi o que eu quis perguntar. O que você pensa dele como pessoa?

— Olha, eu quase morri porque lá fora tem uma coisa enorme e brilhante capaz de derrubar um helicóptero Blackhawk em questão de segundos. E você quer realmente saber o que acho do meu subalterno em termos pessoais?

— Quero. Sei que seu helicóptero caiu e eu teria que ser cego para não ver que você não suporta saber o motivo. Se o tempo não fosse um obstáculo, poderíamos conversar horas e horas para você expressar seus sentimentos. No entanto, preciso partir o quanto antes.

"Você pode considerar minhas perguntas insignificantes, mas precisa entender que tenho acesso a um volume absurdo de informações que estão além de sua alçada. Por isso, há pouca coisa que você possa me dizer que eu já não saiba. O que não sei, e gostaria de saber, é sua opinião sobre o sr. Mitchell."

— O que você quer que eu diga? Passei uma hora e meia com ele. Nós dois somos de Detroit. Ele é dois anos mais velho, mas estudamos na mesma escola por algum tempo. Ele achou uma grande coincidência termos acabado no mesmo helicóptero. Adora música country, que eu não suporto, e nenhum de nós acredita que o Detroit Lions vai chegar aos play-offs da liga de futebol americano. Isso é pessoal o bastante?

— Qual é o nome dele?

— Não faço ideia. Acho que é Ryan. Você não vai me dizer o que afinal era aquela coisa? Tem outras enterradas por aí?

— Obrigado pelo seu tempo, srta. Resnik... Quase me esqueci. Se vale de alguma coisa, seu antigo copiloto também disse que a senhorita é a melhor piloto que ele já viu.

ARQUIVO Nº 007

ENTREVISTA COM A DRA. ROSE FRANKLIN, PH.D., CIENTISTA SÊNIOR, INSTITUTO ENRICO FERMI

Local: Universidade de Chicago, Chicago, Illinois, EUA

— Pode ser a experiência de Davis...

— Não sei. Pode? O que é a experiência de Davis?

— Desculpe. Eu estava pensando em voz alta. Só pode ser o argônio! Como é que eu não pensei nisso antes? Meu pai trabalhou na mina tanto tempo!

— Que mina? Argônio eu sei o que é, mas não entendi o que você quis dizer com isso.

— No final dos anos 1960, dois astrofísicos inventaram um experimento para coletar e contar os neutrinos emanados pelo sol. Lembro de ter lido sobre isso quando criança. Eles construíram um tanque de solvente de lavagem a seco a cerca de um quilômetro e meio do chão para isolá-lo de outros fenômenos solares e simplesmente aguardaram até que os neutrinos atingissem o líquido. Quando um átomo de cloro é atingido por um neutrino, ele se transforma em um isótopo radioativo do argônio, ou argônio-37, para ser mais exata. De vez em quando, os cientistas injetavam hélio para coletar o argônio e contar quantos átomos tinham sido atingidos. Ciência em sua melhor forma: partiram de algo puramente teórico e transformaram em algo concreto. O experimento durou vinte e cinco anos e foi realizado na mina Homestake, onde meu pai trabalhava, a alguns quilômetros do local onde caí na mão. Eu aposto que essas coisas reagem quando estão perto de argônio.

— Como você sabe, eu não sou físico, mas...

— Não sei nada sobre você.

— Bem, agora já sabe que não sou físico. De qualquer forma, a quantidade de material radioativo capaz de viajar essa distância seria infinitesimal.

— Concordo. Mas, por menor que essa quantidade seja, isso não pode ser mera coincidência. O helicóptero que caiu na Turquia estava coletando amostras da atmosfera para detectar sinais de testes nucleares. É isso que eles estavam procurando, traços de argônio-37. A piloto disse que transportavam um equipamento enorme na aeronave, com destino à Turquia. Provavelmente era um sistema móvel de detecção de argônio ou algo do gênero. De qualquer modo, era um aparelho grande que detecta argônio-37. Reações nucleares subterrâneas transformam o cálcio que está nas proximidades nesse isótopo. É uma forma bem confiável de detectar um sítio nuclear. Não dá para esconder. Não dá para disfarçar. O cálcio está em todos os lugares, na areia, nas rochas, nas pessoas, e uma parte do argônio liberado por uma explosão nuclear acaba escapando para o ar, seja qual for a profundidade da detonação.

— A senhora disse que há outros isótopos de argônio. Será que eles reagiriam a qualquer um deles ou só ao 37?

— Só pode ser o 37. Tem muito argônio-40 na atmosfera, em toda parte, além de outros isótopos. Mas, concordo, é estranho que os artefatos reajam a algo tão específico...

— Você pode...

— Desculpe interromper, mas o que quero dizer é que é estranho que reajam a algo tão específico, a menos que os artefatos tenham sido projetados para isso. Seria muito inteligente da parte deles fazer isso de maneira intencional.

— Como assim? Quem são "eles"?

— O que vou dizer pode Soar meio maluco, mas escute bem. Imagine encontrar uma civilização tão atrasada tecnologicamente que inviabilizasse qualquer diálogo. Quem quer que tenha sido capaz de construir essas coisas sem dúvida teria deixado as pessoas de seis mil anos atrás apavoradas. Seria visto como um deus, um demônio, um ser sobrenatural. Agora, imagine que esses construtores quisessem deixar algo para que as pessoas pudessem descobrir quando estivessem mais evoluídas.

— E como essa evolução seria medida?

— Eles saberiam quando as pessoas alcançassem uma compreensão do Universo que permitisse se comunicar de maneira significativa. Provavelmente, teriam que fazer essa medição por meio da tecnologia. É razoável partir do princípio de que a evolução da maioria das espécies de hominídeos, senão todas, seguiu mais ou menos os mesmos passos. Fazer fogo, inventar a roda, esse tipo de coisa. A capacidade de voar talvez fosse um bom critério, ou quem sabe voos espaciais. Se alguém olha para o céu, sem dúvida vai tentar chegar lá em algum momento, e espécies que conquistam o espaço precisam pelo menos estar abertas à possibilidade de que não estão sozinhas no Universo. E, a menos que você pudesse observar in loco, seria necessário criar uma forma de detectar um marco evolucionário qualquer. Se escondessem os artefatos na Lua, por exemplo, os construtores saberiam que as partes só seriam encontradas quando a humanidade chegasse lá.

"Na minha opinião, a capacidade de manipular energia nuclear também seria um bom critério. Agora, e aí é que está o golpe de mestre, se fossem projetados para reagir especificamente ao argônio-37, os artefatos só seriam descobertos quando a civilização humana aprendesse a libertar o poder do átomo. Claro que não passa de especulação, mas, se foi isso mesmo que eles fizeram, eu tiro o chapéu. De qualquer forma, precisamos dar mais uma olhada nos painéis. Então, acho que vamos acabar tendo que recorrer a um linguista."

— A senhora tinha afirmado que não via razão para isso.

— Isso foi antes de saber do argônio. Se as peças foram construídas para que fossem descobertas, com certeza deve ter alguma pista nas inscrições. Alguém que quisesse construir alguma estrutura para o próprio povo, um templo, por exemplo, deixaria inscrições que fizessem sentido. Mas, se estivesse construindo o mesmo templo para outro povo, o construtor escreveria coisas que também fizessem sentido para esse povo. Não há razão para escrever uma mensagem cujo destinatário não possa entender.

— Vários linguistas experientes já estudaram as inscrições e não chegaram a nenhuma conclusão. Por que o resultado seria diferente desta vez?

— Não sei responder o porquê. Mas tenho um palpite sobre a razão dos fracassos anteriores. Os linguistas estavam procurando por algo que não estava lá.

— E a senhora sabe o que estamos procurando?

— Não faço a menor ideia, mas isso pode ser bom. Acho que os pesquisadores que estudaram as inscrições antes fracassaram porque sabiam demais, ou pelo menos pensavam que sim.

— Seja um pouco menos filosófica, por favor.

— Desculpe. De maneira geral, as pessoas têm a tendência de não questionar o que alguém diz que é verdade. O mesmo acontece com cientistas, que ouvem muito mais verdades. Eu, que sou física, jamais pensaria em questionar as quatro forças fundamentais, por exemplo. Aceito todas com naturalidade, como tudo o que aprendi, e procuro desenvolver ideias a partir disso. Sempre olhamos para a frente, nunca para trás. Mas com essa coisa... é diferente. É um desafio. Essa coisa cospe na cara da física, da antropologia, da religião. Esses artefatos reescrevem a história e nos desafiam a questionar tudo que sabemos sobre nós mesmos... sobre tudo. Isso deve ter soado muito filosófico de novo.

— Um pouquinho.

— Eu queria tentar outra vez, agora com alguém que não tenha tantas qualificações. Talvez um aluno prodígio, alguém que não precise jogar calhamaços de livros pela janela, porque não chegou a ler tudo. É preciso olhar para isso por um ângulo completamente novo. Vou entrar em contato com o departamento de linguística e perguntar se eles sugerem alguém.

— É um conceito interessante. Você quer encontrar alguém um pouco menos qualificado, porque os maiores especialistas fracassaram.

— Eu não diria dessa forma, mas é isso. Alguém muito inteligente e menos carregado de noções preconcebidas. Soa muito melhor nas minhas palavras.

— Soa mesmo. Acho que tentar não custa nada, mas... me perdoe por não transbordar entusiasmo. Você recebeu o antebraço que veio da Turquia?

— Recebi, dois dias atrás. Ainda não conseguimos descobrir como a mão se encaixaria nele, nem se existe esse encaixe. Os dois pedaços têm terminações lisas e sólidas. Nada que sugira um mecanismo ou uma trava. A terminação do antebraço é ligeiramente côncava, e o pulso é um pouco convexo, mas não há nenhum elemento que una as duas partes.

— Achei que elas já estivessem unidas.

— Estão. O que quero dizer é que não faço a menor ideia de como o conjunto funciona. Nós apenas aproximamos as duas peças para testar o encaixe e elas se atraíram como ímãs. Meu assistente quase perdeu a mão. Ainda não sei dizer nada sobre o encaixe, exceto que as peças emitem um som muito alto, muito legal... um *vuush*... quando se unem.

— É possível separá-las?

— Ainda não conseguimos. Está claro que a quantidade de força mecânica exigida é maior do que podemos manipular. Não quero correr o risco de quebrar alguma coisa. Prefiro me concentrar em encontrar as outras peças. Mal posso esperar para ver como é o restante do corpo. Podemos tentar separar as partes depois que terminarmos de construí-lo.

— Então você acha que há mais artefatos enterrados por aí?

— Sem dúvida. Fico agoniada por ainda não ter todas as partes. Posso estar me precipitando, mas não vejo motivo para o corpo estar incompleto. Eu poderia imaginar essas peças como alguma espécie de monumento ou expressão de arte se tivéssemos encontrado outra mão, uma cabeça, até mesmo um pé. Mas um antebraço não me parece algo que alguém construiria isoladamente. Não é minha área, mas não imagino um antebraço como parte significativa de nenhuma crença religiosa. E, se entendi o relatório de maneira correta, a peça da Turquia não estava cercada por câmara alguma. Não havia paredes ou inscrições. O antebraço é muito grande para caber na câmara onde a mão foi encontrada. Portanto, deve ter sido enterrado em outro lugar de propósito.

— Concordo. Porém, é possível que eles tenham construído apenas um braço e, nesse caso, não podemos esperar nada além de mais uma peça.

— Pode ser. Mesmo assim, continuo achando que tem um corpo inteiro por aí, esperando para ser encontrado.

— Espero que o tempo prove que você está certa. Espero mesmo.

— O que posso dizer é que, se eu fosse capaz de construir algo tão magnífico, não me contentaria com apenas um braço.

— Com base no que você já sabe, seria possível elaborar um processo para detectar as outras partes, se elas existirem?

— Se o restante do corpo estiver por aí, tenho certeza de que consigo dar um jeito de encontrar as outras partes. Só preciso descobrir como fazer um montão de argônio-37 e como dispersá-lo de maneira eficiente. Talvez demore algum tempo para encontrar todas as peças, mesmo depois de implementarmos um método.

— Quanto tempo?

— Impossível dizer. Meses, talvez anos. Se o corpo estiver dividido nas principais articulações, o que é uma possibilidade forte, deve haver pelo menos catorze peças: três em cada braço e perna, o que soma doze, uma cabeça e uma ou várias peças do torso. Só me resta torcer para que o antebraço da Turquia seja uma exceção e que o resto das partes esteja mais perto de onde achamos a mão.

"Se minha teoria de que os construtores querem que a gente encontre as peças estiver correta, devem ter escondido as partes em terra firme, onde é possível achar com relativa facilidade. Espero que sim, porque vasculhar o oceano é outra história.

"Vou precisar pedir mais verba à Agência Nacional de Segurança. Não sei muito bem quanto tempo isso tudo pode levar, mas tenho certeza absoluta de que não dá para fazer nada com o nosso orçamento."

— Esqueça a NSA. É só dizer o que precisa.

— Como assim esquecer a NSA? Para quem você trabalha, afinal? Espere, nem precisa responder. Bom, vou enviar uma lista dos equipamentos necessários. Também precisamos de um sistema de transporte, pode ser um avião ou um helicóptero capaz de voar longas distâncias. Precisamos de uma tripulação, imagino, e uma equipe para recuperar o que encontrarmos. Esta é a parte mais complicada, na verdade, porque por enquanto só encontramos as menores partes do corpo. A tendência é que sejam cada vez maiores.

— Temos equipes que podem cuidar da recuperação. Vou dar um jeito de encontrar pilotos.

— Também vamos precisar de um espaço maior, se for possível.

— Maior quanto?

— Bem, se as proporções forem simétricas, comparando com um ser humano, ele ou ela terá mais de sessenta metros de altura. Será indispensável um grande armazém, mesmo que ela fique deitada no chão.

— Você ainda acha que é uma mulher?

— Mais do que nunca.

ARQUIVO Nº 009

ENTREVISTA COM KARA RESNIK, 3ª SUBTENENTE, EXÉRCITO DOS ESTADOS UNIDOS

Local: Base Militar de Fort Campbell, Kentucky, EUA

— De novo? O que você quer agora?

— Fazer só mais algumas perguntas.

— E se eu não quiser responder?

— Pode sair quando quiser, mas seria inteligente ficar.

— Por que estou com a impressão de que isso é um teste?

— Porque é muito observadora. Estou começando um projeto em que você pode contribuir, porque foi testemunha de acontecimentos estranhos e mostrou ter habilidades que podem lhe dar uma vantagem significativa sobre outros potenciais candidatos. Porém, sua natureza impulsiva e a incapacidade de trabalhar em equipe me preocupam, como a seus superiores. Se me permitir, gostaria de fazer algumas perguntas e receber respostas honestas. Pode fazer isso?

— Responder perguntas? Não é só o que venho fazendo?

— Não estou questionando sua capacidade de resposta. Você já mostrou grande habilidade em sair pela tangente em perguntas de natureza pessoal, respondendo com outra pergunta. Tenho interesse em saber se você acha que consegue responder com honestidade.

— Isso faz alguma diferença?

— Com certeza faz, se você tem alguma esperança de ser selecionada para este projeto.

— Você já me chamou de impulsiva e incapaz de trabalhar bem em equipe. Parece que já tem uma opinião bem formada a meu respeito.

— Deixa eu reformular. Vamos dizer que já sei que você não é adequada para a tarefa e escolhi voar até aqui e desperdiçar horas e horas do meu tempo só para perturbá-la. Nesse cenário hipotético, seria preferível que respondesse às perguntas o quanto antes para que pudesse voltar a fazer seja lá o que for, já que não pode mais pilotar helicópteros. Mas eu posso não ser um completo imbecil e estar interessado de verdade em suas respostas. De uma forma ou de outra, você tem dez segundos para responder cada pergunta. Podemos começar?

— ...

— Quais são seus três maiores defeitos?

— Meus três... quando nos conhecemos, você me chamou de... como era mesmo... obcecada, volúvel e irascível. Já são três. Também sou vingativa e nunca me esqueço de nada. Só aí já são quantos?

— Quais são as três qualidades que a senhorita admira em outras pessoas?

— Lealdade. Honestidade. Coragem.

— O.k. Responda às seguintes afirmações com verdadeiro ou falso. Você confia mais na razão do que no coração.

— Quer que eu responda com verdadeiro ou falso? É uma frase capciosa. Sei que você quer que eu diga verdadeiro, mas às vezes é preciso dar ouvidos à nossa intuição.

— Então parece que a resposta seria falso.

— Se eu responder falso, você vai achar que sou uma bomba-relógio emocional.

— Talvez eu já ache isso. Ou talvez pense que você não tem coração. Ainda assim, sua resposta tem que ser verdadeiro ou falso.

— Falso.

— Você costuma pensar na humanidade e no lugar que ela ocupa no Universo.

— Penso.

— Então a resposta é verdadeiro?

— É.

— Você se sente confortável em meio a multidões.

— Falso.

— Você geralmente é a primeira a reagir a um acontecimento inesperado, como um acidente.

— Hmm... Verdadeiro, acho.

— Você gosta de assumir responsabilidades.

— Verdadeiro.

— Em um evento social, você fica no meio do salão, em vez de nos lados.

— Essa é interessante. Nem lembro a última vez em que estive em um evento social.

— Vou repetir a pergunta. Em um evento social, você fica no meio do salão, em vez de nos lados.

— Acho que não. Não... Falso.

— Você tem dificuldade em expressar sentimentos.

— Outra questão capciosa. Depende do sentimento. Não tenho problemas em demonstrar raiva. E acho que a maioria das pessoas não é assim. Posso dizer o mesmo quando se trata de alegria, gratidão, frustração e admiração. Já com sentimentos como amor, medo, vergonha, desejo, desamparo, a coisa é bem diferente.

— Sua resposta mostra muita reflexão, só que para uma pergunta completamente diferente. Responda à pergunta com verdadeiro ou falso, por favor.

— Impossível. Já disse que há mais de uma resposta.

— É uma pena, porque essa é uma pergunta do tipo verdadeiro ou falso. Faça uma média. Você tem dificuldade em expressar sentimentos?

— Sim... ou verdadeiro! Minha resposta é verdadeiro!

— Não precisa ficar irritada.

— Não estou irritada.

— Se está dizendo. Você tem problemas com autoridade.

— Nem precisa de teste para descobrir isso.

— Essa questão faz parte do teste.

— Ah. Verdadeiro... O que foi? Está surpreso? Já sei, agora você vai me perguntar por que alguém com problemas com autoridade escolheria a carreira militar.

— Interessante este seu monólogo. Podemos continuar?

— Podemos. Eu falo muito quando estou nervosa.

— Você acredita na existência de inteligência extraterrestre.

— Como?

— Você me ouviu.

— ... Falso. O que isso poderia dizer sobre mim?

— Que você não acredita em inteligência extraterrestre. Se sua resposta fosse verdadeiro, eu pensaria o oposto.

— Você é muito esperto.

— Obrigado. Agora vou dar o início de uma história e quero que você termine com uma ou duas frases. Entendeu o que fazer?

— Acho que sim.

— Tommy está sentado na escada sozinho...

— É sério isso? Você quer me entender e aparece com essa história de "Tommy está sentado na escada sozinho". Que coisa mais idiota... Por que não pergunta logo o que quer saber?

— Ainda vamos ficar por aqui muito tempo se você não responder às questões. É um exercício muito simples, que não deveria causar qualquer dificuldade a alguém com a sua inteligência.

— Não me insulte.

— Não estou insultando. Não se esqueça de que já vi seu arquivo. Seu teste de qualificação mostra que você tem QI entre 125 e 130, correspondente a alguém de inteligência moderadamente superior. Sendo assim, como eu disse, alguém com a sua inteligência não teria dificuldade em concluir uma historinha em uma ou duas frases, mesmo com limitação de tempo. Podemos prosseguir? Tommy está sentado na escada sozinho...

— Certo... Os amigos ficaram de passar ali, mas não apareceram. Tommy passou o tempo pensando em histórias incríveis. Quando os amigos enfim chegaram, ele já não queria mais brincar. Inteligência moderadamente superior?

— Próxima história. A caminho do supermercado, Lisa encontrou uma carteira no chão...

— É você que cria essas histórias ou é uma equipe de psicólogos a responsável por tanta criatividade? Alguém já disse que ela pegou e saiu correndo?

E se ninguém estivesse olhando? Não dá para botar um anúncio de jornal para procurar o dono...

— Não acho que...

— Deixa para lá. É claro que havia documentos na carteira. Com isso, ela conseguiu descobrir que o dono, um senhor de idade, morava a poucos quarteirões de distância, foi até lá e devolveu. Quando morreu, o homem deixou tudo para ela em testamento. Que tal? Está bem comovente?

— Muito bem. Agora vou dizer uma palavra e você deve responder com a primeira palavra que vier à sua mente. Qual é a primeira coisa em que pensa quando ouve a palavra... guerra?

— Morte.

— Sorte?

— Não sei... Amizade.

— Derrota?

— Superação.

— País?

— Gratidão.

— Pai?

— ... Perda.

— Confiar?

— ...

— Srta. Resnik.

— Desconfiando. Acabou?

— Por enquanto, sim. Tenho mais algumas perguntas, mas elas não fazem parte do teste.

— E ainda assim você vai me julgar pelas respostas.

— Vou, mas de modo muito mais subjetivo. Pode me dizer o que é um Night Stalker?

— É um membro do 160º Regimento de Operações Especiais de Aviação, conhecido como SOAR. É uma força de elite do Exército, especializada em operações noturnas que envolvam voos a baixa altitude.

— E os Night Stalkers são bons?

— São os melhores.

— E você é um deles.

— Sou... mas só agora.

— Como assim, só agora?

— Agora que perdi meu brevê. Depois que machuquei o olho, comecei a dar aulas na Escola de Ataque Aéreo Sabalauski, mas aposto que você já sabia disso.

— Então você ensina a pilotar, mas não pode sair em voo com os alunos.

— Você espera que eu veja alguma ironia nisso, mas não. É um grupo de operações especiais, eles só aceitam mulheres no papel de coadjuvantes.

— Quem são eles?

— O Exército dos Estados Unidos não permite que mulheres participem de combates ou operações especiais.

— E o que você acha disso?

— O que eu acho? Do fato de mulheres não poderem participar de operações especiais? Eu já sabia disso quando entrei para o Exército. Ainda assim, a carreira militar oferece muitos trabalhos gratificantes para mulheres. Quer saber se estou chateada por não poder mais pilotar? Pode ter certeza que sim. Parece que me cortaram as pernas.

— Você gosta mesmo de pilotar, não é?

— As crianças normalmente querem ser bombeiro, policial, piloto de caça, astronauta, mas mudam de ideia quando ficam mais velhas. Eu sempre quis... Mentira, eu queria ser princesa. Mas tive certeza de que queria ser piloto de helicóptero no instante em que vi um planando sobre a minha casa. Eu devia ter uns cinco ou seis anos e nunca mais mudei de ideia, nem tive dúvidas sobre a escolha de entrar nas Forças Armadas. É isso que eu sou, é a única coisa que me faz sentir viva.

— E conseguiria pilotar de novo se tivesse permissão?

— Se conseguiria? Claro que sim. Estou enxergando bem.

— Mais uma pergunta, por que você estava na Turquia?

— Olha, estou tentando não ser babaca, mas está difícil. Você precisa ser mais específico.

— Quero dizer, por que te enviaram? Parece o tipo de missão que jamais seria designada a uma mulher, e você acabou de me dizer que existe um regimento inteiro especializado nisso. Por que eles mandariam uma jovem de vinte e quatro anos e cabeça quente para uma missão tão importante em vez do SOAR?

— O comandante me conhecia. Participei de algumas missões de apoio no Afeganistão sob ordens dele. E, como era para a Otan, as coisas funcionam de maneira um pouco diferente. De qualquer forma, tudo que o comandante precisa fazer para que eu participe é chamar de operação de reconhecimento ou apoio. O Exército tem muitas pilotos excelentes, e os bons comandantes sempre dão um jeito de usá-las.

— Uma última pergunta. Se eu dissesse que consigo conceder seu brevê de novo? O que você faria?

— Qualquer coisa.

— Tenha cuidado com as suas respostas. Você pode se arrepender depois.

— Então me diga o que eu preciso fazer.

— Você estaria disposta a colocar sua vida em risco?

— Que pergunta ridícula! Quem segue uma carreira militar sabe que está colocando a vida em risco.

— E vidas de pessoas inocentes? Você colocaria em risco?

— Se acreditar que exista uma boa razão para isso, sim. Pode me perguntar o que for. Digo e repito que faria qualquer coisa, desde que haja uma boa razão.

— Como soldado do Exército dos Estados Unidos, você está ciente de que nem sempre a razão de algo é explicada. Já te enviaram a alguma missão sem explicar o motivo?

— Acontece. Não é tão comum quanto você pensa, mas acontece.

— Então como saber se vale a pena arriscar a própria vida? Você não me parece o tipo de pessoa que confiaria em alguém cegamente.

— Acho que não fui tão bem no teste. Você está certo, tenho dificuldade em confiar em alguém, mas confio nos números.

— Interessante.

— Confio, mesmo. Acho que, sozinhas, as pessoas são medrosas, burras e egoístas, mas se você juntar um grupo grande, os participantes vão procurar agir de maneira decente. O Exército não passa de uma enorme máquina desajeitada, mas confio que, na maioria das vezes, estou fazendo a coisa certa.

— Você consegue manter a mente aberta? Está disposta a questionar o que acredita ser verdade?

— Não conheço ninguém que diga não ter a mente aberta. O que você acha?

— Muito obrigado pelo seu tempo, srta. Resnik.

— Lá vem você de novo com essas despedidas abruptas. Qual é? Que tal me contar mais alguma coisa... Não? Faça mais perguntas, então! Não vá embora... Eu conto mais histórias do Tommy sentado na escada!

ARQUIVO Nº 017

ENTREVISTA COM RYAN MITCHELL, 4º SUBTENENTE, EXÉRCITO DOS ESTADOS UNIDOS

Local: Base Conjunta Lewis-McChord, Estado de Washington, EUA

— Bom dia, sr. Mitchell. A dra. Franklin me informou que o senhor está melhorando.

— É verdade. Como ela diz, basta ter fé, confiança... e um pouco de sorte... Já faz quatro meses que estamos sobrevoando a América do Norte inteira. Parece que estamos pulverizando plantações com fungicidas durante a noite, só que de uma altitude muito maior, e cometendo um crime muito pior. Operação Sininho, é assim que chamamos. Estava muito fácil sair voando por aí deixando um rastro de pó mágico.

— E o composto está funcionando?

— Com certeza. Tenho que tirar o chapéu para a dra. Franklin, ela entende mesmo do assunto. Ela chama o negócio de Arcana, Argônio Reagido em Composto para Aplicação Noturna por Avião. Acho que ela deu um jeito de fazer a sigla funcionar. Quando começamos, todo mundo pensava que era total perda de tempo, menos ela. Então encontramos outro pedaço de braço em Vermont logo na primeira semana. Só que quase caímos de novo. Kara achou...

— Perdão. Quem é Kara?

— A subtenente Resnik. Desculpe. Depois de trabalhar com civis por algum tempo, acho que a gente acaba perdendo o costume de usar patentes. Ela e a dra. Franklin pensavam que não ia ter problema se o helicóptero ficasse a oito mil pés de altitude... mas, quando o pedaço de braço que encontramos foi ativado, o motor parou como na Turquia. Por sorte, estávamos alto o suficiente para fazer autorrotação, e ela conseguiu ligar outra vez o motor antes que caíssemos. É incrível como ela pilota. Não é a pessoa mais diplomática do mundo, mas tem um talento absurdo no manche.

— Fico feliz de ver vocês se dando bem. Esperava que isso acontecesse. Será que notei um tom meio apaixonado?

— Longe disso. Estou ciente da política de relacionamentos do Exército, mas nem uma pedra deixaria de notar como ela é atraente. Ela tem corpo de nadadora: pernas compridas, musculosa e ombros tão largos quanto os de um homem. Não sei como dizer isso sem parecer babaca, mas os soldados contam que ela para a base quando passa. Nunca vi alguém de pele tão clara com um cabelo tão escuro. Quando ela olha para mim, parece que todo o resto desaparece. Aquele tom verde-claro é... de cair o queixo. Bem, o senhor a viu e deve saber como é difícil não ficar vidrado naqueles olhos.

— Nunca notei. O senhor precisa entender que não está trabalhando em um ambiente militar típico. Vocês não colocariam em risco a cadeia de comando.

— Na verdade, colocaríamos, sim. No Exército, o copiloto é o segundo em comando. Isso significa que ela é minha superior. Nossa pequenina cadeia de comando estaria em risco, e o Exército leva o Código de Conduta muito a sério. Mas não importa. Acho ela atraente, e só. Ela não tem o menor interesse em mim, pode ter certeza. Age como se apenas me tolerasse.

— Vindo de quem vem, eu consideraria uma alta distinção. Vamos voltar à missão.

— Vamos. Dividimos o país em setores cuja dimensão em quilômetros quadrados é mais ou menos o espaço que conseguimos cobrir em uma noite, com base no tempo necessário para chegar lá a partir da base militar mais próxima. Conseguimos cobrir uma parte considerável do mapa com esse sistema, indo de base a base para percorrer os setores, sempre em direção leste e sul. Neste momento, já verificamos cerca de metade do mapa.

— Vocês conseguiram dispersar o composto a uma distância segura? Não queria que corressem risco de vida cada vez que descobrirem uma nova parte do corpo.

— Conseguimos, senhor. Como mencionei, quase caímos na primeira semana, por isso subimos para quinze mil pés nos voos seguintes. Tivemos dúvida se, a essa altitude, a ativação das peças só ocorreria depois que já estivéssemos longe demais para ver. Demorou um mês para encontrarmos outra parte, uma panturrilha, e depois um pé, na divisa entre o Kansas e o Missouri.

— Um pé?

Um pé, grande. Achei que teria dedos enormes, mas parecia mais uma bota chique com solado grosso do que um pé. Tem sua beleza. A dra. Franklin disse que a dona tem bom gosto para sapatos.

"No fim das contas, descobrimos que voar mais alto é também muito mais rápido, pois o padrão de dispersão do Arcana é muito mais amplo a grandes altitudes, de modo que, agora, precisamos de menos voos para cobrir determinada área."

— Então, até o momento, foram encontradas cinco peças?

— Seis. Encontramos uma coxa sob a autoestrada do Tennessee. Uma coisa enorme!

— Qual o tamanho?

— Não sou bom de medidas, mas acho que uns vinte metros. Grande o suficiente para causar um estrago danado, isso eu garanto. A autoestrada ficou completamente destruída em um raio de quase um quilômetro. A dra. Franklin explicou que as peças estão enterradas muito fundo, a cerca de duzentos e setenta metros de profundidade, e sobem para a superfície muito rápido quando são ativadas. Ainda bem que estamos de helicóptero, pois não gostaria muito de estar por perto quando essas coisas brotam do chão. Deve ser como assistir ao fim do mundo.

— Obrigado, sr. Mitchell. Acabei de perceber que, embora a dra. Franklin mencione o seu nome com regularidade, esta é a primeira vez que nos encontramos. Foi um prazer finalmente conhecê-lo.

— Muito obrigado, senhor.

— Agora me fale um pouco a seu respeito.

— Não tenho muita coisa a dizer. Sou um soldado do Exército dos Estados Unidos.

— Sei que pode fazer melhor que isso.

— O que mais posso dizer? Sou de Detroit. Meu pai também foi do Exército. O que mais... Cursei o colégio Henry Ford. Fui jogador.

— De quê? Beisebol?

— Futebol americano, senhor. Fui cornerback no Trojans. Eu me alistei depois da formatura.

— Seu pai também era piloto de helicóptero?

— Não, senhor. Era mecânico. Como nunca gostei de mecânica, me candidatei à Escola de Formação de Subtenentes. Pensei em fazer alguma coisa diferente.

— Ele deve se orgulhar muito do filho.

— Sim. O pai dele também foi militar. É meio que uma tradição de família. Por sinal, queria agradecer esta oportunidade, senhor. Sei que não fui exatamente escolhido, mas estou feliz por estar aqui. E muito grato. Isso é mais empolgante do que qualquer coisa que eu poderia imaginar.

— Escolhi vocês porque os dois se complementam muito bem. Não teria escolhido a srta. Resnik se ela não tivesse feito um excelente tra-

balho ao seu lado na Turquia. Não há motivo para se achar menos merecedor.

— Não tem problema. Eu entendo. Sou o copiloto. Ela é excelente. O senhor fez a escolha certa.

— Pelo entusiasmo, vejo que o senhor está se adaptando bem ao novo ambiente de trabalho.

— Estou, sim. Muito bem. A dra. Franklin nos trata muito bem. Passamos quase uma semana com ela antes do início dos voos. Ela passou todas as informações e mostrou tudo o que estava fazendo. Nós realmente nos sentimos como parte da equipe, não apenas meros soldados saindo a campo para o trabalho braçal. A mão é impressionante. O senhor acha mesmo que ela veio de... bem... lá de fora...

— A dra. Franklin tem certeza. Eu não tenho conhecimento suficiente para discordar da opinião dela nem estou inclinado a fazer isso.

— Eu também não ousaria. Ela é muito maternal. Não consigo imaginar o que a doutora faria se ficasse brava, mas tenho certeza de que não gostaria de descobrir. Ela é muito simpática, absurdamente inteligente e sempre tenta explicar as coisas da maneira mais simples possível quando comenta sobre o trabalho. Mesmo assim, tem muita coisa que não consigo entender.

— É por isso que a escolhemos. Como estão as coisas no laboratório? Todo mundo está se dando bem?

— Sim, senhor. A dra. Franklin está de ótimo humor. Ela e Kara, desculpe, a subtenente Resnik, se dão muito bem. É difícil perceber de início, mas as duas têm muito em comum. Cada uma de um jeito, mas são mulheres muito objetivas e com senso de dever, de missão a cumprir. Quando estão juntas, dá para perceber que são até parecidas fisicamente, como se fossem irmãs ou primas. Têm o mesmo cabelo escuro, o mesmo olhar intenso. Parece que criaram uma conexão de cara.

— Fiquei sabendo que o sr. Couture chegou.

— O linguista? Chegou, sim. Um garoto metido de Montreal, que fala francês. Se não me engano, ele se chama Vincent.

— Vocês já conversaram?

— Ainda não. Ele não dá muito as caras. Os painéis foram levados para outro cômodo, e ele passa a maior parte do tempo lá. Dizem que é muito inteligente. Pensei que o sotaque dele seria francês, mas é bem diferente do que eu imaginava. Ele parece... alemão ou algo assim.

— Ele é do Quebec, não é francês.

— Eu sei de onde ele é. Só pensei que lá eles falassem francês. Na verdade, o jeito dele falar é engraçado em qualquer idioma. A dra. Franklin pediu que falassem em francês, pois nunca tem chance de praticar. Até a Kara troca umas palavras com ele de vez em quando. Acho que sou o único que não entende o que ele fala.

— Parece que o senhor não gosta dele.

— Não é para tanto. É que somos muito diferentes. Ele me lembra os meninos que a gente zoava no colégio. E não gosto dessas recordações.

— O senhor tem vergonha do jeito como tratava seus colegas na adolescência? Não me parece ser alguém que gostava de fazer bullying.

— Nunca surrei nem torturei ninguém, mas queria fazer parte da turma, como todo mundo. Eu era do time de futebol americano... sabe como é.

— Não sei, não.

— Os caras do time pegavam no pé de quem não tinha jeito para esportes. Qualquer chance que aparecia, eles pegavam alguém de jeito no corredor. Eu sabia que estava errado, mas não tinha coragem de impedir. Nunca defendi os mais fracos e acho que devia ter feito isso.

— Você não passava de um adolescente. Parece injusto julgar suas atitudes pelos olhos de um adulto.

— Talvez. Mas o fato é que nunca perdi o sono por causa disso. O senhor me perguntou por que eu não... Acho que... Não importa. Tenho certeza de que vamos nos entender quando eu o conhecer melhor. Posso fazer uma pergunta?

— Claro.

— Por que estamos fazendo isso?

— O senhor não acha que artefatos deixados na Terra por uma antiga civilização alienígena mereçam atenção?

— Não é isso. Quero dizer, por que *nós* estamos fazendo isso? Entendo como isso é impressionante, e posso até entender por que Rose está participando, mas por que o envolvimento dos militares?

— Em primeiro lugar, os militares não estão envolvidos. Em relação ao Exército, o senhor e a srta. Resnik estão em missão de treinamento. Respondendo à sua pergunta, acredito que uma descoberta desta magnitude possa ter repercussões que a comunidade científica não está preparada para enfrentar. O senhor viu o que aconteceu na Turquia. Precisávamos de uma equipe para controlar a multidão, outra para a extração, além de alguém para lidar com as autoridades locais. Acho que tudo isso se resolve melhor com pessoas com treinamento militar.

— O senhor acha que os artefatos podem ter aplicações militares?

— Esta não é minha maior preocupação. Acredito que podemos aprender algumas coisas... aliás, muitas coisas... com esta descoberta. Se terá algum interesse militar, só o tempo irá dizer. No entanto, tenho certeza absoluta de que o projeto tem mais chances de ser bem-sucedido com a participação do senhor e da srta. Resnik.

— Obrigado pelas palavras. Só não quero descobrir que fui usado pelo esquema secreto de alguém.

— O senhor acha mesmo que eu lhe diria se esse fosse o caso?

— Provavelmente, não.

— Então fique certo, sr. Mitchell, de que estamos trabalhando pelo bem de todos.

ARQUIVO Nº 031

DIÁRIO DE KARA RESNIK, 3ª SUBTENENTE, EXÉRCITO DOS ESTADOS UNIDOS

Matamos uma criança hoje. Matamos uma menininha!

Devíamos ter previsto isso. Acabaria acontecendo em algum momento. A autoestrada deveria ter aberto os nossos olhos, mas estávamos envolvidos demais em encontrar a próxima peça. É muito fácil esquecer que, quando essas coisas foram enterradas, basicamente não havia nada em volta, só florestas e planícies! Foi pura sorte as primeiras quatro peças estarem onde estavam. E agora uma menina está morta! Estão todos mortos!

Estávamos tão felizes. Estávamos progredindo, cobrindo os setores mais rápido que o esperado.

O dia estava lindo, também. Acordei mais cedo do que de costume e cheguei ao laboratório no início do dia. Como voamos à noite, nunca temos tempo de encontrar a dra. Franklin nem qualquer outra pessoa do laboratório. Estavam todos lá e conversamos por algumas horas, contando histórias e aprendendo sobre o trabalho de cada um.

Mitchell e eu saímos por volta de dez e meia da manhã. Fomos até a base para preparar o plano de voo. Voamos diretamente para a Base Aérea

Nellis, próximo a Las Vegas. O olho não me incomodou muito. Já não dói mais, ainda que fique cheio d'água após algumas horas. Não fica tão ruim à noite, mas, como essa era uma viagem longa e à luz do dia, fiquei um pouco preocupada.

Dormimos umas duas horas ao chegar a Nellis, depois decolamos outra vez. Precisávamos cobrir a parte norte no Arizona. Era o mais longe que já tínhamos ido da base. Foi um dia longo, mas estávamos empolgados por sobrevoar o Grand Canyon, que não conhecíamos. Não daria para ver nada à noite da altitude em que estávamos, mas ainda assim era bom, como fazer uma conexão em Paris.

O voo correu sem problemas até perto do fim. A gente estava rumando para o oeste, perto da borda sul do Grand Canyon, quando vi algumas luzes brilhando à minha esquerda. Foi diferente das outras vezes em que encontramos uma parte do corpo. Desta vez havia uma trilha de luzes brancas. Já estava lá, mas Mitchell e eu não demos muita atenção. Havia um ponto turquesa bem no meio, e luzes piscando em volta. Estive no Iraque e aquilo me lembrou do que acontecia quando uma bomba explodia no meio de uma cidade. Olhei para o mapa. Era Flagstaff.

Diminuí a altitude e segui para o sul, em direção ao ponto turquesa. À medida que nos aproximávamos, conseguimos ver a destruição do alto. A peça — vista de cima, parecia um braço — tinha destruído um quarteirão inteiro. Algumas casas que ficavam à beira do buraco se partiram em duas. Muitos postes elétricos caíram e havia faíscas por toda parte. Muitas casas estavam pegando fogo.

Pousei no estacionamento de um restaurante, a cerca de três quarteirões de distância, e saímos correndo em direção às chamas. Tinha muita gente quase sem roupa correndo para o outro lado. Estava tudo um caos. Os bombeiros e a nossa equipe de recuperação ainda não tinham chegado. Algumas pessoas tiveram a sorte de conseguir abandonar as casas antes de ver tudo reduzido a pó e saíram correndo pelas ruas, tentando evitar a fiação elétrica pelo chão. Vi o brilho inconfundível saindo de uma cratera enorme onde antes ficavam duas casas espaçosas.

Uma mulher de camisola brotou do nada e me agarrou, gritando: "Amy! Amy!". Ela continuou gritando e me puxando pelo braço em direção à borda da cratera. "Ela estava no quarto dela. A Amy estava no quarto!"

De frente, a casa parecia inteira, mas toda a parte de trás tinha desaparecido do mapa. Lembrava uma casa de bonecas: dava para ver todos os cômodos, todos os móveis. O quarto de Amy ficava nos fundos e estava... Mitchell puxou a mãe, tirou-a de perto de mim e fez o possível para contê-la. "Ela se foi", disse ele, segurando a mulher com toda a força. "Ela se foi."

O buraco era lamacento e estava coberto por escombros. Havia uma rede de água e esgoto em algum lugar. Alguns postes telefônicos resistiam em pé em meio a montes de tijolos. Dava para ver a parte dianteira de um carro. Tudo isso misturado à lama e às pedras. Não dava nem para começar a procurar por sobreviventes.

Tinha um cachorro, um boiadeiro bernês, que não era filhote, mas também não era adulto, parado diante de uma pilha de escombros. Dava para ouvir latidos por toda parte, mas ele ficava pulando e latindo no mesmo lugar. Estava claramente chamando a atenção para alguma coisa, mas no ponto para onde olhava só havia lama, peças de roupa e um micro-ondas.

Mitchell e eu saímos da cratera e entramos em algumas casas que ficavam nas proximidades. Nada.

Só oito pessoas morreram naquela noite. Foi o que me disseram. Parece que a maioria das pessoas saiu correndo quando o chão começou a tremer. Só oito... Apertei um botão a quinze mil pés de altitude e matei oito pessoas, gente comum que nada fez para merecer aquilo. Imagino o medo que sentiram.

Todos ficam me dizendo que não havia nada a fazer para salvá-los, mas sei que não é verdade. Não deveríamos ter ido até lá. Não precisávamos fazer nada disso. Queria dizer que estava apenas cumprindo ordens, mas não é verdade. Participar foi uma escolha. Eu sou responsável.

Parece que todo mundo arranjou um jeito de colocar uma pedra sobre o que aconteceu, mas eu não. Mostraram muita preocupação comigo, foram calorosos e compassivos, mas não consigo lidar bem com esse tipo de atenção. Sei que não é pena, mas sou eu que costumo tomar conta de outras pessoas, não o contrário.

Mitchell sempre vem me ver quando permito, mas claramente não é o suficiente. Ele se importa de verdade comigo, todo mundo percebe, mas não quero conversar com ele sobre o ocorrido. Mitchell também estava lá, como eu, e apertou o botão. Com certeza também se sente culpado, mas, para continuarmos voando juntos, prefiro que este assunto não atrapalhe.

Conversei muito com a dra. Franklin sobre o que aconteceu. Ela me pede para chamá-la de Rose, mas não consigo. Está mantendo a compostura, apesar de tudo. Afinal, ela foi a responsável por orquestrar tudo e deve estar sentindo o peso do mundo nos ombros.

A doutora aparece aqui todos os dias, antes do início do turno, e às vezes fica algumas horas comigo, fazendo muito bem o papel de irmã mais velha. Só ela para conseguir me fazer pensar em outra coisa. A cada dois dias ela chega com um livro novo, todos muito ruins, cheios de baboseiras românticas. A gente lê as histórias e ri muito depois de acabar. Temos o mesmo senso de humor para este tipo de coisa. Acho que nós duas não temos muita sorte no amor.

Ela nunca me pediu para conversar sobre o que aconteceu, pois sabe que já falei sobre o assunto com todo mundo. É só disso que querem falar. Não preciso repetir os acontecimentos mil vezes para lembrar. Eu estava lá. Vou lembrar pelo resto da vida. Guardei todos os detalhes: a roupa das pessoas, os quadros pendurados nas paredes rachadas ao meio. Sou grata à dra. Franklin por entender isso. Não sei se teria conseguido superar tudo sem a ajuda dela.

Sei que ela ainda acredita que algo bom virá de tudo isso. Está na cara. Durante um tempo, foi movida pela curiosidade científica, mas agora sei que acredita que vale a pena de verdade, que podemos alcançar conhecimentos com potencial para ajudar muita gente. É bom ver que essa convicção não foi abalada, mesmo após uma tragédia. Eu não esperava que fosse assim.

E por falar em surpresas, Vincent apareceu por aqui ontem. Não achei que viria, pois mal nos conhecemos. Ele só ficou um minuto, mas me trouxe um presente, nas palavras dele. Era um cartão de desconto de uma loja de departamentos no valor de vinte e cinco dólares. Morri de rir. Acho que o objetivo era esse. Depois ele se despediu e saiu. Aquilo me comoveu. Foi estranho, mas me comoveu. E eu não sei praticamente nada sobre ele. Como Vincent fica o tempo todo sozinho na outra sala, nunca conseguimos conversar.

A dra. Franklin me contou que montaram uma perna, mas não era o que esperávamos. O joelho se dobra para o lado errado, aparentemente, e tem uma articulação a mais, então continua faltando uma peça acima da coxa. Parece a pata traseira de um cavalo, segundo ela. Mal posso esperar para ver, mas ainda não estou pronta para voltar.

Devo estar demonstrando demais. Ryan disse que nosso amigo sem nome perguntou o que ele achava de assumir o comando. Ryan não ficou muito empolgado com a ideia, mas falou que assumiria se eu concordasse. Contou que eles procurariam algum trabalho para mim em terra se eu quisesse sair, e que todos entenderiam.

Muito gentil da parte deles. Ryan tem bom coração, mas é tão ingênuo que nem percebe quando está sendo usado. Tenho a sensação de que estamos lidando com alguém que quase nunca aceita um não como resposta. Na hora da verdade, aposto que nosso "amigo" apontaria uma arma para minha cabeça antes de me deixar desistir.

Além do mais, o que eu poderia fazer? Tocar a vida como se nada tivesse acontecido? Nem consigo falar sobre o assunto. Pode parecer de um egoísmo absurdo, mas eu morreria de tédio a menos que alguém começasse a Terceira Guerra Mundial ou algo do gênero. Quem conseguiria sair deste projeto para ficar transportando contêineres de uma base a outra? E preciso saber o que vai acontecer. Quem é que conseguiria tomar parte em um projeto desses e depois ficar sem saber no que vai dar? Eu enlouqueceria.

Acabei de perceber que nossos diários são arquivados nos servidores do laboratório. Não me surpreenderia se "você sabe quem" estiver ouvindo tudo. Ei! Babacão! Tenho duas coisas a dizer. Primeiro: não faça isso. Segundo: acho que você me escolheu por uma boa razão. Não era obrigação sua escolher uma mulher com o olho ruim e uma personalidade ainda pior. Eu jamais desisti de nada na vida. Se você está achando que vou abandonar tudo, aquele seu testezinho não serviu para nada.

Como disse, preciso de algum tempo para botar a cabeça no lugar, mas também preciso acabar o que começamos. Em nome daquela menina, de todas aquelas pessoas... precisamos levar isso até o fim.

ARQUIVO Nº 033

MATÉRIA JORNALÍSTICA — CATHERINE MCCORMACK, REPÓRTER, *THE ARIZONA REPUBLIC*

TERROR EM FLAGSTAFF — OITO MORTOS
EM BOMBARDEIO ACIDENTAL

Mais da metade de um quarteirão de Flagstaff foi destruído na noite passada, em uma tentativa frustrada de ação terrorista, afirmam as autoridades. O principal suspeito pelo atentado, Owen Lehman, morreu durante o ato, por volta de uma da manhã, junto com sete outras pessoas, incluindo seu filho de quinze anos, no que parece ter sido um trágico acidente causado pela tentativa de fabricação de uma bomba caseira.

Lehman, que teve o pedido de benefício por incapacidade negado em 2012, enviou cartas de crescente hostilidade ao Governo Federal. "O linguajar usado em algumas das correspondências mais recentes foi considerado ameaçador. Nós levamos as afirmações a sério", afirmou Robert Armstrong, agente do FBI da divisão de Phoenix. "Os vestígios de elementos químicos assim como os fragmentos recuperados no local nos levam a crer que Lehman estava tentando construir um dispositivo explosivo de grande porte, que deve ter sido detonado acidentalmente." O FBI monitorava Lehman há vários meses, mas ainda não tinha provas suficientes para efetuar a prisão do suspeito. "Obviamente, gostaríamos de saber à época o que sabemos hoje", afirmou Armstrong, "mas acreditamos que o alvo era a agência de previdência social de Woodlands Village Boulevard."

Ao ser questionado sobre a ausência de focos de incêndio, Armstrong concluiu: "A explosão rompeu a rede de água e esgoto logo abaixo da residência do sr. Lehman, o que acabou causando um deslizamento de terra, que tragou os escombros e extinguiu o fogo. Foi nossa sorte, pois poderia ter sido muito pior".

Clarissa Parlow, moradora da região, disse que Lehman era estimado pelos vizinhos. "Ele era uma pessoa de poucas palavras. Parecia alguém muito tímido. A gente nunca imagina do que as pessoas são capazes."

As investigações continuam. O governador Udell pretende falar com a imprensa ainda hoje, durante a visita ao local da tragédia.

ARQUIVO Nº 034

ENTREVISTA COM ROBERT WOODHULL, SECRETÁRIO DA PRESIDÊNCIA PARA ASSUNTOS DE SEGURANÇA NACIONAL

Local: Casa Branca, Washington, D.C., EUA

— Não sei quem o senhor pensa que é ou a quem se reporta, mas isso aqui é o Gabinete da Presidência da República, não uma sub-repartição qualquer a quem o senhor mente para obter recursos. Como é que a NSA deixou que isso acontecesse?

— Estava fora da alçada deles.

— Ah, então tudo bem, estava fora do controle deles... Pode me explicar como é que o senhor conseguiu convencê-los a tomar parte nisso?

— Eles não precisaram concordar ou discordar. Estava... fora da alçada deles. Creio que não havia nada a ganhar se continuassem envolvidos. Aliás, nem sei por que se envolveram no início. Eles são especialistas em criptologia, analisam chamadas telefônicas. Artefatos gigantescos deixados para trás por civilizações alienígenas estão um pouco fora da área de competência da agência. Se for necessário falar desse projeto por telefone, então eu peço à NSA.

— É bom constatar seu enorme respeito pela Agência Nacional de Segurança. Uma questão. Quem o senhor pensa que é para dizer o que a NSA pode ou não pode fazer? Esqueça. Quem diabos é o senhor?

— Eu tenho o maior respeito pela Agência Nacional de Segurança. Também tenho meu dentista e meu contador em alta conta, mas nunca pedi que liderassem nossa equipe de pesquisa.

— O senhor não respondeu à minha pergunta.

— O que lhe disseram quando o senhor aceitou este cargo?

— Nada! Só me disseram para cooperar com o senhor em nome da segurança nacional. E, para ser sincero, este é o máximo de cooperação que posso dar, no momento.

— Talvez o senhor queira deixar o assunto para amanhã, em nome da segurança nacional.

— Você matou oito pessoas, seu filho da puta! Oito cidadãos americanos, incluindo uma criança. Pelo amor de Deus! Uma menininha de seis anos, de cabelos ruivos cacheados e olhos azuis brilhantes.

— O senhor se sentiria melhor se os olhos fossem de outra cor?

— O rosto dela está em todas as televisões de todas as salas deste país.

— Foi um acidente infeliz. Eu gostaria de poder dizer que era imprevisível, mas isso não seria bem uma verdade. A probabilidade de encontrar uma das peças em uma região densamente povoada era muito pequena, logo, foi considerada aceitável. Tínhamos um plano de contingência, que foi executado sem falhas. Fizemos o melhor possível para controlar uma situação ruim.

— E que trabalho fantástico! Um bando de soldados jogando uma mãe desconsolada dentro de um caminhão. A imagem ficou ótima na CNN.

— Criamos uma história plausível.

— Eu sei. Eu li! Uma bomba caseira que explodiu acidentalmente na casa de um suposto terrorista. Tem como não amar algo assim? Vocês puseram o país inteiro em estado de alerta só para poder esconder uma estatuazinha. E a família que vocês acusaram? Aposto que ficaram todos empolgados ao saber que o tio Owen era um terrorista. Isso não é um jogo.

— Nós dois sabemos muito bem que não fiz nada que o país já não tenha feito dezenas de vezes antes. Talvez você seja orgulhoso demais para admitir, mas o índice de aprovação do governo vai subir vinte pontos por causa disso. E nem adianta me olhar desse jeito. Você tem muitos talentos, mas fingir não é um deles. Falta menos de um ano para a eleição. Quantos presidentes perderam a eleição em tempos de crise? Você vai ter coragem de me dizer que não pensou nisso? Nem por um instante?

"Vamos lá, pode admitir. Você não foi um fator determinante para esta tragédia e, para todos os efeitos, tem pouca ou nenhuma responsabilidade pelo que aconteceu à menina. Não precisa ter vergonha por ter se beneficiado pelo que passou.

"E, para sua informação, não é uma estátua. Parece ser um tipo de veículo."

— Não há nada no relatório que sugira...

— Seu relatório pode estar um pouco desatualizado. Parti do pressuposto de que nem todas as peças seriam encontradas nos Estados Unidos, por isso montei uma segunda equipe para usar drones que voam a grandes altitudes fora de nossas fronteiras.

— Isso é inacreditável. Quando aconteceu?

— Cerca de seis meses atrás.

— Seis meses? Mas a busca mal tinha começado seis meses atrás!

— Por que atrasar o inevitável? Começamos no Ártico, por ser uma região praticamente desabitada. Fizemos uma descoberta sob o gelo na ilha Ellesmere. Algo que você vai achar muito interessante.

— E você não acha que devia ter avisado... quem mesmo?... a mim, antes de cometer esta estupidez?

— Meu caro Robert, gosto de conversar com você. Pode ter certeza de que teria falado com você na hora se considerasse necessário.

— Vá para o inferno... E o que o Canadá tem a dizer sobre esta invasão?

— Mal sabem que estivemos lá. Estão tão preocupados com a aproximação de navios dinamarqueses que provavelmente ficariam gratos por estarmos patrulhando a área.

"Encontramos o tronco. É grande, muito grande. Na superfície, parece igual às outras peças, mas encontramos uma escotilha muito pequena nas costas. Tem uma grande câmara no lado de dentro, com o que parece ser uma sala de controle."

— Quer dizer que essa coisa pode se movimentar, como um robô?

— Isso é você que está dizendo. Só poderemos confirmar depois de encontrar o resto das peças.

— O.k. Por essa eu não esperava. Só que veículos é o que não nos falta, seja na terra, na água, no ar ou até no espaço. Essa coisa tem alguma capacidade de ataque?

— Só vamos descobrir quando tivermos todas as peças. Como eu disse, precisamos expandir nossas buscas para fora dos Estados Unidos.

— E quantos países você tem em mente?

— Como assim?

— Como assim? É uma pergunta simples. Quantos países?

— Todos, é claro.

— Deixa eu ver se entendi. Você quer que o presidente autorize uma violação do espaço aéreo de todos os países do mundo para espalhar material radioativo, na esperança de encontrar partes de um gigantesco robô alienígena? É só isso?

— Não, tem mais. Ele precisa estar preparado para fazer muito mais. É só o começo e é absolutamente indispensável que o presidente tenha total clareza em relação a isso.

"Entrar no espaço aéreo de outros países sem ser convidado é fácil. Fazendo direito, ninguém vai saber que estivemos lá. Porém, se funcionar, e vai, em algum momento, as partes do corpo vão subir à superfície. Algumas vão aparecer no meio do nada, outras vão surgir nos piores lugares possíveis. Elas sobem muito rápido, com força, e vão causar estrago. Se você acha que Flagstaff foi ruim, imagine o que uma dessas coisas faria no meio de Londres ou Paris. E que tal a praça Vermelha, em Moscou? Vão morrer muito mais do que oito pessoas. E serão tão inocentes quantos as vítimas que já tivemos. Mais menininhas de cabelo encaracolado.

"O mais importante é que nem sempre a minha equipe vai chegar ao local em questão de minutos para resgatar as peças, o que significa que outras pessoas também conseguirão coletá-las. O mais provável é que não façam ideia do que têm diante de si, mas que não demorem a perceber que é algo digno de atenção. Acima de tudo, é certo que não vão gostar nada de ver as garotinhas deles sendo tragadas pela terra.

"Você precisará pegar as peças. Primeiro, pedindo com jeito. Alguns vão aceitar. Outros, não.

"E o que acontece depois? Você já vai ter muito sangue nas mãos. Vai parar por aí? Então vem a próxima pergunta: 'Estou preparado para tudo?'. Se você e o presidente não estiverem dispostos a ir até o fim, pode haver outros jogadores sem as mesmas reservas."

— Não me ameace. *Nunca* se atreva a me ameaçar. Ainda que o senhor já tenha conseguido que este governo me forçasse a lhe dar ouvidos, se tiver a ousadia de me ameaçar de novo, vai passar o resto da miserável vida em um país seco de quinta categoria. De brinde, ainda mando enfiarem sua cabeça em um balde d'água até quase se afogar pelo menos dez vezes por dia. Fui claro?

— Como sempre, meu caro Robert. De uma clareza singular. Agora, deixando de lado as ameaças vazias, a questão continua. Não conseguiremos nosso objetivo sem sair do país. Não esqueça, e você deveria ter pensado nisso quando leu meu primeiro relatório, que as peças foram enterradas há três mil anos. As fronteiras que você tanto teme ultrapassar não passam de linhas coloridas em um mapa. Nenhuma delas existia três milênios atrás.

— Está claro que teria sido muito mais conveniente desenterrar os artefatos um par de milênios atrás, só que isso não torna a ideia de violar o espaço aéreo de nossos aliados ou inimigos menos estapafúrdia. A menos, é claro, que o senhor esteja disposto a repetir esse discursinho sobre mapas e linhas coloridas para os líderes mundiais. Não tenho dúvidas de que, depois de saber das linhas coloridas, todos vão nos receber de braços abertos.

— Pode fazer troça à vontade. No fim das contas, você vai perceber que tudo isso precisa ser feito. Por mais que a ideia não agrade, e posso garantir que também não sou fã dela, é o que precisa ser feito.

— A dra. Franklin está ciente?

— Ainda não. Imaginei que você gostaria de receber a notícia primeiro.

— Qual notícia? A do tronco oco ou a da segunda equipe.

— Ambas.

— Assim você acaba comigo. Não contou a ela sobre a segunda equipe? Tenho certeza de que a doutora vai ficar empolgadíssima quando souber.

— Não é da conta dela.

— Talvez, mas quero que conte a ela. Sobre o tronco, é claro. Sobre a outra equipe, ela vai precisar saber, de alguma forma. E vai ficar furiosa. Diga para a doutora descobrir como esta coisa funciona e o que pode fazer. Não me importa se tiverem que trabalhar vinte e quatro horas por dia, quero que diga para darem um jeito. Depois, quero conversar pessoalmente com ela. Não confio em nada do que você possa me dizer sobre o assunto. Agora, *se*... preste atenção... *se* ela disser que consegue fazer funcionar, você terá todo o apoio deste governo. Se ela disser que não é possível... Bom, vamos deixar bem claro à doutora que é do interesse de todos que ela consiga.

— Quer que eu a ameace?

— Quero que ela e todos os envolvidos, o que inclui você, entendam que, quanto maior for a aposta, menor a possibilidade de sairmos do jogo.

— Então você quer que eu a ameace.

— Do jeito que está falando, parece até que eu quero matá-la.

— E quer?

— *Não!* Por que eu faria isso? Estou só sugerindo que ela pode ser substituída se não atender às expectativas.

— Você não acha que ela já está atendendo às expectativas?

— Está, mas se não conseguir nos conduzir até o fim do caminho, talvez outra pessoa consiga. E ela deve estar ciente disso. Não estou sugerindo substituí-la agora, mas ela precisa entender que existe essa possibilidade. O mesmo raciocínio se aplica a você.

— Não se aplica, não. Mesmo assim, posso entender por que você acha que sim.

— O que você está querendo dizer?

— Se você soubesse que determinada funcionária vai sair do emprego em seis meses, quanta responsabilidade estaria disposto a entregar para ela?

— Não estou entendendo.

— Você trabalha para alguém que pode perder o emprego depois de quatro anos e que necessariamente vai deixar o cargo depois de oito. Só estou chamando sua atenção para o fato de que existem muitos interesses desta nação que exigem um compromisso de prazo maior.

— Fique certo de que vou relatar isso ao presidente.

PARTE 2

QUEBRE A PERNA

ARQUIVO Nº 037

ENTREVISTA COM A DRA. ROSE FRANKLIN, PH.D.

Local: Complexo subterrâneo, Denver, Colorado, EUA

— É uma mulher, não resta mais dúvida! Não consegui parar de sorrir quando trouxeram o peito. Os seios não são tão grandes, em vista do tamanho dela, mas ainda são maiores que o meu carro. Lindos... Ela deve ter causado muita inveja a todas as outras robôs do passado.

— Eu ainda não vi.

— Você precisa ver. O peitoral e o meio do abdômen são lisos. Acho que ela está usando algum tipo de armadura leve, como as amazonas. Duas grandes artérias turquesa descem pelas laterais, por trás das costelas. É como se uma parte da anatomia estivesse exposta. Ela também tem uma peça de armadura em formato de V entalhada nas costas, que desce até a cintura. É magnífica, muito singular.

— Fico impressionado com sua atenção aos detalhes. A parte estética também me chama a atenção. Algumas partes são realmente de cair o queixo. E a senhora fala desta peça em particular com muita admiração...

— *Peças*, no plural. O peito e o abdômen são separados. Só estavam conectados no momento de sua descoberta.

— Obrigado por me corrigir. Eu dizia que prefiro que a senhora se concentre na funcionalidade destas peças, no plural.

— Como eu disse, você precisa ver. Não dá para responder a perguntas sobre a Capela Sistina sem mencionar o teto. A estética não é um mero detalhe, é tão importante quanto o resto. Só de olhar dá para perceber que ela foi construída para intimidar. Qualquer um que se encontrar frente a frente com ela vai ficar impressionado e aterrorizado ao mesmo tempo. A forma segue a função.

— Que a vida é reconhecível em sua expressão. Que a forma sempre segue a função. Esta é a lei.

— Quem disse isso? Frank Lloyd Wright?

— O mentor dele. Peço desculpas pelo comentário anterior. Não tenho motivo para questionar sua opinião.

— Tudo bem. Às vezes eu me deixo levar. De qualquer forma, o tronco é magnífico e muito grande.

— Qual o tamanho?

— Muito grande. É... enorme. Tem mais ou menos o tamanho de um prédio de seis andares. Por isso nos mudamos para cá.

— De fato, é uma estrutura impressionante. Eu até me perdi nos túneis depois que entrei. Um dos seguranças levou vinte minutos para me encontrar e me trazer aqui.

— O lugar estava absolutamente vazio até chegarmos. A segurança é um tanto falha depois de passar pela porta de entrada.

— O que mais a senhora pode me dizer sobre as instalações?

— Este lugar é chamado de Arca. Estamos logo abaixo do aeroporto internacional de Denver. Foi construído no auge da Guerra Fria como centro de comando alternativo em caso de guerra nuclear. Também possui uma estrutura de abrigo para quase cinco mil pessoas e a maior estrutura de armazenamento subterrâneo do mundo.

— Parece uma descrição da montanha Cheyenne.

— Bastante. Só que, como aparece em quase todos os filmes de ficção científica, aparentemente a montanha Cheyenne se tornou um alvo preferencial e pode não resistir ao ataque de mísseis modernos. A estrutura em que estamos foi construída no final da década de 1980 para uso como local de comando e abrigo de longo prazo, quando o Plano de Continuidade de Governo for decretado.

"Recebemos acesso à área de armazenamento, que tem dez mil metros quadrados de área e mais de noventa metros de altura. Se conseguirmos remontar as peças, ela terá espaço para se locomover, agora que sabemos que é possível."

— Visitarei as instalações mais tarde. Imagino que a senhora tenha encontrado a abertura.

— Encontramos. Existe uma escotilha no alto das costas, entre as escápulas. Mal dá para ver, mas na porta há um perfil de mão entalhado, que reage ao calor corporal. Quando você pressiona a mão contra o perfil, a porta se abre. É claro que você sabe disso, pois os seus homens já entraram lá.

— Sinto uma ponta de frustração na sua voz.

— Não sei se é justo chamar de frustração, pois me disseram que eu seria a responsável pelo projeto. Depois você me diz que montou equipes para vasculhar o Ártico usando a minha fórmula sem o meu consentimento. Logo, não estou muito satisfeita, e fico me perguntando o que mais você não me contou.

— O objetivo era que a senhora terminasse a busca em solo americano. Eu poderia ter contado antes, mas estou contando agora. A senhora não é mais responsável pelos esforços de busca. Todo o resto está sob seu controle.

"Se concentre em fazer tudo funcionar. Agora está muito mais próxima da sua área de especialização. A senhora superou as expectati-

vas em ocasiões passadas e esperamos que desta vez não seja diferente. Odeio ter que lembrar, mas a senhora não é uma estrategista militar e quase perdeu sua piloto durante o primeiro contratempo. Acredite em mim, a situação vai ficar extremamente desagradável quando começarmos as buscas em território estrangeiro."

— Veja bem, não me importa se sou responsável ou não pelas buscas. Só quero que você jogue limpo comigo. Nunca pedi nada desde que começamos este projeto, mas estou pedindo agora. Não aja pelas minhas costas.

— Vou me lembrar disso. Agora, que tal falar um pouco do tronco?

— Atrás da escotilha, há um pequeno túnel, com cerca de um metro e vinte, que leva a outra portinhola com o mesmo perfil de mão, mas feita de um material que não consegui identificar. Essa portinhola dá para uma câmara esférica com cerca de nove metros de largura. A câmara gira dentro do tronco com base na inclinação. O conceito é simples e belo. A esfera é mais pesada na parte de baixo e flutua em um tipo de líquido. A gravidade faz o resto. Quando o corpo se inclina, a esfera interna se mantém equilibrada. Ela parece ser translúcida: dá para ver o metal escuro através da substância leitosa em que flutua. O interior é fracamente iluminado, embora não haja fonte de luz aparente. Também não há janelas.

"O piso é liso e se divide em dois deques em formato de lua crescente. O traseiro tem cerca de um metro de altura, e dois degraus em cada lado, que levam à seção dianteira. Parece projetado para acomodar duas pessoas, dois pilotos, que eu chamo de animadores. Prefiro a analogia com marionetes, já que não se trata de uma nave.

"O deque superior é muito minimalista. Há uma viga que desce do teto até meia altura e termina conectada a um capacete negro. Parece um capacete de scooter, com um visor escuro e opaco, e se conecta a uma espécie de camisa de força, que é articulada nos ombros e nos cotovelos e tem braçadeiras de metal que se fecham sobre o braço. Também tem uma braçadeira maior que se fecha sobre o peito e dispositivos parecidos com luvas nas extremidades dos braços. Diante dessa estrutura fica uma pequena coluna metálica redonda, com cerca de um metro de altura."

— A senhora já conseguiu determinar para que serve?

— Não temos ideia do que faz, mas ainda não tentamos nada.

"O deque inferior é mais elaborado. Existe um console em forma de lua crescente, com dois metros de largura e cerca de doze símbolos entalhados. Alguns são iguais aos símbolos curvilíneos que encontramos nos painéis da câmara da mão, mas nunca tínhamos visto os outros antes. Diante do console, no local onde se esperaria uma cadeira, fica um círculo. Eu não chamaria de piscina porque não tem nem dois centímetros de profundidade, embora seja preenchida por um líquido leitoso muito suave, muito sedoso, como um teflon líquido. Erguendo-se do chão, bem no meio, há uma haste com cerca de um metro de altura. Há outro capacete negro conectado a essa haste, e um conjunto de braçadeiras de metal para as pernas, com estribos pendurados a cerca de três centímetros do chão líquido.

"Passa a impressão de que um indivíduo opera os braços e o tronco, enquanto outro controla as pernas e seja lá mais o que se possa fazer no console. Então a coisa fica bem interessante..."

— Antes de prosseguir, a senhora já decidiu quem vai controlar a parte superior do corpo e quem vai trabalhar com as pernas?

— Não decidi ainda. A estação de comando da perna controla a locomoção e todas as outras funções do console. Então, esse é um ponto a favor de Kara, quer fique ali sentada, ou de pé, ou seja lá como for. Porém, acredito que, fisicamente, mover as pernas seja mais difícil, e Ryan é um homem muito forte. O mais provável é que testemos as duas possibilidades para ver a mais natural.

— E então?

— Então o quê?

— A senhora disse: "Então a coisa fica bem interessante". A ironia não é uma das minhas formas de comunicação favoritas, mas também não é nada que eu não possa reconhecer. Acredito que a senhora estava prestes a me dar más notícias.

— As braçadeiras das pernas não são adequadas à anatomia humana. Foram claramente projetadas para alguém com articulações semelhantes às do robô. Sempre acreditei que as pessoas que construíram isto pelo menos se parecessem conosco. Caso não fossem humanas, é claro.

— Isso será um problema para o piloto?

— Talvez eu não tenha sido clara. Os joelhos estão ao contrário! Então, sim, será um problema, a menos que consigamos encontrar um avestruz muito inteligente que controle as pernas. Precisamos buscar uma maneira de adaptar os controles à nossa anatomia.

— E o console? Houve algum progresso na decifração dos símbolos?

— Na verdade, não. Vincent só deu uma olhada no console e voltou a trabalhar nos painéis. Ele acredita que tem mais chances de interpretar os símbolos em um contexto, vendo como se combinam, em vez de fazer uma análise individual.

— Como assim "ele acredita"? Por acaso a senhora está se perguntando se escolheu a pessoa certa?

— O que te leva a pensar que eu…

— A senhora está se distanciando da opinião dele, o que não é de seu feitio. A senhora tende a dar crédito aos outros quando acertam e assumir a responsabilidade quando erram. Isso me sugere um questionamento.

— Bem, às vezes. Vincent é absolutamente brilhante, não me entenda mal, e é capaz de compreender coisas que vão muito além da especialidade dele. Tivemos uma conversa muito interessante sobre planetas extrassolares algum tempo atrás. Ele lê sobre astrofísica no tempo livre, só por diversão. Se tem alguém que pode decifrar os símbolos…

"Só espero que não se atrapalhe com o ego. Vincent me respeita e foi fácil simpatizar com ele. O problema é que ele pega pesado com quem não está no mesmo nível. Tenho a impressão de que exige ainda mais de si mesmo. Minha preocupação é caso o trabalho se arraste por tempo demais… Ele conseguiu conquistar até a simpatia de Kara, o que não é simples e com certeza deixou tudo mais fácil para nós.

— Li a ficha dele. Acho que Vincent é capaz de suportar mais do que a senhora supõe.

— Você leu… Ele tem uma ficha?

— O seu cabeleireiro tem uma ficha, e a senhora só o vê uma vez por mês. Vincent Couture é estrangeiro em solo americano e tem acesso direto a informações absolutamente sigilosas todos os dias. A ficha dele é bem extensa.

— O meu cabeleireiro tem uma ficha?

— Tem, e garanto que ele precisa parar de sonegar impostos. E se a senhora achar que precisa substituir o sr. Couture...

— Você me entendeu mal. Se houver possibilidade de decifrar os símbolos, Vincent vai conseguir. Só não tenho certeza de que a decifração seja humanamente possível. Meu medo é que seja impossível e, neste caso, não sei como Vincent vai reagir. Acho que ele nunca se deparou com um problema que fosse incapaz de resolver e, se achar que fracassou, pode entrar em um processo de autodestruição.

— Não quero parecer insensível, mas, sem uma compreensão básica dos símbolos, é impossível fazer a máquina funcionar. A reação do sr. Couture ao fracasso parece algo bastante insignificante quando comparada à maior descoberta científica da história. Se a senhora acredita que ele não vai conseguir, é melhor proceder à substituição imediata. Se a sua preocupação é com os estragos ao ego do nosso linguista, prometo que vamos usar um montante considerável de recursos para ajudar o sr. Couture. Trinta horas de terapia não vão causar grandes rombos ao nosso orçamento.

— Ele só precisa de mais tempo.

— Ele tem uma semana.

ARQUIVO Nº 039

RELATÓRIO DE EXPERIMENTO — KARA RESNIK, 3ª SUBTENENTE, EXÉRCITO DOS ESTADOS UNIDOS

Local: Complexo subterrâneo, Denver, Colorado, EUA

Aqui é Kara Resnik falando. Hoje é dia 20 de setembro. São... dez e vinte e cinco da manhã. A dra. Rose Franklin está no laboratório monitorando meus sinais vitais durante o experimento. Olá, dra. Franklin! Estamos prestes a testar os controles dentro do artefato. Conectamos o braço esquerdo inteiro ao tronco e vamos ver se consigo movimentá-lo. Quer dizer, se eu conseguir chegar lá. Estou subindo as escadas agora, com uma banqueta.

Precisamos muito montar um elevador para fazer isso. Mesmo sem as pernas, é muito alto. Já é difícil me movimentar com tantos sensores colados na cabeça e no peito. Tenho medo de partir os fios. Como se não fosse suficiente, ainda tenho que carregar um móvel. Quando conversar com nosso amigo, pergunte a ele se encontraram alguma coisa parecida com uma escada alienígena no Ártico. Se alguém ouvir isso um dia, saiba que a escotilha que leva para dentro do tronco se abre a quase um metro e meio do chão. Não é uma grande queda, mas é preciso ter pelo menos dois metros e meio para fechar pelo lado de dentro ou para abrir de novo. Moral da história: não entre sozinho ou leve uma banqueta. Ah, e não se esqueça de fazer xixi antes.

Estou a uns trinta degraus do topo. Por que sou a única a subir as escadas? Eu sei, sou a piloto dos braços, a única piloto de braços. Porém, como esta coisa ainda não tem pernas, talvez pudéssemos, quem sabe, dividir o esforço. Ryan tem o dobro do meu tamanho e com certeza não se importaria de carregar a banqueta por quinze lances de escada.

Não estou reclamando. Estou... escalando. Cheguei ao topo. Só vou... recobrar o fôlego um instante...

Estou olhando para a escotilha. Estes alienígenas tinham mãos... muito comuns. É um pouco maior que a minha, mas parece que poderia ser a de qualquer pessoa. Pressionando agora. Dá para sentir tudo vibrando levemente. A escotilha da esfera deve estar se alinhando com esta aqui. Está abrindo.

Estou quase chegando à outra escotilha. Por que esta passagem é tão pequena? O.k., está aberta. Só vai levar um segundo para... deixar a porcaria da banqueta cair no chão... e... vou conseguir entrar.

Entrei. O espaço ainda está bem iluminado. A luz é muito... aconchegante, como a de um quarto com lareira. Acabei de fechar a escotilha interna. Desci da banqueta, estou me aproximando da estação de comando superior. Rose, sei que você acha que esse negócio lembra uma camisa de força, mas para mim parece mais uma armadura poderosa. Se tirar do poste que sai do teto e pintar com tinta preta, o Batman usaria com o maior orgulho. Estou posicionando os braços...

Não consigo colocar meus dedos nas luvas. Mexe para cá, mexe para lá... O.k., mãos posicionadas. As luvas são um pouco rígidas. Fechando as braçadeiras. Estou tentando... prender a frente com meus grandes dedos de metal. Acho que é assim que funciona. Estou fechando a braçadeira de metal em torno do meu peito.

Vamos ver se consigo me mexer com esta coisa. A mobilidade é boa, com mínima resistência para braços e mãos. É um pouco mais difícil mexer o peito. Consigo me inclinar para a frente para tocar os dedos dos meus pés, mas é impossível me agachar. Mal consigo flexionar os joelhos antes de chegar ao limite de movimento. Também não posso mudar de lugar. Vai ser difícil pegar qualquer coisa no chão. Não, esquece. Que idiotice a minha. Minhas pernas não contam. O Ryan pode se agachar na outra estação de comando para que eu pegue o que for preciso no chão... Isso vai ser estranho. Sei que está todo mundo empolgado, mas acho que vai levar um tempo até a gente conseguir se acostumar com essa coisa de dois pilotos.

Claro que este vai ser o menor dos problemas, a menos que haja um monitor de vídeo ou algo parecido no capacete, porque, bem, não dá para enxergar nada do lado de fora. Só vejo metal por todos os cantos. Além disso, o visor do capacete parece completamente opaco. Por isso, se não tiver tela, não vai dar para ver nada. Use a força, Luke! Talvez seja isso. Talvez tudo isso faça parte de um grande treinamento Jedi, para ver se eu consigo mover um boneco de dez mil toneladas por aí com os olhos fechados.

Acho que não tem mais o que fazer, só colocar o capacete. Aliás, parece muito com um capacete de helicóptero. Estou colocando na cabeça agora. Fico imaginando se...

AAAAAAAAHHHHHHH...

ARQUIVO Nº 041

ENTRADA DE DIÁRIO — DRA. ROSE FRANKLIN, PH.D.

Estou irritada. Com todos. Comigo também. Eu já devia saber que não dá para fazer experimentos com coisas que não compreendo e partir do pressuposto de que tudo vai ficar bem. Foi estupidez minha. Os controles da perna deixaram bem claro que o aparato não foi feito para seres humanos. Quem sabe o que esta coisa pode fazer conosco? Como tive coragem de pedir a Kara para testar na cabeça algo cujo funcionamento desconheço completamente? Como não deixei uma equipe médica de prontidão para imprevistos?

Ela continua internada. Disse que a dor foi tão intensa que perdeu a consciência quase na hora. Nossa equipe a encontrou pendurada pelos braços na estação de comando, como Cristo na cruz. O capacete tinha desligado sozinho. Demorou quase meia hora para que os paramédicos conseguissem chegar até o local e a tirassem de lá. Ela poderia ter morrido umas mil vezes.

Quando saiu, estava completamente cega. Quase a perdemos duas vezes no mesmo dia. Kara, como era de se esperar, arrancou o soro intravenoso assim que acordou e tentou sair do quarto. Acabou tropeçando em alguma coisa, caiu e bateu a cabeça em um armário de metal, desmaiando outra vez. Foi preciso dar uns oito pontos no corte da testa.

Além disso, o rosto teve queimaduras superficiais. Os médicos cuidaram dos ferimentos e enfaixaram a cabeça dela para cobrir os olhos. Kara deveria ficar com o curativo por alguns dias, mas arrancou tudo em poucas horas. Disse que estava coçando muito... Os médicos só a censuraram de leve. Como já tinham visto Kara algumas vezes — exames de rotinas, alguns cortes e hematomas —, devem ter ficado surpresos por ela ter demorado tanto a tirar as ataduras. Eu, pelo menos, fiquei.

Quando passei no hospital para ver como ela estava, o quarto era uma agitação só. Os profissionais discutiam entre si e chamavam outros colegas para examinar a paciente. Perguntei um monte de vezes o que estava acontecendo, mas ninguém me dava ouvidos. Kara jogou um abajur na parede. Aquilo chamou a atenção da junta médica.

Disseram que o olho estava ótimo, mas ela não se mostrou muito entusiasmada com a notícia. Então explicaram que, de alguma forma, a retina tinha voltado ao normal. Não consegui acreditar naquilo, mas eles mostraram as imagens de antes e depois. Não precisava de diploma de medicina para perceber. O capacete a tinha curado. Provavelmente, detectou a lesão no olho e executou a cura. Minha esperança é que esta tenha sido a razão da dor intensa.

É difícil descrever em palavras meu alívio. Kara está bem. Está ótima, para dizer a verdade. É quase um milagre. Então, por que estou irritada? Bem, fiquei muito feliz, voltei correndo para o laboratório e coloquei o capacete na minha cabeça. Que burrice, não é?! Como nada aconteceu, pedi a Ryan que subisse e fizesse o mesmo. Mandei todos os assistentes colocarem o capacete. Quando nada disso funcionou, todos colocamos o capacete da outra estação de controle. Para que arriscar a vida de uma pessoa só quando você pode arriscar a de seis? Ah, e o capacete está danificado. Até onde sei, o outro já estava danificado quando o encontramos. Nenhum dos dois funciona mais.

No que eu estava pensando? Dá para acreditar que aquilo curou o olho de Kara? Talvez os alienígenas tivessem um olho só, e enorme. Talvez tivessem oito. Quem sabe tivessem olhos de mosca ou não tivessem olho nenhum. O capacete podia ter partido a cabeça de Kara ao meio, podia ter desfigurado o rosto dela ou a transformado em algo que ela não é. Milhões de coisas poderiam ter acontecido, a maioria fatais.

Minha obrigação é zelar pela segurança dela, garantir que nada lhe aconteça. Mandei Kara subir e ela confiou em mim, confiou no meu julgamento, confiou que eu não a mandaria lá se acreditasse que poderia se ferir. Eu deveria ter uma atitude de cientista, mas agora nem sei mais o que sou.

Kara vai fazer uma ressonância magnética amanhã para saber se houve algum dano cerebral. Se eu tivesse meio cérebro, teria esperado pelos resultados antes de deixar qualquer outra pessoa entrar na esfera de novo. Agora é tarde, mas vou pedir muitos exames médicos antes de permitir que Kara volte a entrar lá. De qualquer forma, será preciso esperar mais algumas semanas, pois ela pode exibir mais sintomas com o passar do tempo.

Espero, do fundo do coração, que ela esteja bem. Não só pelo bem do projeto, mas porque eu não conseguiria conviver com a culpa se algo acontecesse. Me aproximei muito dela. Me aproximei muito de todos, mas tenho um carinho especial por Kara.

E não sou a única. Ryan não disse nada e todos fizemos de conta que não percebemos, mas é claro que Kara sabe. Eu sei. Vincent, também. Tenho certeza de que até o robô sabe. Desejo tudo de melhor a Ryan — quem não desejaria? —, mas espero que essa paixão passe. Espero que eles não fiquem juntos. Adoro a Kara, mas ela acabaria magoando o rapaz, e muito.

Fora isso, os dois estão indo muito bem. Demorou um pouco, mas Ryan entendeu que deve dar espaço a Kara. É preciso lhe dar os créditos por isso. Eles se complementam e trabalham muito bem juntos. Isso é essencial para que consigam passar os dias olhando para a cara do outro.

Então, para resumir, tenho um robô incompleto com controles danificados, um piloto apaixonado e uma piloto ferida. Não sei aonde isso vai nos levar. Os capacetes foram um revés e tanto. Não sei quando conseguiremos consertar. Aliás, nem sei se têm conserto. Mesmo que voltem a funcionar, não existe qualquer garantia de que seja possível usá-los sem parar no leito de um hospital. Afinal de contas, não foram feitos para nós.

Isso me leva aos controles das pernas. Ryan se deu mal na história: o capacete não funciona e as pernas se dobram para o lado errado. Eu queria encontrar uma maneira de modificar os controles para se adequarem à nossa anatomia, mas, se começarmos a mexer com eles, o risco de danos permanentes é grande demais. Eu não conseguiria reproduzir o metal utilizado se quebrássemos alguma coisa na estação de comando. Vou tentar de tudo antes de deixar alguém chegar perto dela com um maçarico.

Ryan enfiou na cabeça que vai conseguir trabalhar com as pernas se estiver virado para o outro lado, de costas para o console. Ele teria que andar para trás o tempo todo. Embora eu ache uma loucura, como não tenho nada melhor a oferecer, estou inclinada a deixá-lo tentar. Andar é muito mais complicado do que parece à primeira vista. Fazemos o movimento de modo inconsciente, mas é muito mais difícil se for preciso pensar no que se está fazendo. Basta um comentário sobre a maneira de andar de alguém para que a pessoa logo comece a se movimentar de um jeito estranho. É algo complexo e difícil de destrinchar.

Eles não conseguirão manter o robô em equilíbrio se Ryan não fizer os movimentos de maneira impecável. É uma estrutura alta e estreita, e o centro de gravidade ficará a grande altitude. Se só isso já é assustador, nem quero imaginar como seria uma queda depois que colocássemos as pernas. É bem provável que destruísse um quarteirão ou dois.

Trouxe alguns técnicos para fazer um programa de simulação no computador. A máquina vai se conectar aos controles das pernas e à outra estação para transformar o movimento do piloto em um modelo computacional do robô. Assim, conseguiremos ver os resultados na tela. O programa de simulação leva em consideração o peso, a velocidade e muitos outros fatores, de modo que deve ao menos dar uma ideia da viabilidade do que pretendemos fazer.

Então, se os capacetes funcionarem sem nos matar e se Ryan conseguir controlar milhares de toneladas de metal andando para trás, só precisaremos resolver o problema do console. Como Ryan estará de costas para o equipamento, a responsabilidade ficará a cargo de outra pessoa.

No momento, nada disso está funcionando, é claro. Vincent não parece ter conseguido chegar mais perto de uma interpretação dos símbolos, por isso não temos a menor ideia do que o console faz. Pode parecer pouco profissional, mas acho que vamos resolver esse problema quando chegarmos nele. Não fazemos ideia da dificuldade da operação, talvez a gente precise de um médico, de um soldado ou de alguém muito bom em video games.

Sei que devemos fazer essas entradas de diário para nos ajudar a lidar com o estresse. Até porque a sugestão foi minha, afinal. No entanto, devo dizer que o diário não está ajudando muito neste momento. Se por acaso acredito que vamos acabar resolvendo todos esses problemas e fazer a coisa toda funcionar? Eu... eu acho que chegar à Lua também parecia algo impossível no início. Quem estou enganando? Neste momento, acho que não temos nenhuma chance.

Talvez amanhã de manhã eu mude de ideia. Seja como for, vou me levantar e voltar ao trabalho. Desafios demais precisam ser superados antes que seja possível entender como esta máquina funciona. Já sabemos que faz maravilhas em termos medicinais. Quem sabe tudo o que é capaz de fazer?

Isso também me assusta. Estarei pronta para aceitar todas as possíveis consequências deste trabalho? Talvez encontremos a cura para tudo. Talvez o robô tenha poder para matar milhões. Será que quero carregar esse peso na consciência? Gostaria muito de saber com antecedência para onde essa jornada vai nos levar, mas é impossível. Só sei que essa empreitada é maior do que eu, minhas inseguranças ou qualquer crise de consciência. Agora reconheço de verdade como sou absolutamente insignificante diante de tudo. Por que isso me dá tanto alívio?

ARQUIVO Nº 042

RELATÓRIO DE EXPERIMENTO — KARA RESNIK, 3ª SUBTENENTE, EXÉRCITO DOS ESTADOS UNIDOS

Local: Complexo subterrâneo, Denver, Colorado, EUA

Aqui Kara Resnik falando. Hoje é dia 22 de setembro. São três da manhã, então ninguém está me monitorando. Acho que vou me encrencar por causa disso, mas até aí não há nenhuma novidade. A dra. Franklin veio ao hospital me visitar hoje — bom, a esta altura, ontem. É óbvio que ela se sente responsável pelo que aconteceu. Tentei convencê-la de que não tem culpa. Eu teria colocado aquela coisa mesmo que a doutora decidisse esperar mais um dia. Ela parece arrasada. Aparentemente, o projeto está em suspenso até confirmarem que não vou ter sequelas. Vamos ver.

A doutora também me disse que estraguei o capacete. Será mesmo? Não fiz nada! Só coloquei na cabeça porque... é um capacete. Qualquer um faria a mesma coisa. Também não engoli essa história de que está quebrado. Fiz uma ressonância magnética hoje. O resultado ainda não saiu, mas tenho certeza de que esse dispositivo alienígena não bagunçou o meu cérebro, por isso não vejo como o meu cérebro poderia estragá-lo. O.k., uma coisa está longe de levar à outra, mas o capacete curou meu olho, pelo amor de Deus! Os médicos não conseguiram, mas aquela coisa, sim! Desculpem, mas não acredito que uma máquina capaz de realizar uma cirurgia ocular depois de ficar enterrada por três mil anos possa quebrar por causa da minha cabecinha.

Não sou brilhante como os outros, mas acho que a dor só foi tão intensa porque a coisa curou o meu olho. Ou isso, ou o capacete descobriu que meu cérebro não era o que deveria ser e deu um jeito de se adaptar. Seja como for, se foi capaz de me curar, tenho certeza de que vai encontrar uma forma de não me matar. Tenho a sensação de que o capacete se adaptou ao meu cérebro quando o coloquei, como se houvesse um — qual a palavra, mesmo? — *imprinting*, como um patinho que acabou de sair do ovo. Se minha suposição estiver certa, agora o capacete acha que sou a mamãe dele e por isso não vai funcionar com mais ninguém.

Sei que isso não explica por que o outro capacete não funciona, mas como a dra. Franklin sempre diz: uma coisa de cada vez. Não dá para resolver todos os problemas ao mesmo tempo. Viu, dra. Franklin? Eu estava prestando atenção. Agora estou tentando resolver um problema. Sei o que você vai dizer: eu ainda não recebi alta. Você e os médicos me disseram para segurar a onda e descansar um pouco. Bom, eu não consigo descansar se tudo está parado por minha causa, e não quero ficar angustiada, pensando se o capacete vai ou não me fazer desmaiar todas as vezes. O que estou buscando agora é paz de espírito, então não fiquem furiosos comigo quando descobrirem o que fiz. A menos que eu morra nos próximos dez minutos. Aí podem ficar irritados de verdade.

Outra coisa, não fiquem zangados com a equipe médica. Eles devem ter pensado que fui à cantina do hospital, já que eu disse que ia à cantina.

Estou no alto da escada agora. Acho que, da próxima vez, se é que vai haver uma, vou trazer duas banquetas comigo, só pela satisfação de jogar uma longe. Peguei ódio de banquetas. A partir de agora, vou ficar de pé toda vez que for a um bar.

Como sabem o que estou fazendo, vou poupar vocês do passo a passo. Agachando, agachando. Abrindo a escotilha interna…

Estou dentro da esfera e vou prender as braçadeiras agora. Eu estaria mentindo se dissesse que não estou nervosa. A ideia parecia muito melhor uma hora atrás. Bom, sempre fico com as mãos suadas quando quero convidar um cara para sair, então nada de novo nisso.

Estou com o capacete nas mãos. Vou colocar agora, antes que desista. Seja legal, amiguinho, mamãe está aqui...

AAAAAAAHHHHHRRRRR!

Filho da... Tirei o capacete! *Qual é!* Qual é a dessa coisa? Fritou minha cabeça, nem deu para ficar de olhos abertos. Mamãe está muito chateada! Claro que não foi tão ruim quanto da última vez, porque ainda consigo falar, mas esta coisa me odeia mesmo...

Eu...

Minha nossa! Não dá para sentir muita coisa com essas luvas, mas acho que o corte na minha testa se foi. Os pontos, pelo menos, desapareceram.

O.k., devo estar louca, porque estou colocando de novo. Não sei o que mais essa coisa pode curar, talvez algum problema de autoestima. Quero ver o que o capacete faz quando não está curando coisas.

...

Uau! Isso é incrível! Rá-rá. Nem sei por onde começar. Logo que coloquei, o visor se acendeu e, de repente, comecei a ver tudo. Quer dizer, tudo *mesmo*, não só dentro da câmara. Consigo ver através do metal do lado de fora do tronco. Consigo ver o laboratório.

Ainda consigo ver a esfera, o líquido em torno dela, mas tudo está translúcido. Se me foco em alguma coisa externa, vejo tudo claro como o dia. Se olho para alguma coisa interna, o que está do lado de fora fica mais escuro. Tudo fica com uma tonalidade sépia, como uma foto antiga.

Deixa eu dar uma olhada ao redor. Uau, é incrível. Sei que pareço uma bobalhona falando, mas não consigo encontrar as palavras. O que... que é... isso?

Tem um holograma, uma miniatura do robô — com uns trinta centímetros de altura — se projetando da coluna pequena que está na minha frente. Algo bem bonito. Dra. Franklin, eu gostaria que você visse como esta coisa é legal. Quer dizer, já sei como vai ficar quando tivermos todas as peças. Parece coisa de outro planeta. Sem trocadilho. Fora as pernas estranhas, ela lembra uma guerreira humana poderosa. A cabeça parece humana, e é uma só. Ótimo. O holograma mexe a cabeça quando eu mexo a minha. Quando mexo os braços, ele faz exatamente a mesma coisa. Reproduz todos os movimentos do meu corpo. Acho que também vai mover as pernas quando conseguirmos fazer a outra estação funcionar.

Estou agitando os braços como uma louca, mas o braço do robô não se move um centímetro. O que é bom, porque senão eu teria destruído o laboratório inteiro. Mesmo assim, o holograma está se mexendo normalmente.

Dra. Franklin, acabei de perceber que talvez você nunca tenha esta experiência em primeira mão, se o capacete só funcionar comigo. Isso me parte o coração, principalmente depois de tudo que você já fez. Mas funciona! Você estava certa! E não há razão para esperar. Está tudo bem. Ah, e você não vai se livrar de mim, de jeito nenhum.

Não se preocupe com o braço que não se mexe. É bem provável que passe a funcionar com a conexão de todas as peças, como acontecia com as luzinhas de Natal quando eu era criança. Se faltasse uma, nenhuma delas acendia.

Queria poder testar a outra estação. Eu sei, eu sei, *imprinting* de patinhos. Sou uma só e não posso estar nas duas estações ao mesmo tempo. Ainda assim, seria bom saber se funciona…

ARQUIVO Nº 047

ENTREVISTA COM VINCENT COUTURE, ESTUDANTE UNIVERSITÁRIO

Local: Complexo subterrâneo, Denver, Colorado, EUA

— A dra. Franklin disse que você fez uma grande descoberta.

— Fiz. Não é uma língua!

— Não estou entendendo.

— Eu não conseguia descobrir o significado dos símbolos. Quanto mais pensava nisso, mais eu percebia que não devia pensar assim.

— Agora mesmo que não entendi nada. Diga alguma coisa que faça sentido para mim.

— As pessoas que estudaram as inscrições antes de mim não conseguiram chegar a uma interpretação porque não tinham uma... referência. Não conheciam a gramática da linguagem, não conheciam o vocabulário. Nem sabiam do que se tratava. Eles precisavam de alguma coisa para comparar com as inscrições. O senhor já ouviu falar na Pedra de Roseta?

— Já.

— Então sabe que é uma pedra, como o nome diz, com três seções de texto entalhadas, uma em cima da outra. A do alto foi escrita em antigos hieróglifos egípcios, que ninguém entendia quando a pedra foi descoberta. Os entalhes do meio estão em demótico, outra escrita egípcia, e os da parte de baixo em grego antigo, língua que nós conhecíamos. O que há de tão fantástico na Pedra de Roseta é que os três textos são sobre a mesma coisa. Sabe o que é?

— Não, não sei.

— É um *décret*. Decreto?

— Isso.

— Basicamente, o decreto estabelece que o novo rei é um deus. Como era um idioma conhecido na época, o grego antigo foi usado como ponto de partida e assim foi possível reconhecer elementos-chave dos hieróglifos ao procurar por repetições. Foi possível descobrir como os hieróglifos egípcios funcionavam porque havia uma versão em grego para usar de referência.

— Mas quem escreveu os painéis não deixou uma Pedra de Roseta.

— Talvez tenha deixado. Logicamente, sem uma referência, nós não conseguiríamos chegar a lugar nenhum. Eles deviam saber disso. No entanto, se a suposição da dra. Franklin estivesse certa, isso teria sido deixado para nós de propósito. Então comecei a pensar, e se *esta* for a nossa Pedra de Roseta? E se não for uma mensagem escrita em um idioma diferente, mas a chave para a interpretação de outra coisa? Teria que ser sobre algo que já tivéssemos em comum, algo universal. Então tive um lampejo. Não são palavras, é matemática!

"Podemos não ser tão avançados ou evoluídos quanto a civilização que escreveu isso. Talvez não consigamos entender coisas que seriam triviais para eles. Mas, com toda certeza, sem sombra de dúvida, se tem algo que temos em comum é alguma forma de matemática. Ambos precisamos contar coisas. Acho que eles tentaram manter tudo do modo mais simples possível, para que conseguíssemos entender, mas também se certificaram de que pudéssemos compreender o máximo possível de conceitos importantes através desses símbolos.

"Existem sete símbolos curvilíneos nos painéis e cada um deles tem um ponto no meio. Todos aparecem também no console. Se contarmos a quantidade de linhas curvas em cada um, obtemos os números de um a sete. É tão óbvio quando se começa a pensar no assunto que fiquei furioso por não ter percebido antes."

— Então as marcas nas paredes são uma série de números?

— Uma série de equações, na verdade. São muitas, o suficiente para que sejamos capazes de decifrar os outros símbolos, aqueles feitos de linhas retas.

"Veja este aqui, por exemplo. Temos o número 2... Ah! Esqueci de dizer que é preciso ler da direita para a esquerda. Desculpe... Então, da direita, o número 2, um símbolo desconhecido, 2 novamente, outro símbolo desconhecido, depois o número 4. Agora é só preencher as lacunas: 2 alguma coisa 2, alguma coisa 4.

— 2 + 2 = 4?

— Exatamente. Então agora nós conhecemos o símbolo de adição e o símbolo de igualdade. O último poderia significar alguma coisa ligeiramente diferente, como o resultado de uma operação. Não sei ao certo, mas estamos chegando lá.

— Espere. Também poderia ser 2 x 2 = 4. Como ter certeza de que não é uma multiplicação?

— Por isso que há tantas sequências. Podemos usar outras fórmulas com os mesmos símbolos para verificar nossas hipóteses. Aqui temos os mesmos símbolos usados com outros números. Se fosse uma multiplicação, aqui teríamos 3 x 2 = 5, o que não fecharia. Só funciona se for uma adição.

— E aquela linhazinha à esquerda? Você ignorou. Não é um símbolo como os demais?

— É definitivamente um símbolo. Eu ia chegar lá. Esta linha vertical aparece ao final de todas as fórmulas, com exceção de duas que acabam em um quadrado pequeno. A linha vertical parece bastante inútil até olharmos para as duas fórmulas com o quadrado. Se minha interpretação estiver correta, e tenho quase certeza de que está, essas duas seriam 2 + 1= 1 e 4 x 3 = 10.

— **Mas está errado...**

— Acho que este é o ponto. A linha vertical nos diz que a equação precedente é verdadeira e o quadrado nos diz que é falsa. Acho que esses dois símbolos são os mais importantes de todos. Obviamente, agora temos símbolos para verdadeiro e falso, conceitos tão poderosos que podem ser usados fora da matemática. Se olhar minhas anotações, o senhor vai ver que ambos os símbolos também aparecem lado a lado no console. Verdadeiro e falso não parecem úteis para se pilotar uma nave, mas é provável que os mesmos símbolos sejam usados para algo semelhante, como sim e não, andar e parar... Ryan acredita que deve ser algo como proceder, cancelar... algo nessa linha.

— **O sr. Mitchell? Eu não sabia que você discutia este assunto com qualquer outra pessoa além da dra. Franklin.**

— Bom, nós quatro basicamente moramos em um bunker. Tenho meu espaço onde os painéis foram instalados, mas... como explicar?... às vezes eu fico entediado... Por isso, dou uma bisbilhotada no que está acontecendo. Saímos para beber algumas vezes. Na verdade, eles saíram para beber algumas vezes e, por se sentirem mal em me deixar sozinho aqui, me convidaram para ir junto. Rose e eu passamos a nos conhecer muito melhor, já que me reporto a ela, mas gosto de sair com Ryan e Kara. Ele é um sujeito bacana. De vez em quando exagera no estilo Capitão América, mas com o tempo você acaba relevando.

"Gosto da Kara. Ela não se abre muito com a gente, na verdade. Também acho que ela não tem ninguém para conversar do lado de fora. Não sei como ela consegue, embora pareça estar lidando bem com tudo. Pode ser só fachada, mas, se for, ela é boa nisso. Enfim, a gente se dá bem. Temos o mesmo tipo de humor. Sombrio... Em francês, dizemos *pince-sans-rire*."

— **Falar bobagem fazendo cara de paisagem.**

— Isso. Mais que bobagens, falamos barbaridades, mesmo. Ryan diz que somos cruéis, não engraçados.

— Então... me corrija se eu estiver errado. Você está dizendo que os painéis são a chave para entender quem construiu esta coisa através da matemática. Você descobriu símbolos de adição, multiplicação, igualdade e números de um a sete.

— Já temos bem mais que isso, na verdade. As fórmulas também têm símbolos de subtração e divisão. E, se entendi certo, o mais importante de tudo é que podemos interpretar qualquer número. Como se poderia esperar, algumas das fórmulas têm resultados maiores que sete. O sistema matemático deles parece ser octal. Eles só têm sete símbolos para números, mais o ponto. O senhor sabe como funciona um sistema octal?

— Não. Explique.

— É muito fácil de entender, mas muito difícil de utilizar. Digo, para nós, é claro. Temos um sistema decimal, dez símbolos para números, se contarmos o zero. Basicamente, quando contamos, vamos até nove, 1, 2, 3, 4, 5, 6, 7, 8, 9, e depois ficamos sem símbolos. Então adicionamos um dígito e chegamos a 10, que significa um conjunto de 10, mais nada. Depois passamos pelos nove símbolos novamente: 11, 12, 13 etc. E ficamos novamente sem símbolos no 19, então adicionamos mais um para a segunda posição e obtemos 20, que são dois conjuntos de 10, e por aí vai.

"O sistema deles funciona da mesma forma, mas com menos símbolos. Eles contam até sete, depois adicionam um dígito e acabam com 1 mais o ponto, que você pode considerar como zero ou um elemento invariável, se preferir. Isso significa um conjunto de 8, mais nada. Então eles continuam com os sete dígitos: um-um, um-dois, um-três etc. Não se esqueça que um-dois não significa 12, mas sim 8 mais 2. Fica muito mais confuso quando adicionamos mais dígitos. Um número como dois-dois-dois-dois significa 2, mais 2 vezes 8, mais 2 vezes 64, mais 2 vezes 512, o que daria 1170 no total.

"Agora, só para deixar a coisa ainda mais divertida, o senhor lembra que as fórmulas são lidas da direita para a esquerda? Pois é, os números também.

"A dra. Franklin me contou que o console ainda não está funcionando, então não sabemos para que é usado. Seja lá o que for, como todos os dígitos estão presentes nele, pode apostar que Ryan terá que pressionar números, e terá que fazer isso em *base octal*. Eu não diria que é impossível, mas é muito difícil de se aprender, é preciso fazer operações matemáticas complexas de cabeça só para ler os números. Por fim, o sentido em que você escreve não deve gerar problemas ao pressionar números em um teclado. Ainda assim, um-dois-três-quatro-cinco na notação deles significa 5349 na nossa; e 12345 na nossa notação significa três-zero-zero-sete-um na deles.

"Ah... não. Estou vendo o seu semblante, mas não sou tão inteligente assim. Anotei isso tudo antes do senhor entrar. Jamais conseguiria fazer esses cálculos de cabeça."

— Não foi o que eu ouvi. Dizem que você é brilhante, do tipo que só aparece um em cada geração.

— Não é verdade, infelizmente.

— A modéstia não é seu forte, sr. Couture.

— Já fui acusado de muitas coisas, mas de modéstia, não. Eu sou inteligente. Muito inteligente. Se me colocarem em uma sala com mais cem pessoas, é bem provável que eu seja mais inteligente que 99 delas, mas sempre vai ter aquele alguém. Na Universidade de Chicago, conheci muitas pessoas com o pensamento mais brilhante que o meu. Conheci gente que eu nem conseguia entender, e não era por causa do meu inglês. Também não era por falta de conhecimento técnico da área em que trabalhavam, mas porque eram simplesmente... É como jogar xadrez. Alguns jogadores só conseguem ver o que têm diante de si, outros conseguem vislumbrar várias jogadas à frente. Eu ainda estou alguns lances atrás dos grandes.

— O senhor acredita que é a pessoa mais inteligente aqui?

— Talvez sim, talvez não. Rose é capaz de tomar decisões rápidas e sob pressão. E Alyssa deve ter alguns pontos de QI a mais que nós dois.

— Quem é Alyssa?

— A geneticista. Rose foi atrás dela para descobrir por que Kara é a única que consegue usar o capacete. Alyssa não é muito sociável, mas é um gênio da matemática. Ela teria decifrado os painéis muito antes de mim se já estivesse aqui. Não sei o que o senhor quer que eu diga. Quer saber se me considero mais inteligente que o senhor? É isso?

— E você se considera mais inteligente que eu?

— Sem sombra de dúvida. Isso não significa que eu considere o senhor um idiota, mas estaria mentindo se dissesse que não.

— Muito bem. Segundo a minha experiência, quem tem intelecto superior tem tendência a reagir mal ao fracasso. Você já pensou que talvez não consiga ser bem-sucedido?

— Imagino que o senhor esteja me perguntando se já questionei minha capacidade. Não, mas existe uma possibilidade considerável de que jamais consigamos resolver este enigma. Eu sei disso. Rose sabe disso. Aqueles que não precisam se preparar para uma grande decepção.

— O que você quer dizer com isso?

— Bem, dizer que temos chances ínfimas ainda está longe da verdade. Estou impressionado de já termos chegado tão longe. *Se* conseguirmos fazer o controle das pernas funcionar, *se* os pilotos conseguirem fazer ela se mover sem cair e *se* conseguirmos descobrir como utilizar o console, talvez sejamos capazes de controlar essa coisa. Isso, é claro, *se* encontrarmos as outras peças, o planeta é muito grande. Também existe a possibilidade de que ela não funcione mesmo depois de encontrarmos todas as peças. Ela pode estar quebrada, você sabe. Além disso, essas coisas estão escondidas debaixo da terra. Talvez a razão para isso seja um pouco menos romântica do que estamos esperando...

ARQUIVO Nº 092

ENTREVISTA COM RYAN MITCHELL, 4º SUBTENENTE, EXÉRCITO DOS ESTADOS UNIDOS

Local: Base Conjunta Lewis-McChord, Estado de Washington, EUA

— Não aconteceu nada.

— Não foi o que eu ouvi.

— O que o senhor... Eu não entendo... Como é que...?

— Cada um de nós tem uma função específica neste projeto, sr. Mitchell. A dra. Franklin é responsável por todos os aspectos científicos da missão. O senhor é piloto. Eu sei de tudo o que se passa.

— Não sei o que dizer.

— Fiz uma pergunta muito simples. O que aconteceu?

— Nós só nos beijamos *uma* vez...

— Sr. Mitchell, tudo vai ser muito mais fácil para nós dois, sobretudo para o senhor, se pularmos esta parte da conversa em que sou tratado como um idiota...

— O.k., foi mais do que um beijo, mas ainda está longe de ser tão grave quanto debandar para o lado dos russos ou algo do gênero. O Exército não precisa se preocupar.

— O senhor sempre esquece. Não sou do Exército, nem dou a mínima para o código de conduta. Não tenho interesse que o senhor vá para a corte marcial. No entanto, eu canso de fazer perguntas. Só me diga o que aconteceu, nada mais.

— Bem, faz cinco meses que estamos aqui, sozinhos, em tempo integral. Depois de algum tempo, ou a gente se mata, ou se aproxima mais, não tem meio-termo. Passamos umas doze horas por dia juntos na esfera, seis ou sete dias por semana. Não vejo razão para entrar em detalhes, mas vamos dizer que não demorou muito para eu começar a pensar nela nas outras doze horas do dia.

"Só que a Kara não é fácil. Todas as vezes que eu tentava me aproximar, ela se afastava e me dava um gelo por três dias. Eu tentava não sufocar, dar o máximo de espaço possível, considerando que estávamos no mesmo recinto. É muito difícil passar tanto tempo com alguém sem que a conversa acabe enveredando para o lado pessoal.

"Depois de algum tempo, comecei a perder a paciência por continuar sendo chamado pela patente e pelo sobrenome sempre que eu falava de alguma coisa sem relação com o trabalho. É impressionante como ela se irrita com determinados assuntos. Ainda não descobri o que aconteceu, mas, ao que parece, qualquer coisa relacionada a família, filhos ou relacionamentos a tira do sério. Eu tentei, fiz o possível, mas uma mulher que fica furiosa quando alguém fala de gatos só pode ter sérios problemas emocionais.

"Algumas semanas se passaram. Tratei de ficar de boca calada e me concentrar em botar a garotona para andar. Tentamos algumas coisas, mas sempre acabávamos nos esborrachando no chão durante o programa de simulação. Era tão comum de acontecer no início que precisávamos ficar lembrando que destruiríamos dezenas de casas se a queda acontecesse de verdade. No fim das contas, mesmo que eu conseguisse fazer o movimento das pernas corretamente, Kara ainda precisaria mover o tronco e os braços em sincronia para manter o equilíbrio. Virar é ainda mais complicado.

"Comecei a anunciar cada movimento em voz alta, joelho esquerdo para cima, perna para a frente, pé esquerdo para baixo, para que conseguíssemos equilibrar o peso no momento certo. Depois de um mês, ela começou a antecipar meus movimentos, lendo o meu corpo, como eu movimentaria os ombros antes de levantar uma perna, coisas assim. Fiquei muito bom em ler os movimentos dela, também. Eu passava o dia todo olhando para ela, porque estou de costas para o console. Se você começa a fazer esse tipo de coisa desde que o dia nasce até a hora que o sol se põe, começa a ficar natural, como se você precisasse da outra pessoa até para andar. Ela percebeu que eu até parei de mexer os braços quando andava normalmente. Disse que eu ficava parecendo o Exterminador do Futuro... Aquele de metal líquido, não o Schwarzenegger."

— Isso quer dizer que vocês já conseguem andar com ela?

— Ainda não. Mesmo com Kara ajudando no equilíbrio, eu ainda tenho uma junta a menos do que a perna precisa. Não consigo mover a parte de cima das pernas da maneira correta. As coxas do robô são muito curtas entre os quadris e os joelhos, por isso, as minhas pernas se conectam abaixo das braçadeiras. Preciso lançar meu corpo todo para o alto a cada passo para obter um movimento natural, mas é algo muito difícil de se fazer continuamente.

"Mesmo assim, estamos progredindo. Talvez seja por isso que ela se abriu um pouco. Talvez seja porque os turnos começaram a ficar ainda mais longos. O fato é que um dia ela me convidou para sair. Não foi a primeira vez, mas ela sempre dava um jeito de levar a dra. Franklin e o Vincent. Nós costumamos ir ao Espaço dos Aviadores no Portão B. A saída fica no terminal, fora das barreiras de segurança, então é um lugar conveniente, e lá a dra. Franklin pode fumar. Não que a doutora fume muito, mas ela gosta de acender um cigarro quando bebe. E geralmente ela fica só olhando para ele. Enfim, o bar fecha às dez e meia, então fomos até um bar de verdade, que fica aberto até tarde. Era muito mais ou menos, mas qualquer lugar frequentado por pessoas comuns fica incrível para quem está trabalhando como nós.

"Não sei se eu estava nervoso ou muito cansado, mas o fato é que acabei ficando bêbado. Muito. Uma cerveja, um uísque, dois. Duvido que fosse escocês. Eu estava na segunda rodada quando destravei a língua. Ela basicamente ficou me ouvindo fazendo confissões a noite toda. Eu ainda estava muito irritado com ela, então parti para o ataque. Sabe como é: 'Não consigo tirar você da cabeça, mesmo sendo a mulher mais fria que já conheci na vida'. Esse tipo de coisa. Ela só ouviu. Quando fiquei incoerente demais, ela me enfiou no carro e me levou embora sem dizer nada.

"No dia seguinte, eu queria cavar um buraco e me enfiar lá. Estava morrendo de ansiedade, achando que ela ia transformar minha vida em um inferno por causa do dia anterior. Nada aconteceu. Cumprimos a rotina de trabalho sem incidentes. Ela até foi mais cordial do que de costume, e também não disse nada no dia seguinte, nem no outro. Depois de uma semana, concluí que ela tinha decidido que a melhor solução seria fingir que nada aconteceu. Eu ainda estava bastante envergonhado e disposto a aceitar essa alternativa.

"Uma semana depois, ela me parou na saída e perguntou se o jantar ainda estava de pé. Tentei fingir que estava pensando no assunto antes de dizer que sim. Eu passaria para buscá-la no domingo. Estava em casa me arrumando quando ela ligou, cancelando: 'Não é uma boa ideia, nós trabalhamos juntos blá-blá-blá...'.

"Eu devia ter ficado puto da vida, mas acabei achando engraçado, já que o convite tinha partido dela. Fizemos este jogo de gato e rato mais uma vez, e então perdi a paciência. Parei o carro em frente à casa dela na nossa noite de folga e disse para ela se apressar. Kara nem discutiu. Devo ter parecido mais confiante do que realmente estava.

"Ela me ofereceu um café, mas eu disse que esperaria no carro. Eu devia ter aceitado a oferta, porque ela me fez esperar pelo menos meia hora. Estava mudando as estações do rádio quando a vi saindo. Uau! É tudo o que posso dizer. Não sei se a reconheceria se não estivesse diante da casa dela. Kara estava usando um vestido vermelho curto e justo, sapatos de salto alto, enfim, pacote completo. As pernas dela pareciam..."

— Mais longas?

— Isso. Eu ia dizer outra coisa... Enfim, ela tinha feito alguma coisa no cabelo. Eu não sabia o quê... mas estava diferente. Ela até passou maquiagem. Nem parecia a Kara, estava estonteante. Isso sem dúvida a deixava um pouco desconfortável. E muito menos confiante. Ela estava maravilhosa e… vulnerável.

— E você gostou disso?

— Dela estar se sentindo vulnerável? Não sei. Talvez.

— Não precisa ter vergonha de admitir.

— Não fico contente em ver as pessoas se sentindo diminuídas, se é o que o senhor está sugerindo. Eu gostava da ideia de estar causando aquela sensação nela, mas não queria que ficasse assim o tempo todo. Ela é destemida e sempre vai ser. Ainda assim, aquele momento foi especial.

"Não sei como explicar. Eu só penso em ficar o tempo todo ao lado dela. Entende o que quero dizer? Passo doze horas do dia sozinho com ela em uma cabine e ainda quero… como dizer… mais. É como estar desesperado por um cigarro, fumar um maço inteiro e depois continuar desesperado."

— O senhor começou a fumar?

— Não, é só uma figura de linguagem. Não consegui pensar em nada melhor. Quero sentir que estou rompendo as barreiras, que ela está me deixando chegar mais perto. Naquela noite consegui isso, por algum tempo. E foi bom.

— Entendo. E como foi o encontro?

— Levei Kara a uma churrascaria brasileira. Estava um pouco acima dos meus recursos, mas o simples fato de entrar lá de braços dados com ela já valeu cada centavo. A comida era ótima. Se o senhor come carne e gosta de uma boa picanha, vale a pena conhecer o lugar.

— Gosto, sim. Vou tentar ir lá um dia. Continue, por favor.

— Desta vez eu fiquei sóbrio. Ela, não. Kara realmente gosta de vinho tinto. Na metade da segunda garrafa, ela começou a se abrir. Disse que a mãe nunca aprovava os namorados dela. E disse que a mãe estava sempre certa. Não tenho certeza, mas um comentário feito de passagem me fez pensar que ela já foi casada.

— Ela nunca se casou, eu posso lhe garantir.

— Talvez eu tenha entendido errado. Seja como for, dava para ver que ela sofreu muito.

"Depois do jantar, a levei para casa. Eu já estava saindo do carro para abrir a porta para Kara quando ela agarrou meu braço, soltou o cinto de segurança e pulou no meu colo. Quando dei por mim, o banco já estava inclinado e ela já estava tirando a minha camisa."

— Isso me parece muito mais que um beijo.

— Pode ser, mas o beijo foi a única parte em que ela realmente estava comigo. Acho que depois eu já não tinha mais importância. A transa foi raivosa e fria. Parecia que ela estava se vingando de alguém. Pode parecer idiota, mas morri de ciúme do sujeito em que ela estava pensando. Ele com certeza era mais importante para ela do que eu. Seja como for, acabou muito rápido e saiu do carro sem dizer uma palavra. Ponto final. Isso foi há uma semana, e não tocamos mais no assunto desde então.

— O senhor *quer* falar no assunto?

— Gostaria de saber em que pé estamos. Se foi só o vinho, acho que consigo superar. Mesmo assim, acho que Kara precisa de alguém para cuidar dela. Não sou o melhor homem do mundo, longe disso, mas saberia tratá-la bem.

— Não quero parecer invasivo, mas vou dar um conselho: a srta. Resnik precisa de muitas coisas. Na minha humilde opinião, "alguém para cuidar dela" não está nessa lista.

— Eu sei, eu sei. Pode acreditar nisso. É uma situação do tipo gato e rato, ou seria o ovo e a galinha? Ela se afasta porque eu fico muito em cima. Eu fico muito em cima porque ela se afasta.

— Uma situação "gato e rato" significaria que vocês gostam da perseguição. Já "o ovo e a galinha" é um dilema de causalidade. Acho que o senhor está se referindo à segunda situação.

— Foi o que eu quis dizer.

— Eu sei. Infelizmente, a sua interpretação dos fatos não está cem por cento correta. De fato, a situação descrita se reforça em um loop de retroalimentação. No entanto, a expressão que o senhor utilizou sugere que a causa inicial não pode ser determinada. Neste caso, pode, sim.

— E sou eu, certo?

— Exato. Deixe que ela resolva o que quer fazer em relação ao senhor.

ARQUIVO Nº 093

RELATÓRIO DE MISSÃO — OPERAÇÃO VARREDURA TOTAL

Dylan Rodriguez, 1º sargento, Exército dos Estados Unidos, especialista em Transportes

A missão foi um sucesso. Não houve baixas do nosso lado.

Usamos uma base aérea russa desativada próxima a Semey, no Cazaquistão, como base local. Após três dias de voos sobre o leste da Sibéria, um de nossos drones encontrou algo em Tuva. Estava no meio do nada, a leste de uma cidade chamada Sizim. É uma região bastante inóspita, com colinas rochosas em torno de vales verdejantes ao longo do rio Ienissei. Não há nada ali, então a boa notícia era que teríamos algum tempo antes que aparecesse alguém. A má era que seria mais difícil fazer o transporte.

Levamos dois cazaques conosco no helicóptero. Queríamos deixá-los perto de Kyzil, mas eles disseram não ter certeza se poderiam encontrar uma carreta grande o suficiente por lá, e que conheciam um lugar em Abakan. Isso significaria ter de esperar mais cinco horas, mas parecia uma aposta mais garantida. Voamos à noite e deixamos os dois em Cacássia, antes de seguirmos para Sizim. Estávamos nos aproximando da cratera e havia uma luz em volta dela. Demorou alguns segundos até percebermos que estávamos sendo alvejados.

O helicóptero nos deixou a cerca de uma milha do local e recuamos mais uma milha a pé. Esperamos o amanhecer para tentar entender melhor a situação. Acontece que o artefato tinha virado uma plantação de maconha do avesso. Muitos camponeses corriam em volta do terreno, alguns com fuzis AK-47. Pareciam muito mais preocupados com a plantação destruída do que com o objeto que causou a destruição.

Como o transporte estava a seis horas de distância, mesmo sem a presença dos cazaques, o sargento Ortiz decidiu fazer contato com os tuvanos, já que fala um pouco de russo. Acho que eles reconheceram nossas armas, ou talvez fosse o sotaque do sargento, mas após alguns minutos, baixaram as AK-47. Só conseguíamos entender uma palavra do que diziam: Americanyetz! Americanyetz! Não sei o que os tuvanos pensam dos americanos, mas pareciam bem felizes por não sermos russos.

Um deles foi ao vilarejo para buscar ajuda e voltou com mais doze homens. Com os onze do nosso esquadrão, tínhamos cerca de quarenta pessoas para a mão de obra. Eles nos ajudaram a desencavar o artefato e amarraram cordas em torno dele. Levamos cerca de uma hora. Depois nos sentamos com eles e ficamos esperando pela carreta. Foi então que o Exército russo apareceu, por assim dizer. Era um caminhão pequeno com dois homens. Imagino que também fizessem parte do negócio de maconha e tivessem vindo cobrar pedágio ou algo assim. Seja como for, nos escondemos atrás do artefato o mais rápido possível. Os russos desceram do caminhão e começaram a gritar. Um dos tuvanos se aproximou sorrindo, sacou uma pistola e atirou bem no meio da testa dos dois.

Os cazaques chegaram com a carreta vinte minutos depois. Levamos cerca de uma hora e meia para carregar o artefato e mais uma hora e meia para enterrar os russos e nos livrar do caminhão deles. Os cazaques nos disseram que havia alguns postos policiais no caminho até Cacássia, por isso decidimos seguir para o sul na M54 e conseguir transporte aéreo até a Mongólia. Encontramos nosso contato na fronteira e voamos para o Afeganistão em um C-17.

— Fim do relatório —

ARQUIVO Nº 094
ENTREVISTA COM ROBERT WOODHULL, SECRETÁRIO DA PRESIDÊNCIA PARA ASSUNTOS DE SEGURANÇA NACIONAL

Local: Casa Branca, Washington, D.C., EUA

— Não é tão simples quanto consertar um carro velho, Robert. Eles vão conseguir, com o tempo.

— Espero que sim. Acho que você não quer entrar para a história como o idiota que começou a Terceira Guerra Mundial por causa de um peso de papel gigante.

— Você realmente tem uma inclinação para o drama.

— Não, não mesmo. Você fez um excelente trabalho até agora e conseguiu recomeçar a Guerra Fria sozinho.

— E como é que eu fiz isso?

— Seus drones acabaram de desenterrar uma mão enorme em um lugar chamado Tuva.

— Eu já sabia.

— Que a mão foi encontrada ou que existia este lugar chamado Tuva?

— Tuva é uma republiqueta no sul da Sibéria. Também sei sobre a mão. Só não sabia que você também estava sabendo.

— Bem, você está usando tropas americanas em seu amado projetinho. Não fique espantado se eles se reportarem a nós em caso de incidente internacional. Estou impressionado com o seu conhecimento de Tuva. Eu precisei procurar onde era...

— Lamento não compartilhar seu pessimismo, mas a missão foi um sucesso. Recuperamos a mão sem baixas do nosso lado e, pela lógica, os tuvanos não dirão nada aos russos. Não vejo qual é o problema.

— Esse é o problema. Os tuvanos não precisam contar. Os russos já sabem.

— O que eles sabem?

— Tudo. Sabem de tudo, até os mínimos detalhes. O embaixador da Rússia me contou tudo, tim-tim por tim-tim, hoje de manhã. Parecia até que eu estava ouvindo o primeiro sargento Rodriguez com sotaque diferente. Um avião russo estava nas redondezas quando a mão surgiu e caiu alguns quilômetros ao norte. Havia um satélite russo acima do local desde uma hora antes da chegada de seus homens. Ele até me mostrou o vídeo. A parte em que dois oficiais russos são executados a tiros fica muito mais dramática na televisão.

— Imagino que ele não esteja muito satisfeito.

— Este é o eufemismo do século. Nem sei por onde começar. Os mongóis estão irritados porque envolvemos o país deles na história. A Rússia seguiu sua carreta até a fronteira com a Mongólia. O governo russo exige desculpas oficiais, o que obviamente não vai acontecer, porque estamos negando categoricamente qualquer relação com o acontecido. Eles também têm imagens da mão em fotos de satélite, então já sabem como ela é. Seria mais fácil inventar uma história aleatória sobre uma parte do corpo qualquer, como um antebraço ou uma panturrilha, como você fez na Turquia. A mão, porém, parece uma mão enorme mesmo vista a milhares de quilômetros de altitude.

"Você já deve saber que os russos torturaram todos os tuvanos que conseguiram capturar, por isso, a essa altura, já sabem mais do que sabiam antes. Existe uma razão para contratar mercenários da região em operações sigilosas, e o nome dela é negação plausível. Você enviou um bando de porto-riquenhos com fuzis M-16 em uma missão à Sibéria. Eles não passam despercebidos por lá, sabia disso?"

— Não dá para reunir novas equipes em todas as partes do mundo em questão de horas. Além disso, envolver mercenários gera inúmeros riscos. Nós compramos mercenários. E eles se vendem com facilidade, pois é isso que fazem.

— Que seja. Por enquanto, a Rússia acha que descobrimos um templo antigo ou algo do gênero, o que é ótimo, mas como vamos explicar o motivo da pilhagem de sítios arqueológicos por tropas americanas?

— Basta não fazer isso.

— O quê?

— Explicar. Não é preciso admitir nem explicar nada. Só precisamos lhes dar algo.

— O quê, exatamente?

— Qualquer coisa. Algo que eles queiram mais do que uma mão enorme. Não deve ser difícil. Desativar uma base de mísseis em algum lugar. Os russos achariam ótimo se tirássemos os patriots da Polônia. Eles vão jogar isso na sua cara durante algum tempo, mas, com o perdão do trocadilho, não vão tirar de sua mão o controle da situação, se você der algo em troca.

— Não sei por quê, mas algo me diz que o presidente não vai estar muito disposto a enfraquecer nossas posições no leste europeu só para você continuar o seu joguinho.

— Você sabe tão bem quanto eu que a maioria dessas bases é fachada. O único objetivo delas é fazer pequenos países se sentirem mais poderosos. Dê aos russos qualquer coisa que eles possam utilizar politicamente. Deixe que sintam o gosto de uma vitória e todo mundo vai ficar feliz.

— Vamos torcer, pelo bem de nós dois, que a próxima parte apareça na França, na Austrália ou em outro lugar onde não se fale russo.

"Tive uma conversa muito interessante com o presidente hoje de manhã. Ele quer saber o que você pretende fazer com o tal robô, se ele funcionar de verdade. A ideia sempre foi extrair tecnologia avançada deste negócio. Até agora seus funcionários nem conseguiram consertá-lo, muito menos fazer a engenharia reversa para transformar em algo que possamos usar. Se eles não conseguirem, o que faremos com um robô de vinte andares de altura? Não dá para usar esta coisa sem que outros países comecem a fazer perguntas e não há motivo para deixá-la escondida em um porão para sempre."

— Eu sugeriria tornar a história pública. Vamos desfilar com o robô pela Constitution Avenue, em Washington. Deixe todo o mundo ficar se perguntando o que ele é capaz de fazer. Se quiser torná-lo uma grande força de dissuasão, ache uma guerra inútil no meio do nada e aniquile um dos lados. De acordo com a dra. Franklin, as armas convencionais nem sequer conseguem arranhá-lo. Acho que ele teria expulsado os iraquianos do Kuwait sozinho. Vai me dizer que você perderia uma oportunidade dessas? Você sabe que ele vale uma rusguinha com Moscou.

— Talvez, mas ainda não estou convencido de que seja tudo isso. Aproveitando, pode me dizer o que está fazendo para conseguir que os controles funcionem com alguém além da tal Resnik?

— Estamos...

— Sim?

— Por que a pergunta?

— Como assim?

— Tem algo estranho no ar. O que você está escondendo?

— O.k. Recebi um e-mail de alguém da sua equipe. Alyssa... qualquer coisa.

— Papantoniou. Ela é geneticista.

— Muito bem, srta. Paponiou.

— Papan...

— Tanto faz. Ela acha que não podemos confiar em sua piloto para algo mais importante. Diz que a moça é imprevisível demais.

— Foi só isso que ela disse?

— Não. Também disse que deveria ser prioridade estudar a tal piloto, mas que a dra. Franklin não lhe dá os recursos necessários. Também disse que você não move uma palha em relação a isso.

— E o que você acha?

— Acho que você tem um motim em andamento, e isso não é nada tranquilizador.

— Eu acho, no máximo, irritante. Agora, para você se sentir melhor, vou deixar que decida qual é a maior prioridade. Não temos um robô completo. O que temos não consegue se mexer. Se conseguirmos encontrar as peças que faltam, pode ser que se mexa. Pode ser que não. Um dos capacetes de controle não funciona com ninguém, até agora, e está localizado em uma estação projetada para uma criatura com anatomia diferente, por isso também não conseguimos operar. O que temos é um capacete funcional, uma estação que conseguimos utilizar e uma piloto capaz de usar tanto o capacete quanto a estação. Agora me diga, Robert, onde devemos concentrar nossos esforços? Pense bem.

— Ei, o show é seu. Só estou dizendo para controlar melhor sua equipe. No entanto, mesmo que não seja preciso lidar com o problema agora... o argumento da tal Alyssa é válido. O que vamos fazer quando Resnik ficar velha? Deus queira que ela não seja atropelada por um caminhão daqui a uma semana. E se um dia ela acordar e decidir que não quer mais fazer isso? Que vai contra os valores dela? E se ela engravidar e não quiser mais arriscar a vida? O que faremos?

— Acredite em mim, ela não vai fazer isso. Nenhum deles vai. Ninguém na equipe abriria mão do projeto, nem por todo o dinheiro do mun-

do, muito menos por princípios. Temos mais alguns anos para analisar tudo. Vamos fazer funcionar para outra pessoa. E sempre haverá a possibilidade de algum filho de Resnik conseguir assumir os controles.

— Você quer *gerar* pilotos? Me perdoe se eu não levar esta ideia ao presidente.

— Não acho que seja necessário, mas por que não? Que sejam gerados. Ou clonados, se for preciso. A srta. Papantoniou com certeza não faria objeção. Quem sabe o que seremos capazes de fazer daqui a vinte anos? De qualquer forma, este presidente já terá deixado o cargo há muito tempo quando essa decisão tiver que ser tomada. Acho que o robô ainda será uma arma avançadíssima quando você e eu estivermos debaixo da terra.

— Não sou tão otimista quanto você. Essa coisa toda me dá arrepios. Só consigo pensar que ele vai acabar explodindo na nossa cara.

— Você gosta de super-heróis?

— Por favor, não me venha com metáforas agora.

— Vamos lá, me diga. Quem é seu super-herói favorito?

— Sei lá. O Super-Homem. Não, o Hulk.

— O.k., agora imagine que ele... como é mesmo o nome do cara que vira o Hulk?

— Como vou saber? Por acaso tenho doze anos? Espere um segundo... Lisa, qual o nome do cara que vira o Hulk quando fica com raiva? Ela não sabe... E o Super-Homem? O nome dele é Clark Kent... Obrigado, Lisa.

— Imagine que um dia o Clark Kent entre no seu gabinete oferecendo seus serviços para lutar pelos Estados Unidos. Você tem a oportunidade de recrutar um soldado praticamente indestrutível, com força sobre-humana, e que consegue voar mais rápido que um caça supersônico. Você diria que não porque o senhor...

— Kent.

— Porque o sr. Kent pode ficar doente um dia?

— É isso? Seu argumento é esse? Vou lhe dizer uma coisa: eu com certeza cogitaria recusar se tivesse que invadir uma dezena de países para recolher partes do corpo do sr. Kent em diferentes regiões do planeta.

ARQUIVO Nº 118

ENTREVISTA COM KARA RESNIK, 3ª SUBTENENTE, EXÉRCITO DOS ESTADOS UNIDOS

Local: Complexo subterrâneo, Denver, Colorado, EUA

— É verdade, eu dormi com ele! Está satisfeito agora?

— Eu não estava falando dele.

— Então, de quem você está falando? Do que está na cadeia ou no hospital? Dormi com os dois, então escolha. Dormi com todo mundo. Sou dessas.

— Não precisa ficar na defensiva. Não estou te acusando de nada. Só quero saber o que aconteceu.

— Você não está me acusando? Nossa, que alívio! Pode dizer, não tem problema. Não é uma questão de opinião. Sei que a culpa é toda minha. Sei mesmo.

— A senhorita pode começar me dizendo o que aconteceu com o sr. Mitchell.

— Não sei o que dizer. Nós passamos tanto tempo juntos... Ele é um doce. Não estou acostumada a ser tratada com doçura pelos homens. Quando o assunto é escolha de homens, não consegui acertar uma única vez na vida. Ryan é... um cara legal. Mesmo que eu tivesse a opção de escolher o Homem Perfeito, ainda assim escolheria errado.

"Quer dizer, eu sabia que estava errado. Sabia que não era para mim. É que ele... insistiu tanto que me dobrou. Cedi em nome da esperança de acordar no dia seguinte e não sofrer mais, deixar as inseguranças de lado. Claro que nada disso aconteceu. Não dá para apagar uma vida de erros com um homem em um carro, por mais doce que ele seja. Eu tentei. Juro!"

— Vocês se encontraram de novo após fazer amor no carro?

— Nós não fizemos amor no carro. Eu pulei em cima dele. Estava muito bêbada. Foi...

— Autodestrutivo?

— Eu ia dizer "mais do mesmo", mas autodestrutivo resume bem. Ele sabia, o que é pior. Eu queria que fosse diferente, mas ele sabia. Me senti um lixo. E, sim, nós saímos mais algumas vezes. Pensei comigo, ele já viu o pior de mim e não desistiu. O mínimo que eu podia fazer era tentar de peito aberto. Muitas mulheres fazem isso, não é? Encontram um cara bonito e decente que não fica fazendo julgamentos e as trata como princesas. Elas percebem a sorte que tiveram e por isso não deixam os caras escapar. Não é assim que deve ser?

— Gostaria de poder ajudar, mas, infelizmente, romance é uma arte que nunca dominei. Por mais infelizes que seus relacionamentos tenham sido, a senhorita ainda é a especialista por aqui. Existe algo que considere perturbador no sr. Mitchell?

— Não! Nada! Nada mesmo. Se eu pudesse descrever o homem perfeito, todas as qualidades que busco em alguém, não ficaria muito distante do Mitchell. Ele pode ser meio carente, às vezes, mas em geral é uma ótima companhia. Adoro a maneira como ele me olha. Gosto de como ele me vê. Não sei. Talvez o problema seja comigo. Acho que não gosto do que causo nele, como ele perde o controle quando estou por perto.

— Seria melhor se ele prestasse menos atenção em você?

— Eu... Nós passamos todos os minutos de todos os dias enfurnados em um lugar do tamanho do meu quarto. Não tem mais ninguém para ele prestar atenção. Não sei explicar. Eu... Eu queria não ficar com a sensação de que é tudo por mim. Mas daí eu provavelmente o acharia muito distante. Sei lá, talvez eu seja maluca.

— Você voltou a dormir com ele?

— Que importância isso tem? Tentei fazer com que desse certo. No fundo, eu sabia que seria inútil, mas tentei. Nunca parei de tentar, na verdade. Ainda estava tentando quando aconteceu o inimaginável.

— Como assim?

— O fim do mundo. As estrelas caindo do céu. Mitchell e eu passamos a maior parte do tempo sozinhos na esfera, mas de vez em quando alguém sobe durante alguns minutos. Os especialistas em tecnologia vêm verificar o equipamento. A dra. Franklin aparece uma vez por dia para dar um alô. Sempre ficamos felizes em ver outras pessoas. Vincent é quem nos visita com mais frequência. Ele vem à esfera algumas vezes por dia para olhar o console. Normalmente paramos para bater um papo.

— E sobre o que conversam?

— Sobre tudo. Trabalho, esportes, tempo. Naquela vez ele nos mostrou os símbolos numéricos. Ele já mostrou para você como funciona? É uma loucura. Um negócio que não entra na minha cabeça. Enfim, era tarde, estávamos todos cansados e ficamos de bobeira, mostrando ao Vincent como os controles funcionavam. Ryan estava fazendo o *moonwalk* com o robô. Eu também estava dançando na minha estação. Estávamos todos olhando para as telas do computador. Foi muito divertido. O capacete estava bem ali à mão. Estávamos rindo tanto que nem percebemos quando ele pegou.

— Quem pegou? O sr. Couture?

— Isso. Ele colocou na cabeça, caiu de joelhos e gritou. Tudo aconteceu em câmera lenta. Ficamos sem ação. Ryan olhou para mim. Nós dois sabíamos o que tinha acontecido. Sabíamos que tudo tinha mudado. Depois do que pareceu ser uma eternidade, tiramos as braçadeiras e ajudamos Vincent a sair da esfera. A dra. Franklin ficou perguntando: O que aconteceu? O que aconteceu? Nenhum de nós conseguia dizer uma palavra.

— O que aconteceu?

— Fim da linha para Ryan. Foi isso que aconteceu. Tudo o que ele tinha, todo o trabalho duro, perdido. Em um piscar de olhos. Vi homens morrendo em combate, mas nunca vi alguém perder tudo em um instante e precisar conviver com isso. Naquele momento, eu queria dar um abraço nele e dizer que tudo ficaria bem, mas era preciso cuidar do Vincent.

— Por que a senhorita acha que o capacete se ativou com Vincent e com mais ninguém?

— E eu lá vou saber? DNA, configuração cerebral, destino. O Universo tem um senso de humor muito cruel.

"Vincent ficou de cama vários dias. Ele até obedeceu e ficou com as bandagens pelo tempo recomendado. Quando voltou, a estação se ligou para ele, como esperado. O console se acendeu também. Por mais que tentasse, a dra. Franklin não conseguia esconder a empolgação. Quem poderia julgá-la? Era isso que ela vinha esperando há muito tempo.

"Quando o capacete se ativou, passei a ver os movimentos das pernas no meu holograma. Havia outro, pequeno, no console, exatamente como o meu. É claro que as pernas de Vincent não se encaixaram no console, como as de Ryan, então o holograma não foi de muita ajuda. Ele tinha que ficar de costas, como Ryan, e também não conseguia movimentar as pernas da maneira correta. Além disso, Vincent estava a anos-luz da forma física de Ryan. Foi como se voltássemos à estaca zero.

"Vincent teve que aprender tudo desde o início. Ver as pernas se movimentando no meu holograma ajudou um pouco, mas ainda era preciso anunciar cada movimento. Era..."

— Desestimulante...

— Exato. Ryan e eu levamos quase seis meses para conseguirmos nos entender, e foi preciso fazer tudo de novo com alguém que perdia o fôlego a cada cinco minutos.

"Ryan foi muito... cavalheiro, levando em conta a situação. Ele colocou Vincent sob suas asas e lhe ensinou cada movimento mil vezes. Vincent também teve a melhor atitude possível, considerando que... Ele sabia que estava tomando o lugar de Ryan, e a situação era reforçada todos os dias, durante o treinamento. Vincent também sabia que estava nos atrasando. Ele passou a malhar com tudo, levantado peso todas as noites, após o serviço. O problema é que não dá para compensar anos de treinamento militar com algumas semanas de exercício.

"Ryan pediu que construíssem uma réplica dos controles da perna. Durante três meses, ele trabalhou lado a lado com Vincent, ajudando-o a repetir cada movimento feito. De maneira lenta, mas consistente, Vincent começou a fazer os gestos corretamente, primeiro um passo ou dois, depois alguns minutos. Com o passar do tempo, o que Ryan fazia era mais incentivar, apontando um erro aqui, outro ali. Dava para ver que ele estava começando a se sentir inútil. Passei a ser cada vez mais dura com Vincent, fazendo de tudo para ele se sentir mal e precisar da ajuda do Ryan em alguma coisa.

"No entanto, isso era só metade da história. Vincent e eu não conseguimos evitar uma aproximação. Nós sempre rimos juntos, e dessa vez não foi diferente. Trabalhar na esfera muda alguma coisa nas pessoas. Ryan parece um deus grego, mas Vincent e eu temos química. Ryan não demorou a se sentir inútil. Foi horrível de ver. Ele estava perdendo não só o emprego mais empolgante da sua vida, como também a mim. E o pior: era obrigado a tomar parte nisso tudo.

"Vincent não se encaixa em nenhuma categoria de homem bom. Não que seja mau, mas é muito fechado. Ele tem um ego do tamanho de um bonde e não costuma ser muito simpático com os outros. Na verdade, ele diz que não gosta de gente. É um gênio, mas é uma pessoa ruim. Sei bem disso, porque me senti atraída por ele e ficou óbvio que a recíproca era verdadeira. Depois de algum tempo, dava para sentir a tensão sexual tomando conta da esfera. Talvez por sabermos que seria a pior coisa que poderíamos fazer. Talvez porque a presença de Ryan aumentasse ainda mais o desejo pelo proibido. Enfim, só posso dizer que era palpável. Fiz o melhor que pude para ignorar a situação, até convidei Ryan para sair mais algumas vezes, só que ele não quis dormir comigo. Acho que não suportava a ideia de que eu estivesse com ele por pena."

— E estava?

— Ryan começou a sair cedo da esfera. A dra. Franklin acabou encontrando trabalho para ele no laboratório, como forma de amenizar a tensão. Acho que ele não suportava mais ficar no mesmo recinto que eu. Me sinto péssima por dizer isso, mas comecei a ficar ressentida por ele ter desistido. É ridículo, eu sei, até porque não via futuro para nós, mas uma parte de mim queria que ele lutasse por mim, pelo emprego, por alguma coisa.

"Certa noite, Vincent e eu ficamos trabalhando até tarde. Ryan foi embora cedo e ouvimos a dra. Franklin batendo a porta ao sair. Ouvimos o som do silêncio durante alguns segundos, esperando pelo inevitável. Vincent saiu da estação e subiu na minha. Ele sorriu e se posicionou devagar diante de mim. Eu ainda estava presa pelas braçadeiras, com os braços esticados na armadura de controle. Ele desafivelou meu cinto, tirou minha calça e encaixou minhas pernas em volta do próprio corpo. Ele não disse nada, nem uma palavra, só ficou olhando para mim o tempo todo. Foi... Deixa para lá.

"Trancamos o laboratório ao sair e fomos andando em direção à saída no setor da manutenção. Segui Vincent até o lado de fora. Foi quando duas luzes ofuscantes apareceram do nada. Eu ainda estava protegendo os olhos quando Vincent me empurrou para dentro com toda a força. Desabei no chão e bati a cabeça na rampa de subida. Um enorme estrondo sacudiu o prédio inteiro. Quando saí para ver o que tinha acontecido, Ryan ainda estava na caminhonete, com as mãos no volante. A frente tinha entrado uns trinta centímetros na parede. Vincent estava estirado sobre o capô, com o rosto para baixo e as pernas esmigalhadas."

PARTE 3

EM BUSCA DA CABEÇA

ARQUIVO Nº 120

ENTREVISTA COM VINCENT COUTURE, CONSULTOR SÊNIOR DE INTELIGÊNCIA (DCIPS — SISTEMA DE FUNCIONÁRIOS CIVIS DE INTELIGÊNCIA DE DEFESA)

Local: Hospital de Cirurgias Especiais, Nova York, Estado de Nova York, EUA

— Eu me lembro de ir ao zoológico com meu pai quando tinha cinco ou seis anos. Ficava a mais ou menos uma hora de Montreal e meu pai não gostava de dirigir. Também não gostava de multidões, mas eu estava pedindo tanto desde meados do inverno que minha mãe enfim conseguiu convencê-lo a me levar. Eu estava empolgadíssimo, não conseguia falar de outro assunto. Será que tinha leões? Será que tinha zebras? "Não sei, filho, só chegando lá para saber."

"Enfim chegou o dia, uma manhã ensolarada de domingo. Meu pai me deu um presente para a viagem. Era um desses quebra-cabeças de madeira, um cubo feito com peças de vários formatos que só se encaixam de determinada maneira. Lembro que achei lindo. Meu pai, é claro, me mandou desmontar e montar a caminho do zoológico. 'Você tem uma hora', disse ele. 'É tempo de sobra.' Só que não era. Eu ainda estava terminando quando vi a enorme placa do zoológico. Coloquei o quebra-cabeças na caixa na hora e comecei a dizer o nome de todos os animais que conseguia ver nos anúncios. Olha só, pai, uma zebra. Ele respondeu: 'Legal! Termine de montar o quebra-cabeças que a gente vai'. Eu disse que não queria mais, só que ele lembrou que, em nossa família, quando começamos alguma coisa, vamos até o fim.

"Mexi com aquela coisa mais duas horas, enquanto ele lia um livro. Eu quase conseguia fechar o cubo, mas, no fim, sempre uma ou duas peças não se encaixavam. Eu sabia que tinha colocado algumas peças no lugar errado, mas eram muitas e, na vez seguinte, eu não conseguia me lembrar do que tinha feito. Fiquei repetindo os mesmos movimentos sem parar. Ao meio-dia, a frustração se transformou em desespero. Comecei a chorar. Meu pai continuou lendo. Eu não conseguia mais pensar. Estava tremendo, encaixando peças freneticamente. Às duas da tarde, eu estava histérico. Meu pai parou de ler, ligou o carro e voltou para casa.

"Não falei mais com ele pelo resto do dia. Depois que minha mãe me colocou na cama, ele entrou no quarto e disse que eu tinha aprendido uma lição importante naquele dia, muito mais importante que ver animais enjaulados."

— E qual foi essa lição?

— Acho que ele queria dizer que as emoções atrapalham o raciocínio, que eu teria conseguido se não estivesse com tanta vontade de fazer outra coisa.

— Você deve ter sido uma criança com uma inteligência acima do comum. Um menino de cinco anos teria dificuldade de entender isso.

— Ah, mas estou dizendo isso agora. Eu não tinha a menor capacidade de entender isso na época. Eu só queria ver as zebras. Meu pai era filósofo. Literalmente. Era professor de filosofia. Depois que cresci, nós tivemos vários desentendimentos, mas ele era meu ídolo na infância.

— O que sua mãe fazia?

— Até conhecer o meu pai, também era professora. Ela abandonou a carreira quando nasci. Era uma mulher muito inteligente, mas tinha um coração maior que tudo. Ela queria que eu praticasse esportes, que passasse mais tempo com crianças da minha idade, mas meu pai achava isso tudo perda de tempo. Ele dizia que eu tinha nascido com um cérebro que funcionava melhor que o da maioria das pessoas e que seria uma vergonha desperdiçar meu dom. Ele não acreditava que eu pudesse desenvolver isso se ficasse jogando bola com um bando de idiotas.

"Minha mãe insistiu, mas eu disse a ela que não queria. Eu amava meu pai e fazia de tudo para que tivesse orgulho de mim. Isso deve ter deixado minha mãe maluca. Ela acabou nos deixando. E ficamos os dois arrasados. Não sei por que fiquei surpreso. Não era difícil perceber o que ia acontecer. Qualquer mulher em seu juízo perfeito teria se separado daquele homem egoísta e egocêntrico em um piscar de olhos. Ela deve ter encontrado um sujeito mais ou menos decente que lhe dava um pouquinho de atenção de vez em quando. Sei que ela não foi embora por culpa minha, mas acho que teria ficado um pouco mais se eu também não a ignorasse tanto quanto meu pai. Eu estava tão preocupado em agradá-lo... Acho que algumas vezes ela deve ter sentido que era invisível para nós. Ela não era nem nunca foi cínica. Sem dúvida teria ficado muito triste com o que aconteceu comigo, mas meu pai perceberia a ironia da situação."

— Ironia?

— Ironia. Trabalhei a vida toda para ser o mais inteligente possível. Meu pai sempre disse que eu poderia fazer a diferença algum dia. Em sua grande maioria, as pessoas vivem sem ter um objetivo, ou pelo menos sem ter uma sensação de objetivo, maior do que o ambiente à volta. São importantes para a própria família, e nada muito além disso. Ninguém é insubstituível no trabalho, amizades vêm e vão.

"Eu tinha a chance de fazer parte de algo muito maior do que eu, mas isso não tinha relação com o que aprendi ou com a minha inteligência. A única coisa que me fazia especial, que me tornava útil, eram as minhas pernas. E agora estou prestes a perder as duas."

— Por que acha que vai perder as pernas?

— O médico saiu daqui alguns minutos antes de você entrar. Ele disse que a única opção era amputar. As duas.

— Não quero parecer insensível, mas parece que está lidando muito bem com a notícia.

— Passo a maior parte do tempo sentado, na verdade. É nisso que sou bom: sentar e pensar. Então, desde que continue capaz de fazer isso... Nunca dei muita atenção ao meu corpo. Nunca comi muito bem, nunca fiz muito exercício, nunca pratiquei esportes. Acho que vou sentir saudades de andar. Andar era bom.

— Isso é tudo que está sentindo?

— O que você espera que eu diga? A vida é injusta. Embora eu não mereça isso, levando tudo em conta, não acho que os sentimentos sejam tão importantes. Se você não conseguir fazer com que os controles funcionem com outra pessoa, será o fim da linha para todos. Colocar o capacete foi uma grande idiotice.

— É normal se sentir culpado. Algum tipo de ressentimento parece sempre adequado.

— Estou arrasado por perder tudo, se é isso que você quer ouvir. Quem não estaria? Não sei por quê, mas fico pensando naquele astronauta que entrou em quarentena setenta e duas horas antes do lançamento porque foi exposto a... como é que vocês dizem *rougeole*?

— Rubéola. Você está se referindo a Thomas Kenneth Mattingly II.

— Isso mesmo. Nunca consigo lembrar o nome dele. Tenho certeza de que ele ficou irritadíssimo. Para ser honesto, tive certeza de que tudo estava acabado quando vi a caminhonete vindo na minha direção. Tudo ficou... escuro. Por falar nisso, como está Kara? Ela deve estar muito abalada.

— Ela está bem, apesar de se sentir culpada. Mas vai passar. Ela teria vindo, mas...

— Não teria, não.

— Pode ser. Mesmo assim, ela está muito grata pelo que você fez. Você provavelmente salvou a vida dela. Kara disse para você voltar logo para casa.

— E Ryan?

— Não há muito o que dizer. Ele está sob custódia em Fort Carson e até agora não disse uma palavra sobre o assunto. Não se preocupe, sr. Couture, ele vai pagar pelo que fez.

— Que diferença vai fazer? Tenho muitos defeitos, mas vingativo eu não sou. Nem consigo imaginar como ele se sentiu.

— O amor leva as pessoas a cometerem loucuras.

— Não. O amor leva você a ficar muito bêbado e a socar a parede. Tudo que havia de mais importante na vida daquele sujeito foi arrancado, tudo. E fui o responsável por isso. Não foi de propósito, mas acabei virando a vida dele de cabeça para baixo. No fim das contas, acho que ele não era tão Capitão América assim. Não pensei que ele fosse capaz... Desculpe, não é por isso que estou rindo.

— Você acha engraçado o sr. Mitchell estar perdendo a razão?

— Não. Acho engraçado ver você sentado ao lado da minha cama. Não é minha família, não são meus amigos, os poucos que tenho, nem Kara, nem Rose, mas você. O sr. Simpatia. Parece que saí do coma e encontrei o caixa da mercearia ao lado da minha cama. Sem querer ofender.

— Não ofendeu.

— Talvez seja por isso que dizem para tratarmos bem as outras pessoas. Ninguém chora pelo sujeito narcisista do Quebec.

— Não acho que as pessoas fariam fila para te ver, mas, para ser justo, ninguém sabe que você está aqui.

— Sabe de uma coisa, entendo que você não queira revelar seu nome, mas não seria mais fácil inventar um? Alguma coisa bacana, tipo Charlie, M. ou algo assim? Bom, talvez seja melhor não ter nome. "O que há em um nome?"

— "Então, Romeu, não fosse ele chamado Romeu, reteria essa cara perfeição que possui sem tal título..."

— Ora, quanta erudição. Você não me parecia ser do tipo que aprecia literatura.

— Literatura inglesa. *Magna cum laude*.

— Ah, conta mais, por favor!

— Melhor não. Em todo o caso, para você se sentir especial, nem o presidente sabe tanto sobre mim. Já te avisaram que só faltam três peças? Encontramos as duas partes da coxa na China, a cerca de quinze quilômetros de distância uma da outra. Não deve demorar até encontrarmos as partes que faltam. Já cobrimos cerca de oitenta por cento do globo.

— Que bom. Espero que estejam em terra firme.

— Como assim?

— Bem, setenta por cento do planeta é coberto de água. Quando terminar de esquadrinhar todos os continentes, você terá vasculhado cerca de trinta por cento da superfície terrestre.

— A dra. Franklin acredita que...

— Sei o que Rose pensa. Ela acha que eles queriam que encontrássemos as partes a todo custo, mas você percebeu que elas quase sempre aparecem no meio do nada? Encontramos quase a metade nos Estados Unidos. Você sabe o que existia nos Estados Unidos há três mil anos? Não era grande coisa. O Ártico também não é o lugar mais conveniente para se buscar algo.

— Se não te conhecesse bem, eu ficaria tentado a chamá-lo de pessimista. Não se preocupe com isso, sr. Couture. Se concentre em ficar de pé novamente.

— Engraçado você dizer isso. Daqui a uma hora, não vou ter mais os pés. Só preciso aprender como andar de cadeira de rodas. Não deve ser tão difícil. Já vi gente muito burra andando de cadeira de rodas. E vou me preocupar com o que quiser. Acho que tenho tempo de sobra para isso. Sempre quis aprender cantonês, mas nunca tive tempo.

— Quero que me ouça com toda a atenção. Ninguém vai amputar suas pernas. Mesmo que não acredite em destino, existe uma razão para o robô ter escolhido você. É isso o que deve fazer. Vai demorar algum tempo, mas você vai voltar àquela esfera e fazer o robô andar. E todos

ficaremos orgulhosos. Além disso, você precisa voltar para a subtenente Resnik.

— De onde você tirou essa ideia? Eles ainda vão amputar minhas pernas, mas foi um belo discurso. E você sabe tão bem quanto eu que está tudo acabado com Kara.

— Não acho que ela abandonaria você por causa de uma deficiência.

— Sei disso. Ela é fiel como um cão... embora isso não soe tão bem em voz alta. Seja como for, a razão é exatamente esta. Ela ficaria comigo pelos motivos errados. Kara seria infeliz, mas continuaria comigo por causa de um senso de dever distorcido e irreal.

— E por que você acha que ela seria infeliz?

— Eles vão amputar minhas pernas, eu não vou conseguir mais andar ou pegar a comida que estiver nas últimas prateleiras do armário. Vou precisar de ajuda para tomar banho. Vou me afundar, provavelmente. Já sou cínico, não acho que isso tudo vai me transformar em um raio de sol. Eu não gostaria de viver ao meu lado e não desejaria isso a ninguém, muito menos a Kara. Ela deve ficar com alguém de quem possa se orgulhar. A última coisa que precisa é de um homem para trocar fraldas.

— Você sabia que Ken Mattingly nunca teve rubéola? Ele foi até a Lua com a Apolo XVI e depois participou de duas missões em ônibus espaciais. Ninguém vai amputar suas pernas, sr. Couture, dou a minha palavra.

ARQUIVO Nº 121

ENTREVISTA COM DR. PAVEL HAAS, CIRURGIÃO-CHEFE

Local: Hospital de Cirurgias Especiais, Nova York, Estado de Nova York, EUA

— Como está o sr. Couture?

— Ele teve o fêmur, a tíbia e a fíbula quebrados em vários lugares. Não tem mais rótula em nenhuma das pernas. Os joelhos foram completamente destruídos. Restaram apenas pequenos fragmentos enfiados na perna como estilhaços. Para dizer de maneira simples, ele não tem mais pernas.

— Ele acredita que o senhor vai amputá-las.

— Ele tem razão. A sala de operação está sendo preparada neste exato instante. Vamos levá-lo para lá assim que estiver tudo pronto. Cortaremos a perna acima do joelho, na metade da coxa. Com um pouco de sorte, deve restar o bastante para fixar próteses. Vai demorar algum tempo, mas pacientes nesta situação acabam reaprendendo a andar. Bom, pelo menos a maioria deles. Sei que parece terrível agora, mas, acredite, é o melhor a se fazer.

— Foi mais ou menos o que ele disse. Sinto informar, mas a amputação está fora de cogitação.

— Não quero ser indelicado, mas isso não depende do senhor.

— Gostaria que fosse verdade. Infelizmente, sou responsável por muitas coisas, e essa é uma delas.

"Estou vendo o senhor ficar um pouco boquiaberto, o que sugere que o senhor está esperando a primeira oportunidade para me interromper. Por isso vou poupar o seu tempo e dar uma justificativa, a única que o senhor receberá.

"Este homem está em uma situação singular, prestes a fazer algo de extrema importância para o país, quem sabe até para toda a humanidade. Para ir direto ao ponto, ele é o único que pode fazer isso e precisa das pernas para conseguir. Sinto muito por ser tão sucinto, mas o senhor terá que aceitar, em razão das circunstâncias."

— O senhor não pode...

— Por favor, não me interrompa. Sei que o senhor tem um cargo de autoridade e, pela natureza de seu trabalho, não está acostumado a ser confrontado. Porém, se o que me disseram for verdade, não temos muito tempo até que aconteça uma infecção generalizada, por isso espero que o senhor me perdoe por ser incisivo.

"Se insistir na amputação, estes dois homens vão acompanhá-lo até a saída do prédio e levá-lo embora em um carro. Não entenda isso como uma ameaça. O senhor não será morto nem sofrerá qualquer tipo de tortura. No entanto, acordará em um cômodo estranho e nunca mais verá o lado de fora pelo resto da vida.

"A situação é essa. Agora o senhor pode tomar uma decisão sabendo das consequências. Infelizmente, essa escolha terá que ser feita nos próximos trinta segundos."

— Nem sei o que responder.

— Não precisa. Basta fazer exatamente o que eu digo. Soube que o senhor é o melhor no que faz. Por isso foi trazido até aqui. Por isso foi o escolhido. Vou precisar de dez minutos para encontrar alguém quase tão bom para substituí-lo, mas odeio ter que ficar com o segundo melhor.

— Não estou entendendo. Não tenho como salvar nenhum dos ossos, aliás, nem eu, nem ninguém. Não é uma questão de vontade. As suas ameaças não mudam nada disso. Não posso "querer" reconstruir os ossos. E não consigo criar pernas novas do nada.

— Claro que consegue. O senhor escreveu vários artigos sobre implantes de titânio e tem os maiores índices de sucesso na substituição total do quadril por uma peça de titânio. Caso não tenha a capacidade de engenharia mecânica para criar implantes deste porte, podemos resolver a situação com um telefonema. Acredito que o senhor já disponha de todo o equipamento necessário, mas, se precisar de algo mais, posso providenciar para que seja enviado para cá em uma hora.

"O senhor vai ter acesso a fundos ilimitados e a todos os recursos do Exército dos Estados Unidos, dos Institutos Nacionais da Saúde, da Fundação Nacional da Ciência, da Nasa e de outras agências de que nunca ouviu falar. Se precisar de qualquer coisa, basta ligar para este número e dizer seu nome. Alguém vai providenciar tudo de que necessitar. É indispensável que o senhor perceba o montante colossal de recursos que terá à sua disposição. Não quero que este experimento deixe de ser realizado porque o senhor partiu do pressuposto de que determinadas tecnologias não existem ou de que é impossível obter determinados materiais. Neste exato instante, o senhor é o profissional mais poderoso da área médica em todo o planeta."

— Será preciso substituir todos os ossos das pernas dele. Basicamente, teremos que inserir pernas totalmente mecânicas dentro do tecido. É algo que nunca foi feito, e por uma boa razão: o corpo humano rejeita objetos estranhos. Mesmo que seja possível salvar uma quantidade suficiente de músculos para que o todo seja funcional, o corpo dele rejeitaria um implante desse porte. Isso eu posso garantir. Vamos acabar matando o rapaz.

— É exatamente disso que eu estava falando. O senhor precisa entender quais são os limites do seu conhecimento e deve fazer isso muito rápido. Em uns vinte minutos, o senhor receberá uma ligação do Comando de Pesquisas e Materiais Médicos do Exército dos Estados Unidos. Eles vão lhe fornecer um novo agente imunossupressor em

que estão trabalhando. Isso deve ajudar o organismo do paciente a aceitar as novas pernas. Também irão enviar um agente construtor de músculos que...

— Não posso injetar algo que não conheço em um paciente.

— É um inibidor de miostatina, muito mais eficiente do que tudo sobre o que o senhor tenha lido. Tenho certeza de que a substância virá com algum rótulo. Soube que o inibidor fez maravilhas em camundongos. Não perca tempo precioso fazendo cena. Nós dois sabemos que o senhor está tão curioso quanto eu para ver o funcionamento disso. O senhor poderá usar medicamentos experimentais a que a FDA só terá acesso em uma década.

— O senhor obviamente não se importa com a minha opinião. Mesmo assim, quero deixar muito claro que ele poderia levar uma vida muito produtiva com próteses se fizéssemos a amputação agora.

— Ele terá uma vida absurdamente produtiva se o senhor lhe construir pernas novas.

— Preciso pensar sobre o assunto.

— Nada disso. O senhor tomou uma decisão cerca de vinte segundos atrás. Perceba, dr. Haas, que nossas atividades não são tão diferentes assim. Nós analisamos a situação, reunimos a maior quantidade possível de dados antes de agir e tentamos antecipar todas as possibilidades. Fiz muitos trabalhos tão minuciosos quanto, tenho certeza, o senhor fará o seu. O senhor atingiu um patamar enorme de conhecimento e agora queremos que use isso em dois estudos extensivos patrocinados por capital corporativo. O primeiro será sobre a substituição total de quadril com componentes femorais não cimentados, e o segundo sobre resposta tecidual em implantes de titânio malsucedidos. Em 2006, dois pacientes que participaram do seu estudo sobre substituição de quadril sofreram rejeição dos implantes, e um deles morreu em decorrência das complicações. O interessante é que não há nenhum vestígio desses dois pacientes em suas propostas de financiamento ou publicações. De alguma maneira, no entanto, os dados de ambos aparecem em um estudo sobre resposta tecidual, pesquisa em que eles nunca tomaram parte. O senhor trocou os pacientes de um estudo pelo de outro, como se nada tivesse acontecido. Nenhum dano, nenhuma falsificação, com exceção da morte de um paciente.

— A mulher não me informou sobre um problema cardíaco. Ela nunca teria sido escolhida para a pesquisa se não tivesse sonegado essa informação na ficha de candidatura.

— Não tenho dúvidas disso. Colocar a paciente no relatório não teria salvado a vida dela. O que o senhor fez foi tornar os estudos preliminares muito mais atraentes para quem o financiava.

"Vamos direto ao ponto. Quando imigrou para este país, o senhor também deixou de informar que havia sido preso por dirigir sob o efeito de substâncias tóxicas, o que é apenas um delito nos Estados Unidos, mas é considerado crime em seu país.

"O senhor não passa de um egoísta e acredita que não precisa seguir todas as regras, que essas mentirinhas serviram a um bem maior e que, por isso, estava ajudando outras pessoas. Não é algo incomum em pessoas com o seu histórico pessoal."

— Meu histórico pessoal?

— Alguém que foi criado em situação precária por uma família pobre com valores tradicionais. O primeiro da família a entrar na universidade. O primeiro a sair da pobreza. É um clichê, eu sei, mas hoje sabemos reconhecer esse tipo de perfil. Uma coisa é certa: o senhor é um sobrevivente, dr. Haas. Definitivamente, o senhor não é do tipo que arriscaria a vida, a família e a carreira por algo tão insignificante quanto princípios.

"Quando sair desta sala, o senhor fará tudo que for necessário para garantir a preservação de tecido vivo suficiente nas pernas do sr. Couture, enquanto os novos ossos são construídos."

— Se fizermos isso e, por um milagre, tudo funcionar, posso garantir que ele vai lamentar não ter morrido na sala de cirurgia. Vai suplicar para ser morto. Você nem imagina a intensidade da dor que ele vai enfrentar. Cada minuto de cada dia será o pior da vida dele. O senhor vai se encarregar de contar isso para ele?

— **Melhor não. É uma coisa horrível de se dizer a qualquer pessoa, sobretudo após uma cirurgia reconstrutiva extremamente arriscada. Ele sofreria menos se ficasse sabendo?**

— Não. A vida dele vai ser um inferno, de qualquer forma. Isso se ele sobreviver, é claro.

— **Não vejo razão para contar. Quero que mentalmente ele tenha a atitude mais positiva possível. Diga apenas que tudo ficará bem.**

— Gostaria de deixar registrado que este procedimento contraria a orientação da medicina e que estou participando sob coação.

— **Como estou gravando a conversa, tudo o que falamos até agora está na gravação. Pode considerar como um registro, se quiser. Se o senhor estiver se referindo a um registro hospitalar, pode esquecer. A ideia foi sua e de mais ninguém. O senhor está realizando a cirurgia porque tem convicção total de que é a melhor solução para o nosso paciente e tem confiança absoluta no sucesso da operação. Não haverá nenhuma referência a esta conversa, em nenhuma hipótese, em nenhum meio. Espero ter sido bem claro em relação a isso. Qualquer menção à minha presença, à minha existência, para ser exato, terá consequências drásticas para o senhor e seus entes queridos.**

— Que tipo de consequências?

— **Não tive tempo de decidir qual seria a resposta adequada, mas posso garantir que o senhor não voltaria a ver seus filhos, mesmo que a operação fosse bem-sucedida.**

— E se não fosse?

— **Então com certeza o senhor perderia sua licença para a prática da medicina.**

— Não vou dizer nada, mas o que acontece se o paciente não resistir? Do que o senhor está me ameaçando?

— Por que eu faria ameaças se o senhor fizer exatamente o que estou pedindo? Não sou um monstro, dr. Haas. Enfim, é bem provável que o senhor perca sua licença, e sua casa, e seu carro e tudo o que possui. Também é provável que passe algum tempo na prisão. O senhor está prestes a realizar uma cirurgia experimental de altíssimo risco, extremamente complexa e absolutamente desnecessária em um paciente estável, sem qualquer conhecimento ou autorização da parte dele. O que o senhor acha que vai acontecer se ele morrer?

"Por fim, quero que dê uma olhada nestes desenhos. Será preciso integrá-los à estrutura da perna."

— O que são eles?

— Joelhos.

— Não sou engenheiro mecânico, mas parece que eles…

— É exatamente isso que o senhor está pensando, dr. Haas.

ARQUIVO Nº 126

ENTREVISTA COM ALYSSA PAPANTONIOU, PH.D., GENETICISTA

Local: Biblioteca Pública de Denver, Civic Center Park, Denver, Colorado, EUA

— Interessante o seu sotaque, srta. Papantoniou. É dos Bálcãs?

— Sim, a maior parte da Grécia fica nos Bálcãs.

— A senhorita deve ser de uma região que não visitei. É bastante peculiar.

— Obrigada. Estou curiosa para saber por que estamos nos encontrando na b... biblioteca pública. Desculpe, fico nervosa quando f... falo com pessoas.

— Não precisa se desculpar. Eu não queria que ninguém nos interrompesse. Prazer em conhecê-la.

— O prazer é meu. O que o senhor quer di... discutir?

— Fui informado de que a senhorita não aprova o caminho que o projeto está tomando. Seria negligência da minha parte não levar esta reclamação a sério, especialmente vindo de alguém com a sua inteligência...

— Muito obrigada. Eu não pretendia passar por cima do se... senhor.

— Então foi um acidente?

— Sim...

— Não tem importância. Agora, me conte, o que a senhorita acha questionável na maneira como a dra. Franklin lida com a equipe?

— Tenho todo o respeito do mundo pela dra. Franklin. Ela é uma física muito competente.

— Mas?

— Mas ela comete erros. Ela não é tão... tão brilhante quanto o senhor pensa. Muitas vezes eu preciso ve... verificar novamente os cálculos dela.

— Tenho certeza de que ela fica grata.

— A questão é que a dra. Franklin é muito... frágil. Ela se deixa influenciar pelos sentimentos que tem pelos membros da equipe ao tomar decisões. Ela trata Kara e Vincent como fi... filhos. Kara é teimosa e inflexível, e considero... uma irresponsabilidade confiar na boa vontade dela para o a... avanço deste projeto. Em várias ocasiões, solicitei que Kara fosse submetida a uma bateria de testes para determinar por que o capacete só se ativa com ela, e a dra. Franklin recusou sistematicamente.

— Esta afirmação é verdadeira? Me informaram que a srta. Resnik submeteu uma amostra de saliva, que foi analisada por você. Na verdade, me lembro que a conclusão foi não haver nada de extraordinário na genética dela.

— Eu realmente realizei alguns testes genéticos e bioquímicos e não encontrei anomalias nos cromossomos nem qualquer mutação evidente. Porém, teríamos que realizar muitos outros testes, como a análise mitocondrial. Nem sequer cheguei a fazer o sequenciamento completo do genoma. Poderia ter estudado a estrutura cerebral dela, e a resposta também poderia estar nos olhos.

— A dra. Franklin também realizou uma varredura de retina, se não estou enganado.

— Eu quis dizer que poderia ter estudado uma amostra do olho de Kara, em vez de uma foto.

— Estes procedimentos não podem esperar até que tenhamos recuperado todas as partes do robô e resolvido os problemas mais imediatos?

— Eu não consigo entender. Não é só Kara. Nós não podemos... não podemos seguir em frente sem Vincent, agora. E se ele não resistir? E se não conseguir voltar a an... andar? Se a gente entender por que o capacete funcionou com Kara, talvez seja possível substituir Vincent.

"Com todo o respeito, tem muita coisa em jogo para nos preocuparmos com sentimentos ou algum des... desconforto leve enquanto insiro uma agulha no olho de alguém. Pensei que o senhor, mais do que ninguém..."

— A senhorita pensou que eu, mais do que ninguém? Continue.

— Pensei que o senhor fosse... pragmático, que entendia o que precisava ser feito. Talvez o senhor também esteja emocionalmente envolvido.

— A senhorita está questionando minha capacidade de avaliação?

— Vou me atrever a fazer uma pergunta ao senhor. Se, em vez de seres humanos, precisássemos de cachorros para controlar a máquina, o senhor já não teria uma dezena de filhotes para a substituição?

— Filhotes... Acho a sua pergunta muito mais interessante do que qualquer possível resposta. Seja como for, obrigado por trazer um novo olhar para a situação. Seus comentários são interessantes e levantam várias questões. Prometo que vou levar em consideração tudo o que me disse.

— Obrigada. É só o que peço.

— Tenha um bom dia, srta. Papantoniou.

ARQUIVO Nº 129

ENTREVISTA COM ROBERT WOODHULL, SECRETÁRIO DA PRESIDÊNCIA PARA ASSUNTOS DE SEGURANÇA NACIONAL

Local: Casa Branca, Washington, D.C., EUA

— O que posso fazer por você, Robert?

— A Secretaria de Defesa colocou o país em estado de alerta.

— Foi por causa dos russos?

— Também. A China nos viu saindo de seu território e apresentou queixa formal à ONU.

— E desde quando você se preocupa com a ONU?

— Eu não dou a mínima para a ONU, mas os russos estão vigilantes e não demoraram a ligar os fatos. Eles ainda não sabem o que estamos buscando, mas já perceberam que não são artefatos antigos, na medida em que estamos dispostos a entrar em qualquer país sem autorização para atingir os objetivos. O governo turco também já informou aos russos a respeito da nossa visitinha, o que não contribuiu em nada para a situação.

"Agora estão nos culpando oficialmente pela morte dos soldados na Sibéria. Afirmam que nossa investida é um ato deliberado de provocação. O embaixador russo abandonou território americano e seguiu para Moscou há cerca de uma hora. Estão esvaziando a embaixada neste exato momento. Quase dá para ouvir daqui as fragmentadoras de papel funcionando. É mera questão de tempo a China seguir o exemplo."

— Eles aumentaram a mobilização militar?

— Pode ter certeza que sim. Nas últimas três horas, vimos a maior atividade naval da Rússia desde a Crise dos Mísseis em Cuba. Toda a Frota do Norte está em alerta, bem como a Frota do Pacífico, até onde sabemos. Só no Atlântico Norte, são mais de cem navios em operação.

— Submarinos?

— O *Severodvinsk* zarpou nesta manhã, junto com dois submarinos classe Borei. A Base do Mar Branco parece abandonada. Existem cinco Delta-IV circulando pela área, o mesmo número de Delta-III, e até o velho Akula. Basicamente, qualquer coisa com armas nucleares e que possa navegar está em movimento. Não vimos nenhuma manobra incomum por parte dos chineses, mas eu não ficaria surpreso se eles também mandassem parte da frota.

— Estão blefando, você sabe disso.

— Nós também estamos, mas o blefe agora é diferente. Ninguém quer iniciar uma guerra de verdade, e todos têm noção disso. Um lado sabe que o outro não quer lutar e vice-versa, então é um jogo de empurra-empurra, cada vez com um pouco mais de força. Embora tudo seja para manter a aparência de mau, basicamente estamos medindo forças para ver quem recua primeiro. Ambos os lados têm noção que ninguém vai usar o arsenal nuclear, pelo menos não agora. Mas provavelmente algum dia… algum dia um dos lados vai se precipitar e cometer um erro terrível.

"Nós já enviamos nossos submarinos de ataque, é claro. Se a China entrar na brincadeira, vamos enviar ainda mais navios para encarar os navios chineses. Nossos porta-aviões já estão em alerta total. Se forem enviados em direção à Ásia, eles vão avançar tudo o que têm contra nós. Percebe onde isso pode parar?

"Uma queda de braço naval nunca tem um bom resultado. Por maior que pareça nos mapas, o oceano pode ser ocupado rapidamente, e não gosto nada da ideia de colocar meu destino nas mãos de meia dúzia de capitães de submarino ceguetas tentando não trombar em nada."

— Precisamos mesmo responder à altura? Não podemos ficar na nossa e deixar os russos se exibirem durante alguns dias? Nunca entendi os méritos da reação proporcional.

— Nem sei se existe mérito nisso. É só a boa e velha natureza humana de pessoas com muito poder bélico nas mãos. Você já se meteu em alguma briga de bar?

— Vou considerar a pergunta retórica.

— Bem, é assim que começa: você tromba em alguém que acaba derrubando a bebida. O sujeito grita e empurra. Você finge que pede desculpas enquanto enfia o dedo no peito dele. Todo mundo "reage proporcionalmente" até levar um soco na cara. Ninguém queria brigar, mas ninguém quer passar por covarde. A coisa fica cem vezes pior quando acontece com militares, e pior outras cem vezes quando políticos entram em cena.

"Então vamos fazer nosso teatro, eles vão fazer o deles, e se tivermos sorte não será preciso matar vinte milhões de pessoas no processo."

— Todos sabíamos dos riscos quando concordamos em adotar esta linha de ação.

— Você é... você é bom neste negócio de distorcer os fatos, hein?

— Como assim?

— Nós não tivemos chance de concordar com nada. Você nos apresentou um *fait accouplis*. Você nos disse o que estava fazendo depois do fato e nos ameaçou...

— *Accompli.*

— Como?

— A expressão é *fait accompli*. Significa fato consumado. *Accoupli* não significa nada. Nunca entendi por que as pessoas usam palavras que não entendem.

"Deixei minhas intenções absolutamente claras quando solicitei sua ajuda. E você escolheu ajudar. Você não era obrigado a fornecer tropas. Poderia ter simplesmente negado. Você também tinha os meios para me impedir a qualquer momento. Você poderia, na hora que quisesse, prender ou até mesmo matar todos os membros da minha equipe. Se não tivesse dito nada, teria sido o exemplo perfeito de acordo tácito, mas você foi além e definiu certas condições, sob as quais eu teria 'total apoio deste governo'. Posso entender seu desejo de se distanciar desta decisão, em virtude da atual conjuntura, mas você fez uma escolha, e essa escolha não deixará de ser sua só porque muitas pessoas podem morrer."

— E você? Está confortável com a situação? O fim justifica os meios e pronto?

— Do jeito como fala, parece que sou irracional. Sim, eu acho que este fim em particular justifica meios consideráveis. É claro que eu tenho um limite que não pretendo extrapolar, como qualquer pessoa. Só que esse limite foi definido com base na razão, e não na emoção.

— Então você não se importa com a morte de centenas de pessoas? E se fossem milhares, você pararia? Quantas vidas você está disposto a sacrificar? Um milhão?

— Com certeza, não. Mil, no entanto, parece um número razoável.

— Você é um imbecil, sabia? Não acha isso tudo arbitrário?

— Claro que é. Quase tudo é. Oito pessoas morreram na corrida contra os soviéticos pelo primeiro lugar na chegada até a Lua. Outras catorze perderam a vida nos acidentes com a Challenger e a Columbia, e ainda assim o programa espacial continua de pé. A exploração do espaço é importante demais, o que justifica a morte de vinte e duas pessoas. Se fossem vinte e duas mil, as coisas teriam sido diferentes.

"Houve cerca de trezentas baixas para libertar o Kuwait. A maioria das pessoas acha isso razoável. Mais de quatro mil americanos morreram no Iraque. Alguns vão afirmar que foi um preço muito alto para que os Estados Unidos se livrassem de Saddam Hussein, outros vão

discordar. Naturalmente, o presidente da época considerou que valia a pena.

"Mais de vinte milhões de soldados morreram durante a Segunda Guerra Mundial. Vinte milhões de pessoas, contando só os militares. Muitas pessoas acreditaram que seus fins justificavam meios tão discutíveis.

"Honestamente, acredito que nosso trabalho é ainda mais importante do que chegar à Lua ou botar as mãos em alguns barris de petróleo. Na minha opinião, a comparação mais justa seria com a invenção da roda ou a descoberta de como fazer fogo. Sei que muitos vão discordar. Gostaria de poder dizer quantas vidas isso vale, mas não posso. Em algum momento, teremos que decidir se podemos tolerar 1151 mortos, mas não 1152. Por definição, isso é arbitrário.

"O que posso dizer é o seguinte: em um galpão subterrâneo em Denver, há uma prova definitiva de que não estamos sozinhos no Universo, assim como evidências irrefutáveis de que existem civilizações que estão milhares de anos na nossa frente em termos tecnológicos. Além disso, estamos cada vez mais perto de conseguir utilizar uma parte desse conhecimento. Pode ser um salto de proporções monumentais para a toda a humanidade, e não só do ponto de vista tecnológico. Isso vai mudar a maneira como pensamos o mundo, a forma como nos vemos. Isso vai moldar o planeta, e temos a oportunidade de liderar essa mudança. Quantas vidas isso vale para você?"

— Vamos torcer para que ninguém mais precise morrer, combinado? Seria bom se recebêssemos notícias boas em breve. Por falar nisso, você resolveu o motim dos seus subordinados?

— Na verdade, resolvi, sim.

— Ótimo. O presidente está começando a perder a paciência. Ele também ficou sabendo de sua demonstraçãozinha de força no hospital.

— A que ato nefasto você está se referindo, exatamente?

— Você obrigou um médico a colocar joelhos de metal malucos no linguista. Acha mesmo que ninguém vai descobrir?

— Bem, ele precisava de joelhos.

— Não é assim que o presidente encara a situação. Até agora, ele esteve disposto a fazer vista grossa para determinados riscos à população e lhe concedeu bastante margem de manobra em relação às leis internacionais. Só que você acabou de cruzar uma linha que não deveria ser cruzada. Você realizou uma cirurgia de alto risco, experimental é pouco para definir, que alterou o corpo de um cidadão americano sem o consentimento dele.

— Peço desculpas. Não sabia que era reprovável.

— Não vejo graça nenhuma.

— É engraçado, de certa maneira. Em primeiro lugar, eu não fiz nenhuma cirurgia, foi um médico que realizou o procedimento. Em segundo, o sr. Couture não é cidadão americano. Ele é de Montreal. É uma cidade grande, quase do tamanho de Boston, naquele grande país ao norte daqui. Você já deve ter ouvido falar. Eles jogam hóquei.

— Foi só maneira de falar.

— "Cidadão americano" não é maneira de falar. Você está me dizendo que o presidente está contrariado porque não permiti que o médico serrasse fora nossa maior chance de sucesso? É isso mesmo? Ele admite que eu mate o sr. Couture, se for preciso, mas considera a cirurgia moralmente repreensível? Ele se sente desconfortável? Diga ao presidente que demos joelhos muito bons ao sr. Couture. Melhor ainda, diga para dar uma condecoração ao nosso linguista. Ele vai se sentir melhor.

"Se o sr. Couture sobreviver, nossa chance de sucesso será significativamente maior do que antes da cirurgia. Não custa lembrar que a alternativa inicial seria ter um piloto de pernas sem pernas. Havia uma janela de oportunidade única, que eu aproveitei. E faria de novo sem hesitar."

— Na próxima vez que você quiser transformar alguém em um homem de seis milhões de dólares, peça permissão a ele primeiro. Na opinião do presidente, o que você fez é igual a torturar o rapaz.

— Respeito, mas discordo com veemência. Pode dizer ao presidente o que quiser. Ele é responsabilidade sua.

— …

— Robert?

— Quer saber, uma condecoração não é má ideia.

— Eu estava sendo sarcástico. Você não pode dar… Deixa para lá. Isso. Dê a ele uma condecoração.

ARQUIVO Nº 141

ENTREVISTA COM A DRA. ROSE FRANKLIN, PH.D.

Local: Complexo subterrâneo, Denver, Colorado, EUA

— Onde está Kara? Ela não apareceu hoje?

— Está em missão. Queria poder revelar mais detalhes, mas ela estará de volta em alguns dias. Fiquei sabendo que a senhora também esteve fora.

— Você não deixa passar nada, não é? Verdade, fui visitar Ryan.

— Eu não sabia que ele podia receber visitas.

— Não pode, mas psiquiatras do governo podem vê-lo, aparentemente.

— Eles verificaram suas credenciais?

— A NSA nunca pediu meu crachá de volta, e nele está escrito doutora...

— Posso dizer que estou um pouco surpreso. Não parece algo que a senhora faria.

— Não sei se devo tomar como um elogio ou uma ofensa.

— Nenhum dos dois. Estava só comentando que seu comportamento recente não condiz com sua personalidade. A senhora é extremamente corajosa, mas também racional e metódica. E essa atitude é um pouco impulsiva e imprudente. São palavras que me vêm à mente quando me refiro à srta. Resnik.

— Foi sugestão dela... Kara disse que você pagaria minha fiança se eu arrumasse encrenca.

— Eu não contaria com isso.

— Bem, eu não podia deixar Ryan sozinho lá. Ele precisava saber que ainda nos importamos. E pareceu surpreso de verdade ao me ver. Ryan está muito envergonhado pelo que fez. Acho que não esperava que alguém se preocupasse com ele.

"Ele disse que a pior parte é se lembrar de tudo que aconteceu naquela noite. As horas que antecederam a tragédia estão turvas ou foram completamente apagadas da memória, mas de alguma maneira o álcool não conseguiu eliminar nenhum detalhe do atropelamento. Ryan ainda vê a cara que Vincent fez quando foi atingido pela caminhonete. Eu disse que faria uma nova visita se ele permitisse."

— Considerando o que aconteceu, o sr. Couture foi muito compreensivo. Parece ser uma característica comum da comunidade científica. Imagino que a subtenente Resnik não tenha ido.

— Não, mas é diferente para ela. Kara se sente... culpada. Já eu, embora não possa dizer que tenha perdoado o que Ryan fez, algo absurdo, também sei de tudo o que ele está passando. Tenho certeza de que você entende isso.

— Entendo que são circunstâncias incomuns e, por isso, as emoções podem estar à flor da pele. Entendo também que fortes atrações sexuais podem surgir em situações de alto estresse, e que o sentimento de perda associado a uma atração dessas pode ser proporcionalmente amplificado. Ainda assim, sob as mesmas circunstâncias, você, a srta. Resnik e o sr. Couture não tentaram matar ninguém. O sr. Mitchell

tentou matar um colega de trabalho e mostrou total falta de compromisso com a vida de uma militar do Exército, além de colocar em risco a operação mais significativa da história moderna. Acredito que entendo perfeitamente a situação.

— Talvez você tenha razão, mas, para mim, ele é mais que isso. Por mais terrível que seja, o ato de Ryan não apaga os outros dias de sua vida. Ele tem família, uma mãe que o colocou no mundo e lhe deu banho e comida. Ela vestiu o filho para ir à escola, o levou para o treino de futebol. Não dá para esperar que ela veja tudo isso preto no branco. É impossível. E eu também não consigo, me recuso a pensar nele de maneira tão simplista.

"Antes, você achava que ele era bom. E não dá para mudar o antes, que continua igual. Tudo o que ele fez até aquele dia ainda é válido. Ryan sabe que não feriu apenas Vincent, mas também deixou uma parte considerável de nossas vidas em frangalhos. Ele vai ter que conviver com isso, e acho que já é punição suficiente."

— Vamos concordar em discordar. Não vim aqui para falar do sr. Mitchell nem da reação emocional da senhora com a situação atual dele. Fui informado de um incidente no laboratório.

— Podemos chamar assim. O trabalho no console parou completamente sem Vincent. Kara estava ficando angustiada sem ter com quem treinar. O laboratório parece muito vazio agora que Alyssa também se foi.

— Onde está a srta. Papantoniou?

— Pensei que você soubesse. Ela teve o visto de trabalho revogado. Algum trâmite legal. Foi mandada de volta à Grécia na segunda.

— Lamento saber dessa notícia, me disseram que ela é uma cientista brilhante.

— Como cientista ela é brilhante, mas era uma pessoa difícil de lidar. Não conseguiu se aproximar de ninguém aqui, não fez amigos e tinha opiniões muito radicais sobre como as coisas deveriam ser feitas. Mesmo assim, muitos progressos que fizemos recentemente se basearam nas ideias dela.

— Eu não sabia disso.

— É fato. Desde que encontramos a segunda peça, concentramos toda a nossa atenção no robô. Como Vincent estava impossibilitado de treinar, Alyssa sugeriu que aproveitássemos a oportunidade para voltar um olhar ao metal. Já sabíamos que as peças se ativam quando em contato com material radioativo, mas ela queria descobrir se havia alguma relação com aquele de que eram feitas. Enfim, agora que somos só duas no laboratório, decidi pedir a ajuda de Kara para realizar alguns experimentos que Alyssa havia projetado.

— Estou um pouco perplexo. A senhora ainda não havia feito uma análise metalúrgica do material?

— Fiz. Várias vezes. Cada peça é um bloco sólido de metal, 89% irídio, 9,5% ferro, 1,5% outros metais pesados. Posso continuar discorrendo sobre as propriedades físicas dessa liga até amanhã. Só que nada que eu disser vai fazer diferença porque temos certeza de que isso não é possível. A liga deveria pesar dez vezes mais. Metais não emitem luzes em belos padrões e com certeza não se movem quando são juntados em várias peças. A ciência atual diz que estamos olhando para um pedaço sólido de metal que, no entanto, tem todas as propriedades físicas de um mecanismo complexo.

"Por isso, estou tentando bolar experimentos para descobrir mais do que a metalurgia consegue revelar. Sei que parece meio vago, e é até compreensível, pois aprendo à medida que vou fazendo.

"Em primeiro lugar, expus um dos painéis a plutônio-238 e medi a saída de luz. Descobri que as partes não só se ativam com material radioativo, como também se alimentam dele. Aliás, de qualquer tipo de energia nuclear, ao que parece. A exposição a quantidades mínimas de radiação aumentou a geração de luz do painel em cerca de 0,5%."

— Então é assim que essas coisas se ativam?

— Acho que sim, mas essa não é a parte mais interessante. No início, nós conseguimos cortar um pedacinho de painel para análise. Ele foi guardado em uma cápsula de resina transparente, que virou peso de papel na minha mesa. Quando percebemos um aumento na luminosidade dos painéis, tive a ideia de medir quanta energia o material conseguia absorver. Coloquei esse fragmento em um ambiente fechado em contato direto com plutônio.

Descobrimos que o metal realmente absorve a radiação, mas fica saturado depressa e precisa liberar a energia extra.

"Com a descarga, emite um pulso eletromagnético muito forte, que chegou a apagar os dois computadores que estavam na sala. É possível que as partes emitam o mesmo tipo de pulso quando ativadas. Pode ter sido isso que derrubou o helicóptero de Kara na Turquia, embora um pulso eletromagnético não seja suficiente para explicar a falha do motor. Agora que sei o que esperar, vou monitorar tudo que me vier à mente. Também gostaria de ver se ele se alimenta de outros tipos de energia."

— Se outro homem não tivesse feito essa expressão virar um bordão, eu diria: fascinante.

— Fico feliz que você tenha gostado, mas ainda nem chegamos na parte boa. O *mais* interessante é que ele também gera um campo de energia muito forte, com capacidade de destruir objetos ao redor.

— O que a senhora quer dizer com "destruir"? Como uma explosão?

— Não. Nada explode. As coisas em volta simplesmente... desaparecem, vaporizadas, só que sem vapor. Eu estava fazendo um experimento em um ambiente envidraçado, e ele fez um buraco perfeitamente esférico no vidro, e isso com precisão cirúrgica, como um laser. Não sobraram cinzas nem restos, nada que indique a existência da parte que sumiu.

— Quanta energia a robô como um todo conseguiria absorver?

— Muita. Se um pedacinho de metal foi capaz de descarregar energia suficiente para fazer um buraco de trinta centímetros, nem consigo imaginar quantos quilotons esse material conseguiria absorver. Obviamente, não posso colocar qualquer instrumento perto do fragmento, mas, assim que descobrir uma maneira de medir a saída de energia dele, vou conseguir calcular um valor para a robô como um todo.

— E ela suportaria um ataque por míssil ou bomba?

— Complicado dizer. As armas convencionais geram calor, mas a maior parte dos danos é causada por energia cinética. Não faço a menor ideia de como ela lidaria com energia cinética. Posso realizar alguns experimentos.

Talvez algo tão simples quanto marretar um dos painéis e medir a saída de luz. Vou pensar em alguma coisa.

"Já adianto que foi preciso aplicar uma pressão absurda para tentar cortar um pedaço dos painéis. Não vejo como uma onda de choque poderia danificar a robô seriamente. Talvez a faça cair de costas no chão se for algo muito poderoso. O problema é que não entendo muito de armas."

— A senhora acredita que ela resistiria a uma explosão nuclear?

— Não sei. Talvez. Acho que o mais importante é saber o quanto a esfera fica protegida contra o que acontece do lado de fora. Talvez seja quase impossível destruir a robô, mas isso não teria muita validade se os ocupantes estivessem mortos.

"Seja como for, se ela sobrevivesse a um ataque nuclear, a energia que o robô liberaria seria quase tão destrutiva quanto a própria explosão, a menos que pudesse se concentrar em alguma coisa. O fragmento que usei pesa poucos gramas, é menor que a unha do seu dedo mínimo e fez um buraco com cerca de trinta centímetros de diâmetro. Só agora estou percebendo como esta coisa pode ser poderosa. Devo admitir que ela está começando a me assustar."

— A senhora acha que ela foi construída para quê?

— Até agora, tentei ignorar o fato de que ela poderia muito bem ser uma arma de enorme poder. Quando penso no assunto, não encontro nenhuma outra razão para a construção de algo tão grande. Ela não tem nenhum uso prático. Se for possível montá-la, vai pesar umas setecentas toneladas e destruirá tudo em que pisar. O que me preocupa é que seria possível passar por um exército de dez mil homens com algo que tivesse apenas um décimo do tamanho dela. Nada chegava perto de ser tão poderoso seis mil anos atrás para justificar uma arma dessa magnitude. Nada da Terra, pelo menos.

— A senhora acredita que ela seja tão poderosa assim?

— Precisaremos localizar a cabeça para descobrir.

— Teremos todas as respostas muito em breve. Infelizmente, será preciso ir ao fundo do mar para consegui-las.

— Pensei nessa possibilidade. Espero que não seja necessário, porque o composto Arcana não se dispersa bem debaixo d'água. Vai levar meses até desenvolver um novo sistema, e mais tempo ainda para vasculhar todos os oceanos. Seja qual for a solução que eu encontrar, já posso adiantar que a dispersão será muito mais lenta debaixo d'água. Com um veículo mais lento, como um submarino, encontrar algo pode levar décadas. Pode ser só pensamento positivo, mas acho que os responsáveis por enterrar essas coisas tinham medo de água.

— A senhora não me entendeu. Eu quis dizer que sei exatamente onde a cabeça está. No fundo do mar. Do mar de Bering.

ARQUIVO Nº 143

ENTREVISTA COM O CAPITÃO DEMETRIUS ROOKE, MARINHA DOS ESTADOS UNIDOS

Local: Base Submarina Naval de Bangor, Península de Kitsap, Estado de Washington, EUA

— Informe seu nome e sua patente.

— Capitão Demetrius Rooke, Marinha dos Estados Unidos.

— Qual é a sua missão atual?

— Estou no comando do *USS Jimmy Carter*, designado SSN-23.

— Se entendi a designação corretamente, este é um submarino de ataque nuclear.

— Sim, senhor. Classe Seawolf.

— Há quanto tempo está comandando?

— Farei cinco anos de comando em outubro, senhor.

— Não sou do Exército, não precisa terminar toda frase com senhor.

— Como prefere que eu te chame?

— Pensando bem, pode me chamar senhor mesmo. Descreva com suas palavras os acontecimentos da manhã de 17 de agosto.

— Pois não. Deixamos a Base de Bangor junto com o *USS Maine*, um submarino de mísseis balísticos classe Ohio. Estávamos a caminho de uma Base de Pesquisa em Ketchikan, no Alasca, para uma semana de exercícios de detecção quando recebemos uma chamada do SECNAV.

— Você recebeu uma ligação do gabinete do secretário da Marinha?

— Não, eu quis dizer que recebi uma ligação do próprio secretário da Marinha.

— O secretário da Marinha costuma ligar diretamente para capitães de submarino?

— Não, foi algo incomum em todos os sentidos. E as ordens *definitivamente* eram fora do comum. Deveríamos interceptar dois submarinos russos no mar de Bering e proteger tudo o que encontrássemos no local. Deveríamos evitar confrontos, se possível, mas o uso de força foi autorizado, se necessário.

"Não sei se o senhor já conversou com o secretário da Marinha, mas ele é *muito eloquente*. Ele fala devagar, com uma voz profunda. É impossível entender errado algo que ele diz, mas mesmo assim eu pedi que repetisse. Não acredito que um capitão de submarino tenha ouvido palavras semelhantes desde a Segunda Guerra Mundial.

"Primeiro, tivemos que voltar para Bangor para embarcar uma subtenente do Exército como conselheira. Bela garota. Seguimos então para oeste. A viagem dura cerca de sessenta horas em velocidade máxima.

"Ela disse que iríamos recuperar um novo tipo de reator de energia, uma nova tecnologia de fissão em que os russos não deveriam pôr as garras. Aparentemente, o reator estava a caminho do Alasca quando houve um incidente e foi preciso lançá-lo ao mar. O helicóptero dela estava fazendo a escolta do navio e ela conhecia o dispositivo. Por isso precisei trazê-la a bordo.

"Ela pediu para ser levada à sala de controle imediatamente. Um dos meus tenentes disse que a levaríamos lá assim que chegássemos a nosso destino, mas ela insistiu. Houve uma discussão. Meu imediato precisou intervir. No começo, não dei muita atenção ao problema, pensei que ela estava com claustrofobia, algo comum em quem entra em um submarino pela primeira vez. Como os espaços são apertados, as portas pequenas e os tetos baixos, muitos têm dificuldade de adaptação e acabam ficando irritados. Deixei que ela reclamasse à vontade e dei o assunto por encerrado."

— O senhor a levou à sala de controle?

— Não imediatamente. Mandei que a buscassem assim que estávamos a cerca de doze horas do alvo. Ela parecia calma e controlada. Passamos pela península do Alasca e seguimos em direção norte a partir de Dutch Harbor. Depois de mais ou menos dez milhas náuticas, o sonar detectou três objetos. Havia um submarino classe Akula virado de lado no fundo de um pequeno penhasco. Parecia estar abandonado. O *Saint Petersburg* estava parado ali, olhando para nós, cerca de sessenta metros a oeste do Akula.

— *Saint Petersburg?*

— Classe Lada. É o submarino top. Muito silencioso. Foi projetado para esse tipo de coisa. Destruir submarinos, defender a base, coisas assim. Eles devem tê-lo enviado quando o Akula parou de responder. Seja o que for esse "reator", a subtenente do Exército não permitiu de maneira alguma que chegássemos perto dele.

— O senhor não acredita que era um reator de energia?

— Não cabe a mim dizer. Era um objeto grande, com cerca de dez metros de diâmetro, posicionado entre eles e o Akula. O sonar disse que era metálico. Quando tentamos nos aproximar, o *Saint Pete* manobrou e se posicionou entre nós e o alvo.

"Paramos. O *USS Maine* tentou circundar o submarino russo. Esperávamos que, por estarmos em dois, o *Saint Pete* debandaria, mas ele não recuou. Manteve a proa voltada para nós e preparou os lançadores de torpedo."

— O que vocês fizeram, então?

— Nada. Nosso outro submarino parou. Ficamos esperando. Submarinos são lentos e desajeitados. Na maior parte do tempo, nós só ficamos sentados, esperando. Somos bons nisso.

— O senhor tinha ordens de atirar, se necessário.

— Não achei que fosse necessário. E ainda não estava pronto para o tudo ou nada. Até teríamos conseguido afundar o submarino russo, mas só depois que eles lançassem toda a artilharia contra nós.

— Quanto tempo vocês esperaram?

— Cerca de um dia. Como eu disse, somos bons nisso. Na manhã seguinte, recebemos uma mensagem alertando que uma corveta russa estava a caminho. Chegaria em menos de uma hora e meia. Precisávamos agir depressa. Uma corveta está bem equipada para atacar submarinos e com certeza conseguiria trazer o alvo a bordo e rebocá-lo.

"Dei a ordem para afundar e abrir os tubos de torpedo e usamos o Gertrude, o telefone submarino, para dizer ao *USS Maine* para fazer o mesmo. Os russos responderam na mesma moeda. Foi então que as coisas começaram a ficar estranhas. Nossa convidada do Exército 'sugeriu' que emergíssemos e avisássemos aos russos que destruiríamos o objeto antes que alguém pudesse pegá-lo."

— E vocês fizeram isso?

— Não. Eu não tinha a menor intenção de aceitar a "sugestão". Havia uma corveta a caminho. Então ela pediu... para ser exato, ordenou... que fizéssemos exatamente isso. "Pode atirar", disse ela. "Descarregue toda a munição!"

"Minhas ordens eram para recuperar o objeto e atirar nos russos se necessário, não para destruir o que tinha vindo buscar. Naturalmente, eu disse não. Ela me garantiu que a coisa não seria destruída, mas a explosão forçaria o navio russo a recuar, o que nos daria tempo suficiente até a chegada de reforços. Eu nem tinha como confirmar se havia outras embarcações a caminho. Ela disse que eu era um tolo por discutir ordens."

— Como o senhor respondeu?

— Que ela não dava ordens ali. Disse que mandaria tirá-la da sala de controle, se ela não parasse com aquilo. Então, e me lembro disso perfeitamente, porque era a última coisa que eu poderia esperar, ela ergueu a voz para que todos no comando ouvissem e disse: "Estou assumindo o comando deste submarino com a autoridade que me foi investida pelo presidente dos Estados Unidos".

— Corajosa.

— Com certeza. Chamei a segurança no mesmo instante e ordenei ao chefe do navio que prendesse aquela mulher. O imediato segurou o braço dela, e então as coisas ficaram meio confusas. Aconteceu muito rápido. Ela deu uma chave de braço no imediato e bateu com a cabeça dele em um console. Dois oficiais de segurança armados chegaram ao deque. Ela deu um round kick no primeiro e quebrou o nariz do segundo com a palma da mão antes de colocá-lo de joelhos e jogá-lo no chão. Ela deve ter roubado a pistola de um deles enquanto lutava porque, quando me dei conta, os braços dela estavam em volta do meu pescoço e eu tinha uma arma apontada para a cabeça. Ela nos colocou contra a parede para ter visão total do recinto.

"Outros quatro tripulantes armados entraram pela porta. Houve muita gritaria. Como dava para perceber que meus homens estavam perdendo a calma, pedi que todos baixassem as armas. Precisei repetir algumas vezes, mas acabei sendo obedecido. Perguntei a ela qual seria a próxima ação. Ela me deu duas opções: atirar no objeto ou emergir para confirmar as ordens que tinha acabado de dar. Claro que questionei os motivos, mas tinha certeza de que ela estava decidida. Ela ia explodir meus miolos, não havia dúvida. Ainda assim, já que estava muito calma considerando as circunstâncias, decidi acreditar que ela não tinha perdido completamente o juízo.

"Respondi que em hipótese alguma subiria à superfície com uma corveta a poucos minutos de distância, mas dispararia os torpedos no objeto se o *USS Maine* mantivesse a mira no *Saint Petersburg*. Só que eu *não* faria aquilo com uma arma apontada para a cabeça. Ela tinha que me soltar."

— Ela acreditou no senhor?

— Dei minha palavra de oficial da Marinha. Tirei a arma dela e o imediato a nocauteou. Acho que ela quebrou o nariz. Os homens a prenderam.

— E o senhor atirou?

— Dei minha palavra. Atiramos dois torpedos no objeto. Ambos acertaram.

— O que aconteceu?

— Nada aconteceu. Bem, nada do que se poderia esperar. Quando os torpedos explodiram, nos preparamos para a onda de choque que viria a seguir. Estávamos bem próximos do alvo. O motor parou e todas as luzes se apagaram. Só dava para ouvir o metal do casco encolhendo sob a pressao. Começamos a virar devagar, lateralmente, com a proa para cima, e todos precisamos nos segurar em alguma coisa. Ficamos à deriva durante cerca de seis horas, depois ouvimos alguma coisa se conectando ao casco. Fomos levados a um submarino de resgate, doze homens por vez.

"No fim das contas, várias embarcações foram enviadas para nos ajudar: várias fragatas, dois contratorpedeiros e um cruzador. Deviam estar a poucos minutos de distância quando tudo aconteceu. Pela janela do submarino de resgate, dava para ver o *Saint Petersburg*, o que sobrou dele, na verdade. Havia uma luz azulada intensa ao lado. Uma parte da popa estava faltando, e o corte era seco, ao contrário do que se esperaria de uma explosão. Seria preciso um laser ou um maçarico para fazer um corte tão perfeito. O submarino de resgate foi ajudar os russos. Eles tiveram sorte. A câmara traseira estava fechada quando a popa foi cortada. Só duas pessoas morreram.

"Perguntei à tripulação do cruzador: 'O que aconteceu com o Akula?'. Eles ficaram me olhando, sem entender nada. Foi preciso vários de nós para convencê-los de que *havia* um submarino classe Akula no fundo quando chegamos. Uma coisa era certa, o submarino não estava mais lá. Puf! Como em um passe de mágica. Não havia destroços, partes flutuando, nenhum sinal de que o submarino tivesse estado ali em algum momento."

— O que aconteceu com a subtenente?

— Nunca mais vi. Disseram que iria para a corte marcial. Ela devia estar certa das ordens que deu.

— Pensei que o senhor tinha dito que ela...

— Eles também deixaram muito claro para mim que nada daquilo aconteceu. Duvido que alguém seja julgado por algo que nunca aconteceu.

— O senhor é sempre tão cético? Ao que parece, não acreditou em muitas coisas do que contaram.

— Tudo papo furado, na minha opinião. Inteligência militar. Os caras vêm com essas histórias difíceis de engolir e, só porque não fazemos perguntas, acham que acreditamos. Esquecem que estão falando com homens que são treinados para não responder perguntas. Eu, particularmente, preferiria que não me dissessem nada. Insulta menos a minha inteligência do que ouvir um monte de mentiras.

— O senhor acha que estou mentindo?

— Seria difícil, porque o senhor não me disse absolutamente nada. Vamos fazer um teste. Pode me dizer o que era esse "reator" em que atirei? Como a subtenente previu, ele não foi destruído. Estava preso a um guindaste quando foi trazido a bordo, coberto por uma espécie de manta negra. Eu atirei dois torpedos naquela coisa...

— Vamos supor que eu pudesse fornecer... digamos assim... uma história alternativa. Posso garantir que o senhor a consideraria tão ridícula que sairia desta sala convencido de que atirou torpedos contra um protótipo de reator perdido no mar. Por isso, vou poupar nosso tempo e deixar as coisas como estão. Mas posso garantir uma coisa: o que o senhor fez foi muito importante.

— Obrigado. Acho que isso era tudo o que eu queria ouvir. Aliás, gostaria de cumprimentar a subtenente algum dia. Ela tem colhões.

— Vou dizer a ela que o senhor mandou lembranças.

ARQUIVO Nº 161

ENTREVISTA COM KARA RESNIK, 3ª SUBTENENTE, EXÉRCITO DOS ESTADOS UNIDOS

Local: Complexo subterrâneo, Denver, Colorado, EUA

— Eu não aguento mais. Parece que estou vendo ele morrer, todos os dias, o tempo todo. Quando não está inconsciente, está agonizando. Ninguém suporta tanta dor o tempo todo. Fico surpresa que esteja durando tanto.

— Ele consegue andar, não consegue?

— Não consegue, não! Não se pode dizer que aquilo é andar. Você e eu andamos. Ele mal consegue dar dois passos antes que o corpo todo comece a tremer. Então ele cai e, para nos poupar, finge que não está doendo tanto. Precisei levantá-lo do chão três vezes hoje. Ninguém quer feri-lo ainda mais, então ninguém diz nada.

— E o que haveria para dizer?

— Que ele não tem massa muscular suficiente.

— Ele está tomando os remédios?

— Religiosamente. O corpo está se adaptando ao agente construtor de músculos. O médico diz que a tolerância vai aumentar cada vez mais.

— Vamos encontrar uma nova medicação.

— Não dá para ficar entupindo Vincent de medicamentos experimentais. O corpo já sofreu demais.

— Vamos deixá-lo sofrendo? É isso que a senhorita prefere?

— Ele não precisa sofrer. Tire essas coisas do corpo dele e deixe o coitado descansar. Ele pode aprender a andar com próteses quando estiver pronto.

— A senhorita sabe que provavelmente seria o fim deste projeto, se ele perdesse as pernas. Está disposta a jogar fora todo o trabalho de vocês dois só para que o sr. Couture não sinta dor por algumas semanas?

— Não são algumas semanas. Além do mais, se a alternativa for vê-lo morrer, sim, prefiro desistir. Estamos matando ele! E isso não precisa significar o fim do projeto. Podemos encontrar uma maneira de fazer o capacete funcionar com outra pessoa. Podemos adaptar os controles para que ele faça as manobras com os braços. Tem um monte de coisas que podemos fazer sem que seja preciso torturá-lo. Isso que estamos fazendo com ele agora é errado. Muito errado.

— De acordo com a dra. Franklin, pode levar décadas, talvez séculos, para que consigamos entender a tecnologia do capacete. Também cabe lembrar que a senhorita e o sr. Mitchell, um homem muitíssimo mais forte que o sr. Couture, trabalharam incontáveis horas na esfera e só foram capazes de andar uns poucos passos. Não dá para levar a sério a possibilidade de o sr. Couture controlar as pernas do robô com as mãos e ainda assim operar o console com algum nível de eficiência. Seria arriscar a vida dele, e a sua também. Ele é adulto, por que não deixa que tome as próprias decisões?

— Porque não. Claro que ele não hesitaria em tomar novos remédios se você desse essa escolha. Ele faria tudo para colocar o projeto de novo nos trilhos.

— Alguns chamariam isso de dedicação. Não vejo qual é o problema.

— Não é só o corpo dele que está com problemas. Ele está mudado.

— Deprimido?

— Pelo contrário. Diz que esta provação o levou a encarar as coisas de maneira diferente. Fica dizendo que aprecia as menores coisas. Você precisa ver como ele me trata. Está doce… atencioso. Estou assustada.

— Muita gente encontra um lado positivo em situações negativas.

— Sei disso. Já ouvi antes: "A vida me ensinou uma grande lição". "Hoje aprendi a ver as coisas realmente importantes da vida." Acho até que muitas vezes é verdade. Só que, no caso de Vincent, alguma coisa não se encaixa. Ele não é assim. Acho que está à beira de um ataque de nervos e tenta buscar formas de se agarrar à sanidade o máximo de tempo possível.

— É bonito ver sua preocupação com ele. Mesmo assim, eu realmente acredito que o seu amigo esteja fazendo enormes progressos em termos físicos e mentais. Por falar em progresso, como está o seu nariz? Ainda com dificuldade para respirar?

— É bonito de ver minha preocupação? Você devia se ouvir falando. Meu nariz está ótimo. Ainda tenho que respirar pela boca quando durmo, mas está melhorando. Dizem que vou precisar de cirurgia plástica para remover a cicatriz. Não sei se quero. É uma pena que o capacete não faça isso, teria me poupado de uma operação.

— Sua atitude foi muito ousada. Eles podiam ter atirado em você. Nem sei por que não atiraram. Você tem noção do risco a que se expôs?

— Tenho. Só que não planejei isso. Eles iam matar todo mundo ou deixar os russos levar a cabeça. Nunca tive medo de morrer, mas seria uma estupidez enorme chegar tão perto da última parte e deixar escapar. Procuro pensar que foi risco calculado, mas a verdade é que agi por instinto. Eles me tiraram do sério.

— No seu caso, uma reação impulsiva é compreensível. Estou curioso, como você sabia que a cabeça não seria destruída?

— Digamos que foi uma aposta consciente. Você sabe que ajudei a dra. Franklin a realizar alguns experimentos. Concluí que, se um pequeno fragmento de metal conseguia absorver muita energia, algo tão grande como a cabeça conseguiria resistir a alguns torpedos. Eu sei, eu sei. Você poderia dizer que não cabia a mim essa decisão, que não podia ter corrido esse risco e que podia ter estragado tudo.

— Longe disso. Escolhi você por ser como é. E te mandei para lá pela mesma razão. Para ser sincero, eu mesmo teria atirado. Mas estou curioso: como é que você sabia que os submarinos seriam desativados? Se meu entendimento está correto, pulsos eletromagnéticos não se deslocam na água e, mesmo que se deslocassem, um submarino deveria estar protegido contra eles.

— Também pensei nisso, só que um pulso eletromagnético não teria afetado meu helicóptero, que também é protegido. Ainda assim, o motor parou completamente, duas vezes. Seja o que for que esta coisa emite, é poderoso. Se não funcionasse, a onda de choque da explosão teria, pelo menos, afastado os russos.

— Eles continuam procurando pelo outro submarino.

— Lamento. Não imaginei que seria destruído.

— *Apagado* talvez fosse mais preciso. Tudo o que sobrou foi um espaço vazio em formato de lua crescente na lateral do penhasco e alguns marinheiros muito confusos.

— Será que não vão relatar o que aconteceu quando voltarem?

— E vão dizer o quê? Que o outro submarino estava lá e de repente não estava mais? Os navios estavam lá e eles sabem que não fomos embora com um submarino. O que importa é que recuperamos a cabeça. Ela já foi conectada?

— Não. Ainda nem desembrulhamos a peça. A dra. Franklin quer que a gente faça todo o possível no console antes de conectar a cabeça. Se conseguirmos ver o resultado no holograma primeiro, poderemos evitar acidentes quando ela estiver funcional.

— Pensei que vocês não resistiriam à curiosidade.

— Bem, eu não teria resistido. Teria conectado a cabeça assim que chegamos. Pelo menos saberíamos se ela funciona, certo? Então, do nada, Vincent voltou a mostrar a verdadeira cara por alguns segundos. Ele disse: "Um desses botões pode ser de autodestruição". Foi bom vê-lo de volta por um momento. Os olhos de Vincent não são os mesmos desde o acidente, mas por um momento ele olhou para mim como olhava antes. É claro que não consegui dizer nada inteligente depois disso. Todos concordamos em trabalhar no console enquanto Vincent se recupera.

"Não encontramos botão de autodestruição, mas descobrimos um botão que desmonta a robô. Há um pequeno botão na parte superior esquerda do console que, se mantido pressionado por algum tempo, faz com que ela se deite de bruços com os braços abaixados ao lado do corpo, e então todas as peças se desconectam, ou pelo menos é isso que fazem no holograma. Existe uma escotilha para escape no topo, quando a esfera está nivelada, mas não sei como vamos conseguir alcançá-la."

— Vocês descobriram armas?

— Ainda não, mas podemos levar várias semanas para testar todas as sequências do console, e alguns dos controles parecem não causar efeito algum no holograma. Talvez sejam as suas armas.

— Minhas armas?

— Você entendeu o que eu quis dizer... No momento, tudo o que conseguimos ver é o que faz a robô se mover. Se existe um botão que faz os olhos atirarem raios turquesa, não saberemos até a hora de testar para valer. Teremos que descobrir essas coisas quando tudo estiver montado, caso o Vincent consiga recobrar as forças.

— Você quer dizer *quando* ele recobrar as forças.

— Claro, foi isso que eu quis dizer. Prometa que não vai exigir demais dele.

— Do jeito que fala, até parece que consigo controlar o sr. Couture de alguma forma. Não posso obrigar alguém a fazer algo que não queira.

— Pode sim, em certa medida. E essa é a questão. Ele ouve você. Não me pergunte a razão. Por mais que tente, não entendo por que ele confia em você mais do que em todos, mas é o que acontece. Não abuse dessa confiança.

— Nós dois sabemos que o sr. Couture considera mais sua opinião e a da dra. Franklin do que tudo que eu possa dizer. Sugerir o contrário é ridículo.

— Sei que ele confia em nós duas... Ele confia em mim para quase tudo, mas é porque sabe que gosto dele, e a dra. Franklin também. Ele sabe que colocamos os interesses dele em primeiro lugar. Acho que, de alguma maneira distorcida, ele confia mais na sua... *objetividade.*

— Você acha que perdi a objetividade?

— Perder? Não. Acho que você nunca foi objetivo. Não sei como alguém chega a este ponto e continua sendo objetivo. A dra. Franklin é uma cientista. Se tem alguém que consegue se manter imparcial é ela, mas, como não é um robô, ela é curiosa, orgulhosa. Ela tem que fazer vista grossa para determinadas coisas em prol das próprias motivações. O mesmo também vale para mim, e ainda mais para você. Você tem as próprias motivações e está disposto a ir longe por elas. Não estou dizendo que você está aqui movido apenas por interesses pessoais... acho que, de muitas maneiras, sua motivação pode até ser menos egoísta que a dos outros... mas isso não te torna menos tendencioso. A única diferença entre nós, no que diz respeito a Vincent, é que você não dá a mínima para o que pode acontecer a ele, caso não consiga levar o projeto adiante. Isso não é objetividade.

— Posso aceitar e até entender que você questione meus motivos. Acho mais difícil não responder quando minha integridade é posta em xeque. Eu já menti para você?

— Milhares de vezes, com certeza. Só não minta para ele, é o que peço.

— Eu deveria ficar ofendido. Já lhe ocorreu perguntar ao sr. Couture se ele acredita que tenha sido alguma vez enganado por mim? Ele é um jovem com uma inteligência incrível, muito maior do que a nossa.

— Qual é? Seja honesto por um segundo. Se ele dissesse, "não quero mais fazer isso", você não tentaria obrigá-lo a continuar por meio de manipulação, chantagem ou ameaça?

— Quem está manipulando agora? Só há duas respostas possíveis para essa pergunta: uma em que você não acreditaria e outra que me transformaria em uma figura cruel e malévola. Posto assim, eu só posso parecer cruel e desonesto, ou honesto, porém cruel e malévolo. Você formulou uma pergunta cuja melhor resposta possível é admitir que sou um chantagista perigoso e manipulador. Me perdoe por não lhe dar o prazer de uma resposta.

"Para minha sorte, sua pergunta é completamente especulativa, expressão que o sr. Couture já empregou em diversas ocasiões. E, para nossa sorte, ele mantém o desejo de ajudar este projeto de todas as maneiras possíveis. Se no futuro ele mudar de ideia e quiser deixar essa pesquisa, você terá a única resposta que realmente importa e saberemos se sou tudo isso que você pensa. Até lá, espero que não fique pensando que sabe mais sobre as vontades e necessidades do sr. Couture do que ele próprio, e que honre e respeite os desejos do homem que diz amar."

ARQUIVO Nº 182

ENTRADA DE DIÁRIO
DRA. ROSE FRANKLIN, PH.D.

Local: Complexo subterrâneo, Denver, Colorado, EUA

"Sabíamos que o mundo não seria mais o mesmo. Poucas pessoas riram, poucas pessoas choraram. A maioria ficou em silêncio. Eu me lembrei de um verso da escritura hindu, o *Bhagavad-Ghita*. Vishnu está tentando persuadir o príncipe para que ele cumpra seu dever. E, para impressioná-lo, assume sua forma com múltiplos braços e diz: 'Agora eu sou a morte, a destruidora de mundos'. Acho que todos pensamos nisso, de uma maneira ou de outra."

Essas palavras não são minhas. Para ser sincera, tive que procurar a citação exata. Como todo mundo, eu só conhecia "Agora eu sou a morte, a destruidora de mundos". Temos uma tendência a romancear frases de efeito, e sempre imaginei Oppenheimer dizendo essas palavras enquanto olhava para a nuvem em formato de cogumelo de uma explosão nuclear. Na verdade, ele disse essas palavras durante a entrevista para um documentário da NBC em 1965. Ele teve vinte anos para refletir sobre o assunto.

Tenho pensado muito em Oppenheimer e no projeto Manhattan nos últimos dias. Eu não construí uma bomba, mas está cada vez mais difícil de ignorar uma verdade muito elementar.

Estou construindo uma arma, uma arma formidável. Só que não é dessa verdade que estou me escondendo. Não há como se esconder disso. Passo a maior parte do tempo tentando entender o poder de devastação que ela tem. Percebi que pode ter sido um instrumento de paz, mas não do tipo de paz conquistado por meio da retidão e do entendimento. É uma máquina mortífera e tem tanto poder que ninguém conseguiria fazer frente.

Ela funciona, e estou com medo dela. Todas as noites, meus sonhos me lembram desse fato. Todos estamos com medo. Chego cada vez mais cedo, seja por não ter conseguido dormir, seja por querer fugir do sonho que estava tendo. Inevitavelmente, alguém já está lá ou aparecerá alguns minutos depois. Ninguém quer conversar sobre o assunto, mas é evidente que todos estamos passando pela mesma situação.

Meu sonho normalmente é o mesmo: a robô está de pé acima de mim, depois dobra um dos joelhos e traz o rosto para poucos metros acima da minha cabeça. Ela me encara com olhos de um brilho turquesa ofuscante, e parece que está prestes a falar. É aí que acordo empapada de suor.

Depois de ontem, sei que não vou mais ter o mesmo sonho. Enfim vimos a cabeça.

Todos estavam ansiosos por isso. Ela estava ali, embrulhada em lona preta. Pelo menos uma vez por dia, eu pegava Kara tentando bisbilhotar. Eu poderia ter apenas desembrulhado, mas era divertido torturá-la. Ela ficava dando voltas em torno da cabeça durante uns vinte minutos, esperando que a lona caísse, como em um passe de mágica. E depois ia embora, irritada.

Ontem de manhã, trouxe Vincent na cadeira de rodas e disse a Kara que estava na hora. Desembrulhamos a cabeça e tiramos o pano. Ela é maravilhosa, mas está longe de ser o que eu esperava.

Ela tem lábios finos e um nariz bem pequeno. Todos os traços são pequenos e delicados. Ela quase parece uma criança, inocente, mas controlada. Casta é a palavra que me vem à mente.

Não consegui definir se tem cabelos ou um capacete muito elaborado, mas a cabeça está coberta por cristas onduladas com entalhes intricados. Uma luz turquesa vaza entre elas. Algumas se estendem para a frente até as sobrancelhas ou as maçãs do rosto, outras vão para trás, em direção à armadura das costas. Da testa, várias cristas se juntam para formar um apêndice em formato de machado na parte de trás da cabeça.

Quando a desembrulhei, estava esperando encontrar o mesmo olhar intenso que vejo nos sonhos — estava apavorada com essa ideia, para ser honesta —, mas não encontrei. Não havia luz ofuscante, não havia olhar, nem olhos.

Ela não tem olhos, mas pequenos vãos nas cavidades oculares. É algo bastante inquietante. Não consigo deixar de me perguntar como ela percebe a nossa presença. Sei que ela não percebe nada, porque fui a responsável pela montagem, mas existe algo nela... uma presença. Acho que ela é muito mais do que uma torradeira metida a besta. Além disso, não dá para me culpar por antropomorfizar algo que é antropomórfico. Seja como for, duvido que vá me deixar em paz à noite, mas será preciso encontrar outra maneira de me assustar.

Tivemos que usar dois guindastes para erguer a cabeça. Assim que a conectamos, a sala inteira começou a tremer. O corpo se enrijeceu por um segundo, depois tudo voltou ao normal. Pedi a Kara para pegar um walkie-talkie, tomar o elevador e subir até a esfera.

Ela entrou e se prendeu à estação. Pedi que erguesse o braço direito lentamente. Foi fantástico assistir. A robô se mexe! Depois de tudo o que passamos, enfim conseguimos fazer funcionar. Mexemos os braços e giramos a cabeça. Ela até se abaixou para pegar uma caixa de armazenamento. Ela realmente tem movimentos graciosos e delicados. Eu não esperava tanta fluidez. É claro que ela esmagou a caixa com os dedos, mas podemos trabalhar nisso. A própria Kara não é delicada.

Encontramos armas hoje. Ainda não contei a novidade a nosso amigo sem nome. Ele vai descobrir em breve. Só não quero lhe dar o prazer de fingir que não estava esperando por isso desde o início. Topamos com as armas por acaso. Eu esperava encontrá-las em algum momento, mas não tão cedo, e sempre pensei que seriam lasers, um raio mortal, algo futurista. Talvez tenha assistido a filmes demais, pois estava enganada. No fim das contas, nossa garota é da velha guarda: tem uma espada e um escudo.

Aparentemente, ela foi construída para combate corpo a corpo. Não sei contra o que deveria lutar, mas com certeza era algo grande. A espada é uma arma de energia concentrada. É como um sabre de luz, só que mais largo, com lâminas em ambos os lados, como uma espada medieval. *Guerra nas estrelas* misturada com *O senhor dos anéis*. A espada não é turquesa como o resto, mas branca, de um branco muitíssimo brilhante. É quase impossível olhar para ela.

O que é muito legal — parece que estou usando muito a palavra *legal* nestes últimos dias — é que podemos estabelecer o comprimento no console. Vincent descobriu que ela funciona em uma escala de sessenta e quatro pontos — sendo um o comprimento mais curto, e sessenta e quatro, o mais longo. Na configuração mais curta, ela é quase como uma adaga. Na mais longa, é... Fizemos um buraco enorme no chão quando experimentamos o sessenta e quatro. Paramos de brincar depois disso.

Felizmente, o escudo é mais seguro para testes. Ele também se baseia em energia controlada e podemos ajustar o tamanho da mesma forma. Na menor configuração, ele mal cobre o pulso. Na maior, cobre o corpo inteiro. Está longe de ser tão brilhante quanto a espada. É quase transparente, na verdade. Dá para ver que tem algo ali porque ele distorce um pouco a luz, como o cano de descarga de um carro em um dia muito quente.

Descobrimos que também pode ser usado como arma. Foi preciso outro buraco — na parede, desta vez — para a descoberta, mas as pontas do escudo são muito afiadas... se é que se pode dizer isso de algo feito de luz.

Aliás, a luz da espada e do escudo parece se limitar em si mesma. Não há sinal de campo eletromagnético em volta dos dois objetos. Desnecessário dizer que não faço ideia de como eles são capazes de manipular fótons como se fossem matéria. Ainda assim, parecem fazer o que querem com a luz, como um escultor que molda a argila.

Ainda não encontramos armas de longo alcance, mas tenho certeza de que é mera questão de tempo. A robô é cheia de surpresas. Deve existir uma maneira de focar a liberação de energia para longe. Se for assim, tenho certeza de que a arma terá um alcance muito longo. Ela precisa ser capaz de controlar isso para não se tornar um risco maior para o próprio exército do que para o inimigo. Bastaria que alguém lançasse energia suficiente contra ela para que tudo que estivesse ao redor fosse apagado. Não gostaria de estar por perto quando ela entrasse em uma briga.

Por outro lado, se conseguir concentrar toda a energia em uma direção, seria um pesadelo enfrentá-la. Tudo o que a atingisse seria mandado de volta ao atirador no mesmo instante. Quanto mais poderoso o inimigo, mais poderosa ela seria. Já disse isso antes, mas espero que ainda demore muito para descobrirmos na prática.

É importante que os figurões de alto escalão saibam que ainda não descobrimos as armas mais destrutivas dela. Temo que a levem embora no instante em que acreditarem que não há mais armas para encontrar. Precisamos usar o tempo para descobrir o máximo possível sobre o funcionamento dela e o que pode fazer além de destruir uma cidade ou vaporizar um exército. Ainda não contei sobre isso a Vincent, mas acho que ele entende.

Tudo o que precisamos agora é fazê-la andar.

Precisamos esperar até ser possível levá-la para um passeio. Vincent não está pronto. Ele mal consegue andar sozinho.

Odeio ter que dizer isso. Já perdemos muitos meses por causa do que aconteceu, e sei que Kara está louca para retomar o treinamento, mas é um milagre Vincent ter resistido até agora. Exigir ainda mais dele seria colocar tudo em risco.

Eu nunca diria isso na frente dele, porque deixaria a situação ainda pior, mas fico enojada com o que lhe fizeram. Diante das circunstâncias, há até uma lógica razoável por trás da ideia, mas é preciso definir algum limite para que continuemos sendo humanos.

Vincent ainda não tentou inverter os joelhos. Quer fazer isso, eu não. Se entendi bem, a operação vai romper os músculos que ainda restaram na parte de trás das pernas. Eles são curtos demais. Vai levar meses até construir músculos adequados à nova anatomia.

Sei que nada vai andar até Vincent testar os joelhos, mas ele já sente dor vinte e quatro horas por dia. Não vou exigir ainda mais dele. E acho que não seria uma boa ideia obrigá-lo a fazer algo para o que ainda não está pronto. Isso vai deixá-lo arrasado, física e mentalmente. Vai gerar ressentimento, desconfiança. Vai expor todos os membros da equipe a riscos desnecessários.

Sei que ele vai precisar fazer o teste em algum momento. Não acho que será mais fácil ou menos doloroso se for daqui a um mês. Na verdade, é provável que seja mais doloroso, porque ele terá ganho mais massa muscular. Espero que até lá também ganhe força física *e* mental.

Dito isso, mal posso esperar para ver a robô andar.

Então, qual é esta verdade elementar de que estou me escondendo? Não é que eu esteja construindo uma arma. Nem que ela vá matar pessoas. Isso é apenas questão de tempo. O que eu venho tentando negar com veemência é o fato de amar cada minuto disso. Eu gostaria que meus princípios me levassem a abandonar o projeto, mas a verdade é que esta é a melhor fase da minha vida. Sou uma cientista e isso é o ar que respiro. Se conseguir aprender a conviver com isso, talvez eu seja capaz de dormir outra vez.

Tentei descobrir quais eram os pensamentos de Oppenheimer enquanto tudo se desenrolava. Eis o que ele disse em 1945:

"Mas, ao chegar ao âmago da questão, a razão por que fizemos este trabalho era por ser uma necessidade orgânica. Quem é cientista não consegue deter uma coisa assim. Quem é cientista acredita que é bom descobrir como o mundo funciona, que é bom descobrir como são as realidades, que é bom oferecer à humanidade como um todo o maior poder possível para controlar o mundo e se relacionar com ele de acordo com suas luzes e seus valores."

ARQUIVO Nº 188
RELATÓRIO PRELIMINAR — DESAPARECIMENTO DO VOO ICELANDAIR 670

FAA — Escritório de Investigação e Prevenção de Acidentes

O voo Icelandair 670 (FI670), programado para decolar do Aeroporto Internacional de Denver (DEN) e, em um trajeto sem escalas, aterrissar no Aeroporto Internacional de Keflavík (KEF), desapareceu dos radares por volta das 10h31, na manhã de 10 de agosto. O piloto do Boeing 757-200 se declarou pronto para taxiar no Portão A-43 do Aeroporto Internacional de Denver às 10h16. Seguindo as instruções do Solo Denver, a aeronave taxiou até a Pista 17L através das pistas de táxi M e ED, aguardando fora da pista antes de contatar a torre. A decolagem do voo 670 foi autorizada logo após a aeronave assumir posição na pista. A comunicação completa entre a torre e o FI670 foi reproduzida abaixo. As comunicações anteriores com o controle de tráfego aéreo (CTA) não mostram nada de extraordinário.

FI670: Torre, aqui é o ICEAIR aguardando em Eco Delta para a Pista 17 Esquerda.

CTA: Bom dia, ICEAIR 670. Ela é toda sua, em posição na Pista 17 Esquerda.

FI670: Entendido.
Voo 670 em posição.

CTA: ICEAIR 670, decolagem autorizada, Pista 17 Esquerda, chame o controle na frequência 1-2-6-1 no ar. Voo 670, decolagem autorizada... ICEAIR 670, perdemos contato na tela. Pode cotejar?

FI670: De onde está vindo aquela luz?

CTA: Pode repetir 670?
ICEAIR 670, aqui é a torre, responda, por favor.
ICEAIR 670, responda, por favor...

Os investigadores chegaram ao local por volta de 12h15 e o acesso foi negado aos profissionais da FAA. Entretanto, várias imagens do incidente mostraram que apenas a parte mais ao sul (estimativa: sessenta metros) da Pista 17L/35R permaneceu intacta. Uma enorme cratera, com cerca de quatrocentos e cinquenta metros de diâmetro e noventa metros de profundidade, se estendia pelo resto da pista e das pistas de táxi ao redor. As imagens examinadas não mostram qualquer sinal de destroços ou detritos.

A ausência total de provas, somada à natureza extraordinária das circunstâncias, sugere que o desaparecimento do voo 670 não foi causado por falha mecânica ou erro do piloto e que a aeronave não pode ser responsabilizada pela destruição da Pista 17L/35R. As circunstâncias do incidente, inexplicáveis até o momento, sem dúvida estão além do conhecimento da FAA. Por enquanto, não há previsão de novas investigações.

ARQUIVO Nº 189

ENTREVISTA COM VINCENT COUTURE, CONSULTOR SÊNIOR DE INTELIGÊNCIA (DCIPS)

Local: Base do Exército de Fort Carson, próximo a Colorado Springs, Colorado, EUA

— Não quero começar do começo. Podemos parar agora? Eu... eu não quero falar... Preciso de alguns minutos para pensar. Onde está Rose, que não vi? Onde está Kara? Quero ver Kara.

— Respire fundo. Você precisa se acalmar. Só quero te ajudar a se lembrar.

— Lembrar do quê? Onde está...

— Não. Não tente se levantar.

— Onde estão minhas botas?

— Vamos começar com algo simples. Me diga qual foi a primeira coisa que você fez hoje?

— Alguém pegou minhas botas. O que é isso? É uma camisola de hospital? Onde estão minhas roupas?

— Por favor, volte para a cama. Pelo menos, sente-se na cama.

— Minhas roupas...

— Vou ajudar a encontrar suas roupas. Agora, sente-se e olhe para mim. Quero que se concentre em mim. Qual foi a primeira coisa que você fez ao acordar?

— Hoje... eu... eu tomei um banho e fui para o laboratório. Cheguei cedo ao laboratório.

— Muito bem. E o que você fez ao chegar lá?

— Lá onde?

— Ao laboratório. Você acordou cedo e foi ao laboratório.

— Isso.

— O que você fez no laboratório?

— Treinei a caminhada... Caminhei algumas vezes em volta do laboratório, depois eu... eu testei com os joelhos invertidos.

— Certo. Eu não sabia que você tinha feito isso antes.

— Algumas vezes.

— E como foi?

— Como foi? Eu...

— Com seus joelhos. Como foi quando você os inverteu?

— A dor é inacreditável. Testei pela primeira vez na semana passada. Rose fica me dizendo para esperar, para não me precipitar. Imagino que você tenha falado com ela... Não sei se você sabe como eles funcionam, mas é preciso colocar o dedo embaixo da rótula e puxar com muita força. Dói muito só de fazer isso, mas os joelhos têm molas e jogam as pernas com muita força para trás. É insuportável. Caí de cara nas primeiras vezes. É que... a dor é insuportável. É como se um caminhão passasse sobre as minhas pernas.

— Continue.

— Eu...

— Você foi cedo para o laboratório hoje.

— Fui. Cheguei antes de todo mundo.

— E testou os joelhos...

— Queria ver se conseguia atravessar a sala. Andei cerca de dois terços do caminho, depois caí e não consegui me levantar. É muito difícil levantar com as pernas ao contrário.

— O que você fez, então?

— Depois de cair? Nada, fiquei deitado no chão, esperando que alguém chegasse. Rose apareceu mais ou menos meia hora depois. Ela trouxe minha cadeira de rodas e me ajudou a levantar. Tinha trazido pão doce. Café e pão doce. Tem uma confeitaria a cerca de dois quilômetros do aeroporto. Os caras fazem os melhores pães e doces.

— O que aconteceu depois que a dra. Franklin o ajudou a levantar?

— Sentamos e conversamos sobre política, enquanto esperávamos por Kara. Ela chegou por volta das nove e ficou uns quinze minutos reclamando que tínhamos comido todos os pães. Rose prometeu ir buscar mais e nós subimos até a esfera.

"Testamos o escudo novamente, depois a espada. Perguntei a Kara se estava disposta a tentar dar uma volta pelo galpão. Falamos com Rose pelo rádio. Ela não achou uma boa ideia e pediu para que continuássemos manipulando o escudo com tamanhos diferentes. Foi o que fizemos durante algum tempo, mas percebi que Kara também estava ansiosa para dar uma volta. Inverti os joelhos outra vez. Levei um minuto para conseguir suportar a dor, depois me prendi nos controles. 'Tem certeza que quer tentar?', Kara perguntou. Como não respondi, ela saiu da estação dela e me ajudou a entrar na minha.

"Está frio aqui. Onde estamos? É uma base militar?"

— Isso não importa agora. Continue.

— Quero ver Kara. Ela estava comigo. Ela está aqui?

— Responderei a todas as suas perguntas em um instante, mas quero que me conte o que aconteceu depois. Você se prendeu nos controles e os dois estavam prestes a tentar andar pela primeira vez.

— E tentamos. Eu estava sem o fone de ouvido, mas ouvi a preocupação na voz de Rose: "O que está acontecendo aí? O que vocês estão fazendo? Falem comigo!".

"Levantei a perna esquerda, o que nos deixou perplexos por um instante. O espaço começou a se inclinar quando a esfera se ajustou ao movimento. Mexi a perna direita, depois mais uma vez a esquerda. Rose estava tentando manter a calma: 'O.k., vocês conseguiram, parem e saiam daí agora'. Eu disse a Kara que iríamos até o outro lado da sala e voltaríamos. Senti minhas pernas ficando dormentes, mas estava empolgado demais para parar. Dei mais alguns passos e então meus joelhos começaram a fraquejar. Nunca tive que sustentar mais do que o meu próprio peso com os joelhos invertidos, e foi preciso balançar os quadris para cima e para trás a cada passo, para manter o equilíbrio...

"Não quero falar mais. Pode me levar para ver Kara?"

— Eu entendo. Só vai levar mais um minuto. Você pode perguntar o que quiser depois. É importante me contar tudo o que lembra.

— Kara e eu tentamos caminhar pela primeira vez. Só queríamos chegar até o outro lado da sala.

— Certo. E suas pernas estavam fraquejando...

— Isso. Eu já disse... eu... meu joelho esquerdo se dobrou quando faltavam três passos para o outro lado da sala. Kara agiu rápido e ergueu a mão para o lado para evitar que caíssemos de cabeça na parede. Tombei para a frente, com as duas mãos no console. Foi muito estranho. Quando minhas mãos pressionaram dois botões, percebi que não tínhamos tentado pressionar dois botões ao mesmo tempo antes.

"Me empolguei e fiquei tentando calcular quantas combinações eram possíveis, quando percebi que não estava conseguindo me concentrar por causa do barulho. Eu não tinha notado um segundo antes, mas o som estava cada vez mais alto."

— De que barulho você está falando?

— Um zumbido, que foi ficando cada vez mais alto. Era como um flash de câmera carregando, só que muito mais alto. Então o zumbido parou.

"O silêncio era completo. Ficou tudo branco do lado de fora da esfera. O brilho era tão grande que tivemos que cobrir os olhos. Depois de um segundo ou dois, senti a sala escurecendo pouco a pouco diante de meus dedos. Olhei em volta. Era como se tivéssemos sido transportados para outro lugar.

"Não havia mais teto. Percebi que o que estava acima de nós era o céu. Estávamos no meio de uma cratera perfeitamente circular, que devia ter um quilômetro de diâmetro. Kara olhou para cima, vi a cabeça se inclinar para trás por cima da minha. A pista ficava pelo menos cento e cinquenta metros acima do lugar onde estávamos. Tinha um avião enorme bem na borda. Estava sem parte da cauda.

"Minhas pernas estavam ótimas quando girei o robô para olhar às nossas costas. Havia um grande prédio que acabava onde a cratera começava. A maior parte das luzes estava apagada, mas dava para ver a placa de neon do nosso bar. Era o Terminal B, a maior parte do Terminal B. Alguns minutos depois, Kara me disse para olhar para cima. Havia três helicópteros sobrevoando em círculos acima de nós. Acho que não eram militares."

— Não, não eram. Eram equipes de televisão. Nosso segredinho agora está em todos os canais de TV do mundo. O que você fez depois de vê-los?

— Saímos dos controles e nos sentamos no chão no meio da sala. Kara me abraçou e me ajudou a deitar. Ficamos abraçados e em silêncio durante... não sei, pareceram horas. Eu devo ter dormido. Como descemos?

— Uma equipe Delta desceu vocês com um guindaste.

— Parece que faz muito tempo... Sinto muito. Sinto muito mesmo. Nós só... Eu pensei que você quisesse mais rapidez da gente. Pensei que Rose desejasse a mesma coisa, embora nunca fosse admitir. Eu não... Perdemos tudo, não foi? Todas as anotações, tudo... Não sei o que dizer. Vou encontrar uma maneira de consertar isso. Nós podemos dar um jeito.

— Não acredito que possamos dar um jeito, como você diz. Só podemos seguir em frente a partir de onde paramos.

— Os helicópteros vão criar problemas?

— Será o fim de nosso projeto? Não sei. Só sei que as coisas vão ficar mais... complicadas.

— Posso perguntar onde estamos agora?

— No hospital de base em Fort Carson. Um helicóptero o trouxe para cá quando você e a srta. Resnik foram tirados do robô.

— Eu não me lembro de ter voado. Não me lembro de nada do que aconteceu depois que nos deitamos no chão.

— Você recebeu um sedativo. Estava em estado de choque e ficou agitado quando tentamos tirá-lo da esfera. Foi preciso contê-lo.

— Onde está Kara? Quero vê-la. Ela está bem?

— Sim. Também está em um quarto, dormindo. Ela ficou do seu lado durante algumas horas, mas acabou dormindo na cadeira. Eu providenciei uma cama.

— Algumas horas? Há quanto tempo estou aqui?

— Mais ou menos dezesseis horas. Está quase amanhecendo.

— Nossa! Cadê a Rose? Ela também está aqui? Ela estava... Ela...

— Ela estava no laboratório.

— No laboratório? O laboratório está... Não! Ela não estava lá, tinha saído para comprar pães doces. Foi o que ela disse.

— Ela nunca sai de lá.

— Não! Não! Ela disse que ia comprar mais pães doces. Ela saiu para ir até a confeitaria, disse que ia comprar pães para Kara. Eu e Rose comemos tudo. Kara ficou puta da vida. Rose disse que ia comprar mais. Ela não estava no laboratório.

— **Sr. Couture.**

— Rose, ela... ela sempre dava um jeito de fazer alguma delicadeza. Cuidava da gente e sempre fazia alguma coisa para nos agradar. Todos os dias. Fazia pequenos gestos como trazer café, bolo. Um dia ela até deu um jeito de encontrar Kinder Ovo, porque sabia que me fazia lembrar de casa. Vira e mexe ela deixava um chocolate na minha estação.

"Ela podia deixar no meu armário ou em qualquer outro lugar, mas arrumava tempo para subir até a esfera antes que eu chegasse, porque assim a surpresa seria mais legal. Por isso tenho certeza de que ela não deixaria Kara ficar irritada. Ela teria saído para comprar mais pães."

— **Sr. Couture...**

— Ela disse...

— VINCENT! **Ela morreu.**

PARTE 4

UM CORPO QUE CAI

ARQUIVO Nº 211

ENTREVISTA COM ROBERT WOODHULL, SECRETÁRIO DA PRESIDÊNCIA PARA ASSUNTOS DE SEGURANÇA NACIONAL

Local: Casa Branca, Washington, D.C., EUA

— Parece que recebi uma advertência do diretor.

— Os relatórios estão aí. Pensei que você gostaria de saber os estragos que causou.

— Foi um acidente. Embora previsível, é verdade, mas um acidente.

— Vamos falar primeiro da infraestrutura. Você acabou com dois prédios da Vandriver Street, metade da Pista 17L/35R e a parte leste da área de passageiros do Terminal B. Por sorte, não havia aviões saindo dos portões da parte leste. Os danos foram estimados em cerca de trezentos milhões.

— Não sou muito bom com números. Imagino que seja muito.

— E que tal este número, espertalhão: trezentos e onze. É o total de pessoas que você matou.

— Como pode ser uma quantidade tão alta? Você disse que não havia decolagens na parte do Terminal B que foi destruída.

— Só havia alguns trabalhadores no terminal: funcionários das lojas, faxineiros, alguns membros da equipe de terra na pista de decolagem. Total de quarenta e duas pessoas, todos americanos.

"Porém, havia um Boeing 757 da Icelandair na pista quando tudo aconteceu. Acho que nem preciso dizer que todos a bordo morreram, já que o avião deixou de existir... O voo estava quase lotado: cento e noventa e três passageiros e seis membros da tripulação mortos. Islandenses, em sua maioria. Ou seriam islandeses? Enfim. Havia dezoito americanos.

"Além disso, um Dash 8 estava taxiando para o Terminal B: cinquenta e um mortos. E você acabou com a cauda de um Airbus 320 da United: mais dezenove. Os passageiros e a tripulação desse voo tiveram sorte, já que só as três últimas fileiras foram vaporizadas, além de um membro da tripulação.

"São trezentos e onze mortos, trezentos e doze com a sua cientista: cento e dezenove americanos, cerca de duzentos island... pessoas da Islândia, vinte canadenses e mais algumas pessoas de nove países cujos governos estão nos culpando publicamente, com razão, devo acrescentar, e exigindo uma explicação. Alguns vão superar isso, mas com certeza podemos incluir a Islândia na lista de países que querem nos prejudicar."

— Nós realmente precisamos da Islândia do nosso lado?

— Bem, precisamos de *alguém* do nosso lado.

— Talvez.

— Só isso? Um comentário jocoso sobre a Islândia? Nenhuma demonstração de remorso, nenhuma desculpa, nenhuma palavra sobre as pessoas que você matou?

— E por acaso eu conseguiria apagar trezentos e doze mortes com algumas palavras de compaixão? Como não consigo, não vejo razão para isso.

— Isso provavelmente te faria parecer um ser humano. De qualquer forma, você deve ser a única pessoa no planeta que não quer falar no assunto.

"As emissoras de televisão de todo o mundo não falam de outra coisa. Estranhamente, a maioria dos canais está abordando o drama humano."

— Por que isso é tão estranho?

— Um robô gigante desmaterializou tudo o que havia em um raio de oitocentos metros. Eu pensei...

— As pessoas não vão entender essa parte. Mães chorosas causam mais comoção. Acho bastante típico.

Talvez você esteja certo. Talvez você devesse ouvir algumas dessas histórias de partir o coração.

"Marido surpreende a mulher e os filhos com passagens para Paris no aniversário de casamento. Uma menina de catorze anos de Memphis vai morrer nas próximas horas porque o coração de que precisava estava no Dash 8 desaparecido. Várias histórias de gêmeos, os dois no avião, só um deles no avião. Um jovem casal voltando da Tailândia com a filha pela qual tanto esperaram..."

— Pode parar por aí. O que estão dizendo do robô?

— Tudo o que pode ser dito e um pouco mais. Especulações que vão desde uma gigantesca estátua maia até... bem, até o que realmente é, em grande parte. Porém, o que está deixando todos em uma perplexidade total é o que causou aquele buraco. A melhor explicação que encontraram até agora foi que limpamos a sujeira incrivelmente rápido. A imprensa está sugerindo que, de alguma forma, nós conseguimos nos livrar de todos os destroços de uma grande explosão em menos de dez minutos.

"Por falar nisso, precisamos bolar alguma coisa. Vou me reunir com o presidente hoje à tarde para descobrir a melhor estratégia de ação."

— Isso não será necessário. O presidente já sabe o que fará.

— Como assim?

— Nós já nos encontramos de manhã e chegamos a um acordo.

— Como você ousa falar com o presidente sem conversar comigo antes? Eu digo para você o que ele quer, não o contrário.

— Você pode discutir isso com ele depois, se quiser. Ele não tinha qualquer obrigação de falar comigo.

— Eu vou, assim que terminarmos esta conversa.

— Sinto informar que isso não será possível. Ele está reunido com o Conselho de Segurança em Nova York e fará um pronunciamento hoje à tarde.

— E que história vocês pretendem contar?

— História nenhuma. Ele vai contar a todos exatamente o que eles viram.

— Ele vai contar ao mundo que alienígenas deixaram partes gigantescas de um robô na Terra milhares de anos atrás, e que estamos fazendo a montagem em segredo em uma base subterrânea na esperança de ficar com ele?

— É provável que ele reformule a última parte, mas, se você ligar na CNN às quinze horas, é mais ou menos isso que vai ouvir.

— Ele perdeu completamente o juízo.

— Ele parecia perfeitamente são no encontro desta manhã.

— Ele vai parecer um lunático!

— Há setenta e duas horas, um robô gigantesco, com mais ou menos vinte andares de altura, foi visto por quase todos os seres humanos deste planeta depois de ter criado uma cratera esférica perfeita com oitocentos metros de diâmetro, apagando parte do Aeroporto Internacional de Denver. O que você sugere? Exercícios militares de rotina? Balões meteorológicos? Devo ressaltar que os líderes de vários países já sabem que não o construímos, já que tivemos de roubar as peças do território deles.

— O presidente vai enterrar a carreira política dele.

— Ele está tentando evitar a Terceira Guerra Mundial.

— Você acha mesmo que os demais governos vão apenas dizer: "Ah! É uma coisa alienígena! Deixa para lá, então. Podem continuar"?

— Eles farão muitas perguntas, não tenho dúvida. Vão querer garantias. Mas também terão que aceitar a ideia de que não estamos sozi-

nhos no Universo. O presidente espera que esta percepção seja suficiente para que todos consigam chegar a algum acordo.

— Certo, então contamos tudo aos russos, chineses e ao governo francês. Por que contar ao mundo inteiro? Você não acha que a população pode reagir, vamos dizer, de maneira desfavorável a alienígenas e, ainda por cima, a uma gigantesca conspiração governamental?

— Não creio que a eleição esteja na pauta do dia nesta altura dos acontecimentos.

— Eu não estava falando da perda de votos, mas sim de histeria coletiva.

— Isso não vai acontecer. As pessoas já estão calejadas em relação a isso.

— Como?

— Calejadas. Anestesiadas. Todo mundo já viu filmes de alienígenas demais para ficar chocado com a existência de seres de outros planetas. Você expõe alguém a algo por tempo suficiente e ele fica... calejado.

— Só que estamos falando da realidade aqui, e não de algum sujeito com roupa de borracha na televisão.

— Pouco importa. Você treina seus soldados para matar usando games. Eles explodem tanta gente no computador que fica mais fácil matar quando estão com a arma nas mãos. Por que você acha que o governo financia tantos filmes sobre guerra e terrorismo? Hollywood faz o trabalho sujo por vocês. Se o Onze de Setembro tivesse acontecido vinte anos antes, o país mergulharia no caos, mas as pessoas já viram coisas ruins demais na televisão, por isso estão preparadas para quase tudo. Nós não precisamos falar de conspirações governamentais.

— O que ele vai fazer, então?

— Acredito que vai oferecer uma solução conciliatória.

— Vocês estão dispostos a compartilhar aquela coisa? Se as demais nações não puderem ter o robô, duvido que nos deixem ficar com ele.

— É a isso que me refiro por solução conciliatória.

— Então vamos compartilhá-lo.

— Não exatamente.

— Então o quê? Vamos nos livrar dele?

— Exatamente.

— Parece meio idiota ter violado todos os tratados internacionais assinados e ter matado tantas pessoas só para destruir aquilo que estávamos tentando conseguir. Você está disposto a isso?

— Não.

— Foi o que imaginei.

— Em todo caso, não tenho certeza de que seja possível destruí-lo.

— Então o quê?

— Minha sugestão ao presidente era deixá-lo na Fossa de Porto Rico.

— Onde fica isso?

— Perto de Porto Rico...

— Muito engraçado.

— É a parte mais profunda do Atlântico, tem cerca de oito mil metros de profundidade.

— Podemos resgatá-lo?

— Hoje, não. E a ideia é essa.

— Quer dizer que não conseguiríamos recuperá-lo, mesmo que quiséssemos?

— Provavelmente conseguiríamos, sim. Existem veículos para grandes profundidades capazes de chegar lá. James Cameron desceu a onze mil metros em um submarino individual.

— O cineasta?

— O próprio. Mas as palavras mágicas são "submarino" e "individual". São veículos muito pequenos, incapazes de trazer de volta algo tão gigantesco, mesmo em partes. Seria possível alcançar, mas não trazer de volta. É uma solução drástica, porém necessária, em vista da atual conjuntura. Ainda assim, não é definitiva, pois algum dia, no futuro, novas tecnologias serão criadas e então poderemos fazer nova análise da situação.

— ...

— Você não costuma ficar calado assim, meu caro Robert.

— Sabe de uma coisa? Não acredito nisso. Você quase me enganou por um instante, mas não é do tipo que abriria mão de algo tão grande assim tão fácil.

— A dra. Franklin está morta. Mais de trezentas pessoas perderam a vida em Denver, estamos à beira de um conflito mundial. "Fácil" não é a primeira palavra que me vem à cabeça.

— Veja bem, acho você um filho da puta arrogante e egocêntrico, mas também é um filho da puta frio e calculista. Você é do tipo que tem plano B, C, D, E, F e por aí vai. Não acredito nem por um segundo que você desistiria de algo assim sem ter pensado em alguma alternativa.

— Fico lisonjeado com tantos elogios em tão pouco tempo. Eu tenho um plano B. Jogar as peças na Fossa de Porto Rico e recuperá-las em alguns anos, quando for possível.

— Esqueci de mencionar. Não acho que paciência seja uma de suas virtudes, mas vamos deixar por isso mesmo. É claro que, se tivesse um plano, você não me contaria. O que vai fazer com a sua equipe, ou o que restou dela?

— Vão voltar a fazer o que faziam antes. A subtenente Resnik já está participando de missões na base Lewis-McChord.

— Ela não estava impedida de voar? O arquivo diz que ela tem um problema no olho.

— Confira de novo.

— Você falsificou o arquivo pessoal dela?

— Nada disso. Tudo o que estava no arquivo continua lá. No entanto, alguém pode ter exagerado um pouco na avaliação ao redigir o dossiê.

— Quanta bondade de sua parte. Não imaginei que você fosse romântico.

— Eu não disse que fiz nada. Disse que "alguém" pode ter feito. Porém, acho mais produtivo manter minhas promessas. Como podemos precisar de Resnik no futuro, não quero que ela tenha nenhum ressentimento.

— E o garoto francês? Quero dizer, franco-canadense... Você sabe o que quero dizer.

— O sr. Couture, infelizmente, vai ter que se virar sozinho.

— Então você não é tão romântico assim. Depois de tudo o que ele fez, você manda o rapaz embora?

— Foi escolha dele. Eu até ofereci um advogado. Cobrei alguns favores e consegui emprego para ele na Agência de Projetos de Pesquisa Avançada do Departamento de Defesa. Ele recusou as duas ofertas. Não está em seu juízo perfeito.

— Acha mesmo? E onde ele está agora?

— Acima dos Grandes Lagos, provavelmente. O voo dele decolou às dez da manhã.

ARQUIVO Nº 229

ENTREVISTA COM KARA RESNIK, 2ª SUBTENENTE, EXÉRCITO DOS ESTADOS UNIDOS

Local: Base conjunta Lewis-McChord, estado de Washington, EUA

— Faz tempo, não é, srta. Resnik?

— Desde o nosso último encontro, ou desde a morte da dra. Franklin?

— A resposta não seria a mesma?

— Seria. E tenho certeza de que você sabe a resposta melhor do que eu.

— Só quis saber quanto tempo se passou desde que nos vimos pela última vez. Não sei mesmo. Diria uns seis ou sete meses.

— Nove.

— Fiquei sabendo da promoção. Fico feliz por você.

— Eu não... mal consegui voar desde que me tornei segunda subtenente. Passo a maior parte do tempo planejando missões. Engraçado como nunca dei muita atenção a isso antes. Eu só participava dos briefings e pilotava meu pássaro de aço. Nunca pensei em como era demorado definir os mínimos detalhes de um voo de cinco horas. Bem, agora sei.

"Juro que vou ter um treco se tiver que passar mais um minuto olhando para um mapa. Além disso, só olho para mapas de deserto. Passo horas mirando enormes folhas de papel bege, lutando para descobrir se um dos quadradinhos é três metros mais alto que o do lado."

— Pelo que estou vendo, a senhorita não pediu para ser promovida.

— Não, não mesmo! Um belo dia me chamaram e me deram a notícia. Dizem que tenho capacidade de liderança. Não entendo como isso me torna apta a olhar mapas e relatórios meteorológicos.

— É comum confundirem liderança com capacidade de gerenciamento. Concordo com a avaliação. A senhorita é capaz de inspirar as pessoas. Minúcias, porém, não são o seu forte. Dito isso, mesmo não sendo a pessoa mais organizada do mundo, seria uma pena impedir que outros profissionais se beneficiassem de sua experiência e sabedoria. Posso perguntar como está o sr. Couture?

— Como é que vou saber? Na última vez que recebi notícias, ele tinha acabado de voltar para Montreal. Isso foi há nove meses. Ou ele não quer mais atender minhas ligações ou se mudou. Acho que ele pode estar em qualquer lugar neste momento.

— Ele ainda está em Montreal. Imagino que o relacionamento de vocês não esteja em um bom momento.

— Sabia que isso ia acontecer.

— O fim do relacionamento?

— Não, você fazendo perguntas cuja resposta já sabe. Pensei que algo de ruim pudesse ter acontecido com Vincent. Que bom saber que ele só não quer falar comigo. Como ele está?

— Quanto cinismo em poucas palavras.

— O que você quer que eu diga? Ele foi embora. Depois que ela morreu... aquilo não saía mais da cabeça dele. Foi o que destruiu a força que mantinha ele segurando o tranco.

— Falei com vocês dois após o incidente. A menos que tenham escondido algo importante, me parece que não têm nenhuma culpa pelo que aconteceu.

— Não escondemos nada de você, mas nada disso teria acontecido se tivéssemos ouvido a dra. Franklin. Vincent decidiu seguir em frente. Sei que tenho tanta responsabilidade quanto ele, talvez até mais. Fui treinada para obedecer a ordens. Mas não posso culpá-lo por pensar que matou a doutora, pois foi o que ele fez, assim como eu.

— Todo mundo sabia que havia riscos, sobretudo a dra. Franklin.

— Uma coisa é arriscar a própria vida ou racionalizar as mortes de desconhecidos. Outra é suportar a morte de uma amiga.

— Eu afirmaria, com boa dose de certeza, que ela não gostaria que vocês se culpassem pelo que aconteceu.

— Com certeza. Não havia um fio de maldade nela. Só que isso não me faz sentir nem um pouco melhor. Pelo menos, já sei o que esperar. Já perdi muitas pessoas próximas. Perdi familiares, colegas em missões. Já sei por quanto tempo vou me sentir assim e sei o que vou sentir depois: negação, sofrimento, ressentimento. Somos criaturinhas muito previsíveis. Vincent é que me preocupa. Ele não sabe o que vai enfrentar. Queria saber como ele está.

— Não estou preocupado com a vida dele, se é a isso que se refere. Ele está... A senhorita tem razão. Ele ficou arrasado com a morte da dra. Franklin. Isso é óbvio. Porém, a senhorita pode encontrar algum conforto no fato de que seja tão óbvio. Ele não tem dificuldade de expressar o sentimento de perda e de culpa, nem a raiva pelo que aconteceu. As emoções são claras e ele as demonstra de maneira coerente. Com o tempo, vai voltar a ser o que era.

— Não tenho tanta certeza. O que ele está fazendo agora?

— Não sei se ele está trabalhando. Quando o visitei, estava montando modelos de navios.

— Navios? Tipo... de brinquedo?

— Modelos em escala da Segunda Guerra Mundial. Não sou especialista, mas me parecem muito elaborados.

— ...

— Alguns devem ter umas mil peças, e a construção requer habilidade, muita paciência e atenção a detalhes.

— ...

— É, você pode chamar de brinquedos.

— E é só isso que ele está fazendo?

— Na maior parte do dia, sim. Sei que não parece a coisa mais desafiadora do mundo, mas pelo menos lhe oferece algo para se distrair. Prefiro saber que está trabalhando em uma escala 1/200 do *USS Arizona* do que passando o dia todo na cama.

— Ele está comendo? Está tomando banho?

— Acho que sim, embora fazer a barba tenha deixado de ser uma prioridade para ele. Estamos aqui falando do sr. Couture, mas na verdade vim visitar você. Como está?

— Eu estou... anestesiada.

— Como assim?

— Depois de algo tão intenso, todo o resto... Coisas que normalmente me tirariam do sério começam a parecer triviais. Nada mais importa. Você começa a ignorar coisas pequenas porque são só isso, pequenas. Você faz concessões, racionaliza e em pouco tempo se olha no espelho e não reconhece mais o próprio reflexo.

"Só sei que estou viva. E estou bem. Acordo todos os dias e saio da cama pensando que hoje pode ser um pouquinho melhor que ontem. Na maioria das vezes, é. Como diz o ditado, o show tem que continuar."

— Você tem férias programadas?

— Não acho que eu esteja precisando de férias.

— Não vim aqui jogar conversa fora, estou perguntando se você pode e não se você quer tirar alguns dias de licença.

— Não sei. Eu não estava em licença prolongada de dois anos? Nem pensei em pedir mais folga desde que voltei.

— Você ficaria surpresa em saber que já tem direito a vinte e dois dias e meio de licença desde que foi realocada em Fort Carson?

— Esqueci com quem estava falando. Imagino que daqui a pouco você vai me dizer que eu já fiz o pedido de licença.

— De fato, fez. Mesmo assim, quero que se sinta absolutamente à vontade, caso queira mudar de ideia.

— Então posso mudar de ideia em relação à licença que nunca pedi? É bem a sua cara... Eu devia ter percebido que você não viria aqui só para me visitar.

— Foi para isso que vim, para fazer uma visita e pedir sua ajuda, caso você parecesse capaz.

— O que você quer que eu faça?

— Quero que encontre uma pessoa.

— E nenhum dos seus amigos das Forças Especiais pode fazer isso?

— Os militares não estão envolvidos nesta operação. Na verdade, é vital que ninguém que trabalhe para o governo americano fique sabendo.

— Exceto eu...

— Exceto você.

— Então, onde vou tirar essas férias tão merecidas?

— Em Sarajevo.

— O quê?

— A senhorita vai adorar Sarajevo. É um dos meus lugares favoritos em todo o mundo. Na hora de ir embora, vai lamentar não poder ficar mais.

— E o que vou fazer na linda Bósnia?

— Se tiver tempo, não deixe de conhecer Mostar. Mas, além de visitar cidades antigas e as atrações turísticas de sempre, vai assistir ao Festival de Cinema de Sarajevo.

— Claro, eu não perderia por nada neste mundo.

— Vai assistir à estreia de *Oprosti mi, Mina*. É um filme de baixo orçamento feito por um jovem cineasta sérvio chamado Goran Lukić. Um rapaz de minha confiança. Será seu guia na Bósnia.

— O que significa *Oprosti Mina*?

— *Oprosti mi, Mina*. Mina é um nome. "Oprosti mi" significa "perdoe-me".

— Parece um cara legal…

— De fato, Goran é uma das pessoas mais gentis e altruístas que conheço.

— Vindo de você, não sei o que pensar sobre isso. Quando ele espera me encontrar?

— Ele não está esperando ninguém, mas vai dar uma festa em Zlatna Ribica após a estreia. Você vai à festa e dará os parabéns pelo filme. Quando ninguém estiver por perto, diga que ele nunca pagou pelo encanador em Belgrado.

— O que é isso? Algum tipo de código?

— Não é um código, é mais uma metáfora sutil.

— Por que você mesmo não fala com o cara? Parece gostar dele. Talvez ele fique feliz em vê-lo de novo.

— Garanto que não.

— Como vocês se conheceram?

— Ajudei no interrogatório dele durante a guerra.

— Você quer dizer que ajudou a torturá-lo.

— Não passa de uma questão de perspectiva pessoal e histórica, como acontece com a maioria dos fatos. No linguajar da CIA, fomos autorizados a usar procedimentos alternativos. Basta dizer que, por mais que a experiência tenha sido desagradável, ele tem uma dívida comigo.

"Use roupas discretas e peça a ele para te levar a Srebrenica. É uma cidadezinha de montanha na fronteira leste da Bósnia."

— Esse nome não me é estranho.

— Milhares de muçulmanos bósnios foram encurralados e mortos lá em meados da década de 1990. Quando chegar a Srebrenica, você vai procurar por uma mulher chamada Fata.

— Fata de quê?

— Não sei o sobrenome dela, nem onde ela mora. Sei que tem três filhos e uma filha. O mais velho trabalhou nas minas de sal de Srebrenica com o pai. É provável que eles saiam todos os dias de um dos vilarejos vizinhos para procurar trabalho na cidade.

— Jura? É só isso que você tem? Você pelo menos sabe de qual vilarejo ela é?

— Não tenho essa informação. Infelizmente, os sérvios também destruíram centenas de vilarejos durante a guerra. Talvez o dela nem exista mais. Fata deve ter cinquenta e poucos anos agora. Sei que todos gostam dela, que deve ter trabalhado informalmente como enfermeira.

— Como vou saber se encontrei a pessoa certa? Se eu não estiver enganada, Fata é apelido de Fatima. Aposto e ganho que é um nome muito comum para uma muçulmana. Parece que você está me pedindo para ir até Nova York encontrar o John.

— Você vai saber que é ela. Fale sobre a guerra, ela terá muitas histórias para contar.

— Quanto tempo tenho?

— Você pediu duas semanas de férias.

— Quando?

— A estreia é no dia 5. Você parte no sábado.

— Vamos supor que eu consiga encontrar a tal Fata. O que você precisa que ela faça?

— Nada. Ela não precisa fazer nada. Só quero saber onde está, caso precise dela no futuro.

— Para quê?

— Nada da sua conta. Com sorte, isso não será necessário, e você terá vivido uma experiência enriquecedora ao visitar um lugar remoto na Bósnia. Agora, se me dá licença, preciso pegar um avião em uma hora.

— Senhor?

— O quê?

— Obrigada.

ARQUIVO Nº 230

ENTREVISTA COM INDIVÍDUO DESCONHECIDO

Local: Restaurante chinês New Dynasty, Dupont Circle, Washington, D.C., EUA

— Iniciando gravação. É quase meio-dia. Estou sentado ao lado da janela, aguardando o homem que ligou para meu número sigiloso hoje de manhã. Do outro lado da rua há um sniper com visão livre da minha mesa.

"Um homem baixo e gordo está entrando no restaurante. Ele parece ter sessenta e muitos ou setenta e poucos anos e está usando chapéu e um trench coat bege, que deve ser dois números menor. Ele... não tem sobrancelhas... Tomara que não seja o sujeito que estou esperando... Infelizmente, está vindo em direção à minha mesa com um sorriso largo no rosto."

— Olá! É um enorme prazer conhecê-lo enfim. Já ouvi falar muito de você.

— Espero que isso não seja verdade, para o seu próprio bem. Saiba que nossa conversa está sendo gravada.

— Certo, obrigado por avisar! Sabe quem sou eu?

— Não faço a menor ideia nem tenho o menor interesse em descobrir. Quero saber o que você sabe sobre *mim*, quem lhe passou as informações e o que você pretende fazer com isso.

— Ah... você está contrariado porque mencionei seu filho no telefonema. Eu não pretendia acender lembranças ruins. Como disse, me solidarizo profundamente. Não posso revelar como sei o que sei, mas pode confiar quando digo que não precisa ter medo de mim. Seu segredo está guardado a sete chaves.

— Ouça com atenção, porque só vou dizer isso uma vez. Se o senhor tem amor pela vida, nunca mais mencione meu filho, seja comigo ou com qualquer outra pessoa. Me diga exatamente o que sabe e, se eu ficar satisfeito com a sua história, permitirei que saia daqui vivo.

— Isso é meio agressivo, não acha? Qual é o sinal?

— Que sinal?

— Para o sniper do outro lado da rua.

— ...

— Tudo bem, pode me mostrar. Ele está dormindo. Aliás, da próxima vez, providencie comida para o coitado! O homem teria que ficar uma hora assistindo de barriga vazia nossa refeição.

"Então... vamos começar de novo? Quer tentar descobrir quem sou eu?"

— Não.

— Ora, tente!

— Você é um palhaço aposentado que perdeu as sobrancelhas em um trágico acidente envolvendo malabares em chamas.

— Certo, melhor parar com o jogo de adivinhação. Pode me chamar de sr. Burns.

— Que codinome ridículo.

— Muito obrigado. É meu sobrenome.

— O que você quer?

— Estou aqui porque temos uma amiga em comum. Você deveria experimentar o frango Kung Pao.

— Obrigado, mas ainda estou olhando o cardápio. E quem seria essa amiga?

— Acho que você não sabe o nome, mas é uma amiga muito especial. Alguém que ocupa um lugar muito, muito importante em seu coração. Alguém com quem você perdeu contato recentemente.

— ... Estou ouvindo.

— Ah, enfim! Agora que tenho a sua atenção, é a *sua* vez de ouvir bem o que vou dizer...

"Largue o cardápio e peça o frango Kung Pao. O arroz indonésio também é muito bom, mas você precisa experimentar o frango."

— Fique sabendo que tenho pouquíssimo senso de humor e ainda menos paciência.

— Não seja modesto! Você tem um ótimo senso de humor! Você é meio fleumático, é verdade, mas o humor está presente... eu consigo ver. O.k., você é do tipo que fica mal-humorado quando está com fome, então vou continuar.

"Gosta de histórias? Espero que sim, porque vou contar uma que ouvi na infância. Tem um pouco de tudo: amor, guerra, traição. Aposto que você vai adorar.

"Muito tempo atrás, havia um vasto império. E quando digo vasto, é porque ele literalmente se espalhava por milhares de colônias. Esse império era governado por um povo muito poderoso, que acreditava que cada colônia deveria se desenvolver em seu próprio ritmo e ser livre para governar o próprio território. As intervenções seriam mínimas, só em casos de preservação da vida ou de defesa dos interesses do império. Esse povo era muito sábio, uma raça de artistas e engenheiros, com um entendimento incomparável da estrutura do Universo. Eram capazes de construir praticamente qualquer coisa, de manipular a matéria e acumular energia como nenhum outro povo.

"Uma das colônias era governada por uma raça guerreira. O que faltava em sofisticação e inteligência a essa gente sobrava em força e tenacidade. O rei, um guerreiro lendário, governava milhões de súditos. Depois de extrair quase todo o minério que havia na própria terra, ele tentou dominar o povo vizinho para explorar os recursos naturais da região. O império enviou várias naves para intervir. O rei guerreiro foi capturado, julgado e condenado à prisão perpétua.

"O tempo passou e ele acabou sendo perdoado, recebendo autorização para voltar a viver em liberdade na metrópole do império, embora não pudesse regressar para casa. Na capital, ele trabalhou como... não há palavra para descrever... personal trainer é o que mais se aproxima, embora pareça meio tolo. Enfim, foi assim que ele conheceu... adivinha?... uma princesa! A filha do imperador.

"Ele passou a treinar a princesa algumas horas por dia. Claro que não demorou muito até que os dois se apaixonassem. O relacionamento foi mantido em segredo durante algum tempo, mas, quando atingiu a idade de se casar, a princesa apresentou o rei guerreiro ao pai. Vamos nos limitar a dizer que o soberano não aprovou o romance. O rei deposto foi mais uma vez mandado à prisão.

"A princesa foi proibida de vê-lo, mas, sabe como são as adolescentes, foi atrás dele mesmo assim. E fez bem mais que isso, na verdade. Certa noite, ela começou um incêndio para desviar a atenção dos guardas e ajudou o amado a escapar. O rei guerreiro queria fugir, mas a princesa era teimosa como uma mula e não pensava em deixar a família e tudo o que tinha para trás. Então, em vez de fazer o mais sensato, ela levou o amante ao palácio para confrontar o pai. Embora pareça difícil imaginar que o rei apaixonado tenha concordado com isso, como eu disse, seu povo não primava pela inteligência. E, vamos encarar os fatos, todos fazemos idiotices quando o assunto é mulher.

"Assim, lá foi o rei confrontar o imperador. O que começou como conversa logo virou discussão. Os homens trocaram insultos e ficaram furiosos. O povo do imperador era conhecido pelo temperamento calmo, mas assuntos de família têm o poder de trazer à tona o lado mais sombrio de alguém. De todo mundo.

"O imperador ergueu a mão para esbofetear a filha, mas o rei guerreiro rapidamente se colocou entre os dois. O imperador nunca tinha lutado com ninguém, brandido uma espada ou feito qualquer trabalho manual, por isso dizer que foi derrotado é pouco para descrever a cena. Em segundos, estava no chão, com uma espada apontada para a garganta. Foram os gritos da princesa implorando clemência que impediram o rei guerreiro de cravar a espada no coração do imperador. A guarda real chegou e os dois pombinhos foram presos.

"O imperador ficou arrasado com a traição da filha e nunca mais foi o mesmo. Por mais profunda que fosse a tristeza, no entanto, ele jamais conseguiria mandar matar o sangue de seu próprio sangue. Por isso, decidiu que a filha passaria o resto da vida na cela em que o homem que amava havia sido trancafiado.

"Para o rei guerreiro, ele planejava um destino diferente. Como o adversário tinha poupado sua vida no palácio, o imperador retribuiria o favor. A sentença seria o degredo, para o rei e para seu povo. Naves enormes foram construídas nas colônias industriais e todo o povo do rei guerreiro, dezenas de milhões de pessoas, foi banido, para nunca mais voltar."

— Imagino que, em algum momento, essa fábula chegue aos dias de hoje.

— Com certeza, mas a melhor parte é a história. Tente aproveitar.

"O imperador não era bobo. Sabia que tinha feito um inimigo poderoso. Poderiam se passar anos, décadas ou até séculos, mas algum dia aquele povo buscaria vingança pelo exílio. Não é algo fácil de esquecer. O ódio seria passado de geração para geração, até o dia em que a honra fosse lavada.

"Preparando-se para uma guerra inevitável, o imperador construiu máquinas gigantescas à imagem e à semelhança de seu povo. Eram armas indestrutíveis e tão poderosas que poderiam acabar com uma pequena cidade ou matar dez mil homens em questão de segundos. Milhares desses gigantes foram fabricados e enviados para todos os cantos do império.

"Havia uma pequena colônia nos confins do reino que ainda estava nos estágios iniciais de evolução e tinha recebido pouca atenção do império no passado, mas o imperador insistiu para que também fosse protegida. Doze armas foram enviadas para lá, além de um pequeno destacamento de soldados para operá-las. Seis foram construídas para se parecer com machos, seis com fêmeas. A tecnologia era quase inexistente na colônia, e as máquinas gigantes que andavam entre os homens logo foram vistas como deuses e deusas. Eram chamadas de *tittah*.

"Passaram-se anos, séculos, e a guerra nunca aconteceu. Depois de dois mil anos, as máquinas foram retiradas da colônia. Uma foi deixada para trás, uma gigante chamada de *dhehméys* pelo povo. Após ser desmontada, as partes foram espalhadas pela colônia. Acreditava-se que, quando o povo alcançasse determinado estágio em sua evolução, seria capaz de reencontrar a máquina e usá-la para se defender, caso a guerra acontecesse."

— E o que aconteceu com os soldados que vieram com as máquinas?

— Ótima pergunta. Vejo que está prestando atenção. Embora tivessem uma expectativa de vida três vezes maior do que a dos habitantes da colônia, mesmo assim era uma missão para várias gerações. Quando as máquinas foram retiradas, os descendentes diretos dos soldados, cujo sangue era puro, também foram enviados para casa. Com o passar dos séculos, no entanto, alguns dos soldados se casaram com mulheres da colônia e começaram a ter filhos.

"Estes 'mestiços', como foram chamados, eram anatomicamente semelhantes à população nativa, mas tinham a capacidade física e intelectual superior do pai alienígena. Eles foram deixados para trás quando os soldados partiram e se misturaram aos habitantes da colônia. Por conta de suas habilidades e do conhecimento avançado das ciências, muitos deles, e também seus descendentes, conquistaram poder e fama."

— "Ora, naquele tempo, e também depois, quando os filhos de Deus se uniam às filhas dos homens e estas lhes davam filhos, os gigantes habitavam a terra. Estes homens famosos foram os heróis dos tempos antigos."

— Então você já conhece a história.

— Está na Bíblia. Gênesis, 6, 4.

— Como eu disse, a história é boa. Muitas pessoas a contaram.

— E quanto disso é verdade?

— Talvez tudo, talvez nada. Cabe a você decidir. As histórias servem como distração, para preservar a história ou servir a algum propósito para a sociedade. Acho que essa tem um pouco disso tudo.

— Você é um deles, não é? Um dos descendentes?

— Sou apenas um velho que gosta de contar histórias.

— Você pode nos ajudar? Digo, a controlá-la?

— Não tenho como fazer isso, mesmo que soubesse do que você está falando.

— Então por que nos contou? Por que me procurou?

— Que tal outra história? Pena que essa não tenha um final feliz.

— Conte.

— Vamos lá. Era uma vez um homem que morava em uma pequena cabana na floresta com dois filhos adolescentes. Era inverno e havia uma grande tempestade se aproximando. Em pouco tempo, todas as estradas estariam fechadas e eles estariam completamente isolados da civilização...

— Continue.

— Desculpe. Isso tudo já é meio macabro, e eu ainda nem falei do tiro. Que tal deixar as coisas um pouco mais leves? Sei que você gostou da outra história, então vamos transformar o homem em rei nessa também. Ele era um rei poderoso no período medieval, um guerreiro formidável que impunha respeito e medo. Acreditava-se que tinha uma espada mágica que o tornava invencível e imortal. Nada disso era verdade, é claro, mas ele era mesmo muito bom com a espada.

"O rei tinha dois filhos adolescentes. Um dia, ele foi chamado para resolver uma disputa em um vilarejo distante. Os filhos quiseram acompanhá-lo, mas ele temia que batalhas pudessem acontecer ao longo do caminho. Quando os filhos argumentaram que os inimigos poderiam ver na ausência do rei uma chance para atacar, ele elaborou um plano para garantir a segurança de todos. Deixaria a espada com os filhos e espalharia a notícia pelo reino. Se brandissem a lâmina lendária, os filhos seriam tão invencíveis quanto o pai aos olhos dos inimigos.

"O rei partiu para o vilarejo e, ao regressar, encontrou o castelo em luto. Os dois irmãos começaram a brigar para ver quem era o melhor guerreiro, o mais digno de empunhar a espada do pai. Na luta, o primogênito atingiu o caçula com a espada. O jovem não resistiu aos ferimentos, mas viveu o suficiente para ver o pai uma última vez. Depois de ver o filho exalar o último suspiro em seus braços, o rei pegou a espada e a lançou ao mar, para que ninguém sofresse maldição semelhante.

"Ponto final. É assim que acaba."

— Me perdoe por perguntar algo que pode parecer óbvio, mas prefiro trabalhar com certezas: qual é a moral da história?

— Acho que não existe moral alguma, nada tão profundo assim. Se você deixa uma arma com um grupo de pessoas como forma de defesa e descobre que estão se matando com ela, é melhor tomar de volta ou se livrar dela de vez. Por mera questão de bom senso. Bem, talvez eu tenha perdido o essencial, talvez a história trate de outra coisa.

"Ahhh! Aqui está nossa garçonete! Estou morrendo de fome."

— Boa noite, senhores. Gostariam de fazer o pedido?

— Sim, estamos famintos! Vou deixar meu amigo escolher primeiro.

— Quero o frango Kung Pao.

— Você é sábio.

ARQUIVO Nº 233

ENTREVISTA COM INES TABIB, SECRETÁRIA DA PRESIDÊNCIA PARA ASSUNTOS DE SEGURANÇA NACIONAL

Local: Casa Branca, Washington, D.C., EUA

— Obrigado por me receber, sra. Tabib.

— Eu que agradeço por ter vindo após a minha ligação. É um prazer conhecê-lo. Espero que o senhor não tenha reservas por ver uma mulher assumindo este cargo.

— A que aspecto da situação a senhora está se referindo? Se tenho reservas sobre mulheres trabalhando, em geral? Sobre mulheres assumindo cargos de poder? Ou sobre mulheres tomando decisões que envolvem enviar homens, ou outras mulheres, para a morte?

— Eu...

— A minha resposta seria a mesma às três perguntas: um sonoro não. E, caso tivesse tais reservas, estaria mais concentrado no fato de que, no momento, uma mulher é a comandante em chefe das Forças Armadas dos Estados Unidos, e não no gênero de suas conselheiras. Falando da presidente, como ela está?

— Bem. Ainda se adaptando. Ela gostaria de lhe agradecer pessoalmente, mas isso ainda terá que esperar um pouco.

— Me agradecer?

— Fizemos uma boa campanha, mas não é segredo que seu projeto foi responsável pela considerável margem de votos obtida. O senhor mudou o mundo, começando pelo presidente.

— Não fiz nada disso. O ex-presidente poderia ter tratado do assunto de maneira diferente. Ele cavou a própria cova.

— Parece que o senhor está dizendo: "azar o dele, teve o que merecia". O senhor teria feito algo de maneira diferente?

— Não sou, não fui nem serei presidente dos Estados Unidos, por isso não faz diferença o que eu teria feito no lugar dele.

— Certo. Não precisa me contar. Eu digo o que faria de diferente. Eu não teria escondido o... a... Como é que vocês chamam o dispositivo alienígena? Ele ou ela?

— Para as pessoas envolvidas, é ela.

— Bem, eu não teria escondido ela. Por mim, teria ficado estacionada na frente da Casa Branca para que todos vissem.

— Seu antecessor temia uma reação desfavorável de outros governos a uma demonstração de força.

— Eu sei. Isso nunca fez sentido para mim. Afinal, ele teria que exibir a robô em algum momento, não é? Seja como for, ela foi descoberta. Acho que não existe uma pessoa no planeta que não tenha ouvido falar dela. É realmente algo que muda todos os paradigmas. As ramificações são... infinitas.

— Gostaria que a senhora tivesse razão. Infelizmente, creio que as pessoas em breve voltarão à velha rotina como se nada tivesse acontecido.

— Isso é meio cético, não acha? É claro que as pessoas voltaram, em certa medida, a fazer o que estavam fazendo antes. Alienígenas ou não, todos precisamos trabalhar, comer, dormir, mandar os filhos para a escola, tirar o lixo. A maior parte do dia nunca vai mudar, não importa o que aconteça. Acho que vem daí o desencanto com a política. Eles esperam que a pessoa eleita mude suas vidas. Enfim, isso não faz diferença agora.

"Neste exato momento, e por todo o planeta, crianças estão olhando para as estrelas, imaginando se quem construiu o robô é dali, de lá ou de acolá. Essas crianças vão crescer e se tornar astronautas, engenheiros e tudo o mais que essa descoberta inspire. Talvez daqui a vinte anos uma dessas crianças construa um novo tipo de motor que nos permita voar para fora de nosso sistema solar porque viu o robô na infância.

"Todas as grandes religiões vão precisar se reformular diante dessa revelação. Independente do deus, ele não pode ser apenas dos humanos. Ele ou ela precisa ser um deus de todo o Universo. Céu, inferno, nirvana, seja o que for, tudo isso precisa ser repensado, reformatado. Os fundamentalistas simplesmente negaram o que aconteceu, mas, para todo o resto da humanidade, o mundo se tornou um lugar diferente após a cratera de Denver.

"Até mesmo a presidente teve que ajustar os discursos para reconhecer o fato de que existem outras formas de vida inteligentes no Universo. Você ficaria surpreso ao ver a dificuldade de colocar Deus e alienígenas na mesma frase sem soar melodramático.

"E, acima de tudo, todos, inclusive os líderes mundiais, sabem que existem seres no espaço capazes de construir armas formidáveis e tão avançadas que provavelmente não teríamos qualquer chance se eles decidissem nos atacar."

— Seríamos erradicados, e é bem provável que conseguissem fazer isso a distância.

— Exatamente. É um choque de realidade para todos e torna qualquer disputa territorial e comercial um pouco mais mesquinha. Não foi um cataclismo, como um asteroide atingindo a Terra ou algo do gênero, mas foi um momento traumático, do tipo que consegue unir as pessoas. Acho que tudo isso está mudando a forma como nos vemos. Por mais lenta e imperceptível que seja, a mudança já está acontecendo, isso eu posso garantir.

— Espero sinceramente que a senhora esteja correta. Meu maior desejo é que essa descoberta redefina a alteridade para todos nós.

— Alteridade?

— O conceito de "diferença em relação ao outro". O que sou é, em grande parte, uma função do que não sou. Se o outro é muçulmano, então faço parte da civilização judaico-cristã. Se o outro está a milhares de anos-luz de distância, seremos apenas humanos. Se redefinirmos a alteridade, as fronteiras poderão ser apagadas.

— Está vendo, eu sabia que o senhor não era tão cético. A presidente queria que conversássemos e o senhor me dissesse quando seria uma boa hora para trazer a robô de volta.

— Quando eu disse a seu antecessor que a solução não era permanente, não quis dizer que poderíamos resgatá-la quando quiséssemos. Só se passaram quatro meses.

— Eu sei, eu sei. É que... muita coisa está acontecendo agora. A presidente quer saber quais são as opções.

— Não estou sabendo de nenhum avanço tecnológico significativo nos últimos três meses, pelo menos não relacionado à capacidade de recuperar algo a grandes profundidades. Pode dizer à presidente que as opções são idênticas às de ontem, às de quatro meses atrás ou até mesmo às de antes de encontrarmos uma mão gigantesca em Dakota do Sul.

— Eu disse a ela que esta seria a sua resposta... Tem certeza de que não há nada que possamos fazer?

— Tenho.

— Mesmo?

— Mesmo. Tenho certeza de que não há nada a fazer.

— Vamos mudar a perspectiva: tem certeza de que ninguém mais conseguiria recuperá-la? Perder a robô é uma coisa, vê-la na televisão com a bandeira chinesa pintada no peito é outra.

— Como eu disse, não sei de nenhum desenvolvimento científico ou tecnológico na área. Eu ficaria surpreso se a China ou outra nação tivesse

feito qualquer progresso significativo sem que o resto do mundo ficasse sabendo. Isso posto, a possibilidade não pode ser totalmente descartada.

— E como fazemos para garantir que outros países não a recuperem primeiro?

— Não podemos impedir que outros países a resgatem se não conseguirmos alcançar a mesma profundidade. Sugiro multiplicar o financiamento federal para pesquisas em exploração em grandes profundidades, vamos dizer, por mil, se é que vocês ainda não fizeram isso. Tenho certeza absoluta de que outros governos fizeram este investimento antes mesmo de a primeira peça atingir o fundo do oceano.

— O senhor faz parecer que isso tudo é uma corrida.

— E é.

— Então, está dizendo que estamos revivendo a corrida espacial? Estamos correndo contra os russos e sabe Deus mais quem para atingir as profundezas dos oceanos, e quem chegar primeiro leva tudo. É isso?

— A menos que vocês encontrem uma maneira de transformar um inimigo em aliado, é basicamente isso.

— O senhor está sugerindo uma parceria com a Rússia neste projeto?

— Não estou dizendo que vocês deveriam, mas que poderiam. A maioria das pessoas se esquece disso, mas, em 1963, Kennedy se ofereceu para cooperar com Moscou para chegar à Lua. Se ele não tivesse morrido tão prematuramente, o primeiro pouso lunar poderia ter sido um empreendimento conjunto dos Estados Unidos e da União Soviética.

— Não sei por quê, mas não consigo ver isso acontecendo.

— Imagino ser essa a "mudança lenta e imperceptível" a que a senhora se referiu. Posso ajudar em mais alguma coisa? Estou com a agenda bastante cheia.

— Não, acho que não. A menos que o senhor seja capaz de convencer a Coreia do Norte a abandonar o programa nuclear.

— O que eles fizeram desta vez?

— O terceiro teste subterrâneo do ano. O problema é que este parece ter sido para valer. No passado, eles se limitaram a detonar uma grande quantidade de explosivos abaixo do solo para tentar convencer que tinham armas nucleares. Dessa vez é diferente. O Japão detectou radiação nuclear no local.

"Com qualquer outra nação, lançaríamos a cartada da força e ameaçaríamos atacar o país inteiro... mas eles parecem não dar a mínima. Então não sei como ficamos."

— Um ataque preventivo?

— Para a presidente, isso é o que se chamaria de "ato de guerra", se você for o responsável por ele.

— Então lamento, mas não tenho outra sugestão. É duro admitir, mas a Coreia do Norte sempre me deixou perplexo. É impossível fazer ameaças, porque se acham superiores, e também não dá para argumentar usando a razão. Além disso, como têm certeza absoluta de que estão certos, não dá para dobrá-los. Megalomaníacos com ilusão de grandeza são notoriamente difíceis de lidar, mas não consigo entender como se sucedem geração após geração.

— ... Desculpe, estava com a cabeça em outro lugar. Estava pensando na corrida com os russos na Fossa de Porto Rico. Vai ser difícil redigir um bom discurso para este assunto. Nós escolhemos ir para o... mar. Escolhemos ir para o fundo do mar nesta década e fazer as outras coisas...

— Talvez seja melhor deixar que outras pessoas redijam os discursos.

ARQUIVO Nº 237

ENTREVISTA COM VINCENT COUTURE, DESEMPREGADO

Local: Parque La Fontaine, Montreal, Canadá

— Sente-se, sr. Couture.

— Você poderia ter ido à minha casa. Está frio para um piquenique.

— Fiz tudo o que estava ao meu alcance para manter em segredo a identidade de todos os envolvidos no projeto, mas, depois do incidente, prefiro discutir o assunto em local público.

— Você acha que alguém pode ter grampeado meu apartamento?

— Não posso descartar a possibilidade. Além disso, este parque é muito agradável no outono. Recebeu minha mensagem?

— Não sei se dá para chamar de mensagem, mas, sim, recebi as duas palavras que você me enviou. Muito legal.

— O que você entende por *legal*?

— É legal porque, em algum momento, talvez tenha havido mais robôs gigantescos na Terra. Onze deles, para ser exato.

— Como...

— Como soube? Bem, a primeira palavra que você enviou, *tittah*, significa "grande" em hatita, uma língua falada há cerca de cinco mil anos na Anatólia, que hoje corresponde, mais ou menos, à Turquia. A palavra foi assimilada pelos povos que viviam a oeste da região, e gerou a palavra *titã*, em grego.

"Na mitologia grega, os titãs eram filhos de Gaia e Urano. Isso também é legal. Está entendendo? Eram filhos da Terra e do Céu. De alguma forma, eles deviam saber de onde vinham.

"Eram doze titãs, seis homens e seis mulheres. Não sei todos os nomes de cor, mas sei qual nós encontramos. A outra palavra que você enviou, *dhehméys*, parece muito com o que chamamos de proto-indo-europeu, que acreditamos ser falado na região à época. Se for PIE, então o "d" acabou virando "t" e, ao chegar ao grego antigo, se transformou em Têmis, uma das titãs."

— Eu não conhecia o nome.

— Você já a viu milhares de vezes. Ela usa uma venda e segura uma balança em uma das mãos e uma espada na outra.

— É a imagem da justiça?

— Mais ou menos. As estátuas que ficam na frente dos tribunais são bastante modernas, normalmente um misto de Têmis e Iustitia, a equivalente romana. A justiça é cega, diz o ditado. Bem, agora sabemos a razão, ela não tem olhos.

"No entanto, não acho que *justiça* seja a palavra certa. Ela representa algo maior, como a lei divina. É provável que este já fosse o significado de *dhehméys* há cinco mil anos. Tenho quase certeza de que *dharma*, em sânscrito, vem da mesma palavra, e significa ordem cósmica, o que mantém a unidade do Universo. A filha dela, Dice, é a deusa grega da justiça."

— Ela tinha uma filha?

— Bem, obviamente não tinha uma filha "real". Duvido que haja um minirrobô enterrado em outro lugar. Uma parte da mitologia é só isso, mitologia.

"Mesmo assim, imagine só? Doze robôs andando por aí, emitindo luz turquesa. Ou não. Talvez emitam luzes de cores diferentes. Na época, a humanidade ainda não conhecia o ferro, muito menos a eletricidade. Gostaria de poder voltar no tempo para ver com meus próprios olhos. Se hoje em dia um único robô já é de cair o queixo, imagine uma dúzia deles na época em que praticamente não existia tecnologia? Deve ter sido como ficar cara a cara com deuses.

"Queria saber por que esta ficou na Terra, se os outros onze voltaram para o lugar de onde vieram."

— Você acha que eles saíram daqui?

— Nós vasculhamos praticamente o planeta inteiro e só encontramos peças dela. Se os outros onze estivessem espalhados por aí, com certeza haveria peças sobrando, como mãos e pés, armazenadas em algum lugar.

"Você vai me contar o que sabe, ou terei que adivinhar tudo?"

— Talvez eu não saiba de tudo.

— Claro que não, você só topou com as palavras *tittah* e *dhehméys* enquanto fazia palavras cruzadas e me ligou para receber palpites e completar a página. Qual é a palavra de nove letras para "esconder o jogo"?

— Precaução.

— Você vai ter que confiar em *alguém* em algum momento. Até porque pode ser atropelado por um caminhão ou algo parecido e não restar ninguém que sabe disso tudo que você esconde.

— Você percebe que sou, essencialmente, um mero espectador de tudo isso? Não venho do espaço. Não construí um robô gigante. Não tive papel significativo na descoberta e na compreensão de como a coisa funciona. Sendo assim, cem por cento do conhecimento que possuo me foi passado por outras pessoas. Se alguma coisa acontecer comigo, haverá pessoas que sabem o que eu sei, muitas pessoas. Tenho certeza de que, na minha ausência, as informações corretas acabarão chegando a quem precisa delas, como chegaram até mim.

— Certo, mas por que não poupar muito do nosso tempo compartilhando essas informações? Para que a gente possa, quem sabe, ajudar um pouco!

— Você já está me ajudando demais. Uma das razões de sua gigantesca contribuição para o projeto decorre do fato de não ficar sobrecarregado com conhecimento desnecessário. Parte desse conhecimento até poderia ser de ajuda, eu concordo, mas outra parte poderia reduzir suas opções, levar seus pensamentos em determinada direção, não permitindo que você veja tudo o que for necessário. Como não tenho como saber quais informações atrapalhariam seu processo mental, achei melhor contar apenas o que você precisa saber.

— Mesmo? Durante todo este tempo eu fiquei pensando que você era apenas o maior gerente da história do mundo. Nunca percebi que você estava fazendo tudo isso por mim. Como posso agradecer?

— Melhor deixar o sarcasmo para a srta. Resnik. Ela é muito melhor que você nisso. Pronto para voltar ao trabalho?

— Que trabalho? Só fiz duas coisas até agora: decifrar símbolos alienígenas em painéis que desmaterializei em um acidente e aprender a pilotar um robô que você jogou no fundo do mar. Até onde sei, não tenho mais nada a fazer.

— A pergunta não foi essa. Perguntei se você está pronto.

— Para fazer o quê?

— Qualquer coisa. Estou perguntando se você está pronto para fazer qualquer coisa.

— Não estou entendendo.

— A menos que eu não esteja sabendo de aspectos específicos de sua vida, tudo o que você fez nos últimos cinco meses foi deixar a barba crescer e montar modelos de navios da Segunda Guerra Mundial. Por mais detalhes que tenham, e por mais que comprovem que você tem paciência e destreza, esses navios não ajudam muito no sentido de atestar sua estabilidade mental.

— Eu... eu não sei o que dizer... Estou estável... mentalmente falando, e posso fazer... coisas que você não vai me dizer quais são.

— Como está o seu relacionamento com a srta. Resnik?

— Meu... Faz tempo que não falo com ela.

— Este é o ponto. Você não pode fingir que está pronto para retomar o trabalho se nem tem coragem para pegar o telefone e ligar para uma mulher que claramente se preocupa com você.

— Eu queria esperar até ter certeza.

— De quê?

— Estou quase lá. Vou ligar para ela em breve, juro. Eu só queria esperar até ter certeza.

— ...

— Certeza de que não cairia de novo.

— ...

— Não consigo explicar de outra maneira. Acordo todas as manhãs ouvindo os gritos de Rose me pedindo para parar. Me dizem que isso vai passar, que vai chegar o dia em que vou deixar de ver a doutora morrendo em meus sonhos. Duvido que esse dia vá chegar, mas aprendi a conviver com isso.

"É claro que eu gostaria de me lembrar só das partes boas. Ela confiou em mim, se tornou uma amiga e me abriu as portas para um mundo que estava além de tudo que eu poderia imaginar. Tenho uma dívida com ela até o dia da minha morte. Eu queria me lembrar apenas disso, mas não consigo. Se para me lembrar dela é preciso acordar gritando todas as manhãs, que assim seja.

"Não posso trazê-la de volta e é tarde demais para obedecê-la. Não posso prometer que sempre cumprirei ordens, mas juro para você, juro pela minha vida, que jamais cairei de novo. Nunca mais vou deixar que aconteça algo a alguém que amo por falta de força, a começar por Kara. É por isso que estou esperando para ligar para ela."

— Não estou questionando sua resolução, nunca questionei, mas você não pode garantir que seus joelhos suportem o esforço, ao contrário do que aconteceu na última vez.

— Eu subo escadas.

— Como?

— Consigo subir escadas com os joelhos ao contrário.

— Ora, ora, talvez eu não esteja mesmo sabendo de alguns detalhes da sua vida. Continue.

— De noite, coloco o despertador para as duas da manhã e me levanto para subir e descer as escadas do meu prédio. Subo quatro andares, depois desço, e fico subindo e descendo até não conseguir mais me mexer.

— E com que frequência você faz isso?

— Todas as noites, desde que voltei para cá. Minhas pernas ficam cansadas demais para me exercitar durante o dia, então tomo complementos de proteína e trabalho minha concentração. Monto modelos de navios enquanto faço multiplicações na cabeça usando a matemática alienígena. Sei que não é muito ortodoxo e lamento se isso não se encaixa nos padrões de todo mundo, mas foi a coisa mais próxima de trabalhar no console que encontrei. Não sei o que você está me pedindo para fazer, mas, se a ideia for reunir a banda, estou pronto. Estou dez vezes mais pronto do que estava na última vez em que coloquei meus pés na esfera.

— Reunir a banda pode não ser tão fácil.

— ... Desculpe. Não estou rindo de você. É que a frase é uma citação do Jake de *Os irmãos cara de pau*.

— Eu só repeti o que você disse...

— Eu sei. Desculpe. Eu não queria...

— ... e a fala é do Elwood, não do Jake. Parabéns.

— O que foi que eu fiz?

— Acabou de me convencer de que está pronto para voltar ao trabalho. Agora você só precisa convencer a srta. Resnik.

ARQUIVO Nº 239

ENTREVISTA COM ALYSSA PAPANTONIOU, DIRETORA EXECUTIVA E DIRETORA DE CIÊNCIAS, COMPANHIA BVI Nº 462753 INC.

Local: Não revelado, próximo a San Juan, Porto Rico

— Infelizmente, srta. Papantoniou, voltamos a nos encontrar.

— Deve ser difícil para o senhor.

— Por que seria? Lamentei muito a sua partida.

— Eu fui de... deportada por sua causa.

— Verdade, mas estou dizendo depois desse acontecimento. Eu tinha subestimado sua contribuição à equipe. Acho que a senhorita não tem traquejo social e empatia para exercer liderança, mas me dei conta de seu talento singular e vi que podemos nos beneficiar muito com a sua presença.

— E agora o conselho me es... escolheu. Sou a responsável por tudo agora.

— De fato. A senhorita deve ter causado uma impressão muito boa no governo russo. Mesmo assim, fico curioso para saber o que realmente ofereceu a eles, já que não sabia nada dessas instalações. Imagino que

tenha convencido os russos de que encontraria uma maneira de ativar os controles para os pilotos deles se recuperassem as peças do fundo da fossa por conta própria. Tenho certeza de que os Estados Unidos não veriam essa proposta com bons olhos.

— Pois também não veriam com bons olhos a criação deste consórcio pelo senhor.

— Exatamente. Como pode ver, temos muito em comum. Ambos estamos profundamente comprometidos com este projeto, tanto que muitas vezes precisamos escolher entre o que é ético e honrado e o que é importante. Espero que esse comprometimento mútuo possa lançar as bases de um novo relacionamento. Espero que possamos... começar do zero.

— Eles me tiraram de casa... como se eu fosse uma cri... criminosa!

— Eles pensaram que a senhorita tinha cometido um crime. Porém, como eu disse, são águas passadas. Percebe que precisamos dar um jeito de trabalhar juntos? Estou disposto a tentar, se a senhorita quiser.

— Sempre fui profissional. Só o senhor levou para o lado pe... pess...

— Pessoal. Eu diria que minhas atitudes foram... decisivas. Pensei que fosse uma qualidade que a senhorita admirava em outras pessoas. Fique certa de uma coisa: quando levo as coisas para o lado pessoal, não há espaço para interpretação. Então. Podemos começar? Como vai a construção?

— ...

— Não vou sair daqui enquanto a senhorita não falar comigo. Caso se importe tanto com este projeto como afirma, não vai deixar que uma... realocação temporária atrapalhe o sucesso da empreitada.

— Estamos quase um mês adiantados em relação ao cronograma. A cons... construção do laboratório está praticamente concluída, e estamos preparando os trilhos muito mais rápido do que o esperado. O senhor já pode trazer os pilotos para cá.

— Pelo que entendi, a senhorita só estaria preparada para iniciar o treinamento após o Natal. Mesmo com as boas-novas que recebi, não consigo imaginar o que os pilotos poderiam fazer por aqui agora.

— Nada. Eles não teriam o que fazer. Poderiam ir à pr... praia, sair para beber e se divertir. Isso faria o ressentimento se dissipar aos poucos por algumas semanas.

— A senhorita acha que eles ficaram ressentidos comigo por dar fim ao programa?

— Acho que não, mas com certeza ficarão ressentidos *comigo*. Eles não vão ter qualquer utilidade para mim durante pelo menos... pelo menos um mês. Se não gostavam de mim antes, agora vão me od... odiar.

— Sua linha de pensamento me parece meio irracional. Como a senhorita passou pouco tempo com eles, não a conhecem o suficiente para odiá-la.

— Irracional é a pa... palavra certa. Eles nem vão saber por que, mas vão ficar ressentidos porque eu não sou ela. Vão ficar ressentidos comigo porque... porque estou viva.

— Ela quem? A dra. Franklin?

— Isso. Talvez nem sequer percebam, mas a ideia de ter alguém que não é a doutora... que não é ela no comando vai revirar o estômago deles. Vão me odiar por não ser exatamente como ela e vão me odiar quando eu fizer alguma coisa que faça se lembrarem dela. Vão me odiar por fazê-los reviver a m... morte dela repetidas vezes. Acredite em mim, eles vão me odiar. Por isso estou pedindo para trazê-los para cá logo, para que tenham uma chance de superar tudo. Não vou conseguir fazer meu trabalho se eles quiserem me ver morta, mesmo que seja inc... inconscientemente.

— Vou ver o que pode ser feito. Talvez eles precisem de algum tempo para resolver as próprias diferenças. Vamos deixar as preocupações psicológicas de lado, por enquanto, e voltar para o trabalho que a senhorita já fez. Então a construção do laboratório está quase concluída. Será tão grande quanto o espaço que tínhamos em Denver?

— Quase. Tem cerca de doze metros a menos em comprimento. O terreno é mais instável perto do mar do que as… pesquisas geológicas tinham mostrado. Não se preocupe, ainda haverá bastante espaço para movimentação, mas é bom ter cuidado com o teto. Ele está a uma pro... profundeza muito maior que em Denver. Tem milhões de toneladas de pedra e água sobre as nossas cabeças.

— Quantos homens estão instalando os trilhos?

— Nenhum. Não gosto do risco, para começo de conversa, pois as pessoas não sabem guardar segredo. Além do mais, os mergulhadores só conseguiriam instalar algumas centenas de metros. Nossos amigos alemães construíram o trem de modo que ele mesmo instala o trilho. É quase como uma estrutura para extração de petróleo, na verdade. Boa parte do caminho fica em um declive quase vertical, então o peso não recai sobre o trilho como acontece com um trem comum. O que construímos parece uma viga H com uma série de furos no meio. O trem é impulsionado por rodas dentadas em ambos os lados da viga ao se movimentar pelos trilhos.

"É uma bela peça de engenharia. Vai até o fim do trecho, instala uma nova seção dos trilhos e volta para pegar a pr… próxima. Quando começamos, demorava umas duas horas para ir e voltar, agora cada viagem leva quase um dia. É um processo lento, mas… seguro."

— Como faremos para recolher as peças quando chegarmos à área-alvo?

— Temos um submarino não tripulado com um braço robótico. Quando chegarmos ao fundo da fossa, vamos fixar... boias às peças para diminuir o peso e vamos içá-las na plataforma do trem por cabos. Então traremos as peças... uma por uma.

— O trem é forte o bastante para puxar as peças para fora da fossa?

— Não, não é. Com boias suficientes, ele provavelmente conseguiria trazer sozinho as peças menores, as mãos ou os pés, mas não as coxas ou o tronco. Quando todos os trilhos estiverem instalados, colocaremos um cabo no trem para ajudar na subida. Temos um guincho do tamanho de um prédio de quatro andares.

"Se... sei que o senhor não me conta tudo, e deve haver uma boa razão para isso, mas imagino que não gu... guardaria esta informação para si. Por que estão demorando tanto para localizar o sistema de propulsão? O senhor encontrou o resto das peças em um período relativamente curto, e já cobriu a maior parte da superfície terrestre."

— Não encontramos o sistema de propulsão porque não estávamos procurando por ele. Todos os esforços de busca foram abandonados depois que encontramos a cabeça. Por que você acha que existe um sistema desses?

— Bem, tenho certeza de que há muitas coisas que desconheço, mas...

— Esta é a segunda insinuação de que informações cruciais não lhe estão sendo passadas. Posso garantir que isso não acontece.

— Não importa. Eu sabia quando... quando comecei.

— Olhe...

— Me deixe terminar. Pelo que entendo, este dispositivo, este robô, foi construído por seres avançados... vindos do espaço, com o objetivo de defender nosso planeta de outros alienígenas, certo?

— Certo.

— Quer dizer, o senhor tem certeza de que foi construído para de... defesa planetária?

— Acredito que sim.

— Nesse caso, como não haveria sistema propulsor? De acordo com a sua descrição, essa robô é extremamente poderosa, e tenho certeza de que conseguiria defender um bairro muito bem, talvez até uma cidade, contra qualquer coisa. Mas o que poderia fazer se o inimigo atacasse de outro país ou de outro... continente? Não é como se ela pudesse pegar um táxi.

"Sem um sistema de propulsão, a mobilidade seria tão limitada que ela seria com... completamente inútil. Tudo que o inimigo precisaria fazer é aterrissar a alguns quilômetros de distância. Quando a robô chegasse até lá andando, não haveria mais o que fazer. Seria o sistema de defesa planetária mais im... imbecil do Universo... não que eu conheça outros... se não puder cruzar o oceano."

— Faz sentido. Estou surpreso que ninguém, nem mesmo eu, tenha pensado nisso antes. Vou dar um jeito de retomar os esforços de busca o quanto antes. No entanto, como a própria senhorita apontou, já cobrimos um percentual significativo de todos os continentes, com exceção da Antártica. Se este sistema de propulsão realmente existir e não for encontrado lá, é bem provável que esteja submerso.

"Nesse caso, a superfície a cobrir será muito maior do que a vasculhada até agora, e ainda não temos um mecanismo de entrega submersa confiável para o composto que a dra. Franklin desenvolveu."

— Precisamos contratar alguém. Sou geneticista, não química ou engenheira.

— A dra. Franklin também não era.

— Bem, talvez ela fosse uma mulher do tipo renascentista... só que ela está morta. Seus pilotos a mataram. Por isso teremos que cuidar di... disso da melhor maneira possível. Como disse, sou geneticista. Já estou lidando com engenheiros e operários siderúrgicos e não entendo metade das coisas que eles dizem. Com o dinheiro que estamos gas... gastando na construção deste lugar, não acho que um salário a mais faria muita diferença. Se precisarmos de um químico, vamos contratar um. Se os engenheiros que projetaram este lugar não conseguirem bolar um sistema de entrega para o composto, vamos contratar outros.

"Por falar em genética, essa é outra razão para querer os pilotos aqui o quanto antes. Para descobrir o que esses dois têm que faz a máquina funcionar, preciso ter acesso aos... aos corpos deles. Vou precisar de amostras."

— Posso mandar entregar as amostras aqui.

— Talvez eu precise de muitas amostras, e não só de sangue. Traga os dois para cá o quanto antes.

— Eles podem se opor a tantos exames.

— Ficaria muito difícil fazer meu trabalho se eles não co... cooperarem. Os dois são uma variável incontrolável desta equação. O conselho fica incomodado com o fato de um projeto tão importante ficar refém de duas pessoas. Nós já tivemos esta conversa antes, não quero discutir esse assunto outra vez. Gostaria de iniciar os exames o mais rápido possível.

— Só estou pedindo que os exames sejam os menos invasivos e dolorosos possíveis, sem prejudicar os resultados. Em relação ao conselho administrativo, eu cuido dele. Sua obrigação é nos colocar de volta nos trilhos o quanto antes. Quando estivermos em plena operação novamente, poderemos pensar em um plano de contingência, caso algo aconteça com um deles. Por ora, já temos pilotos. A senhorita precisa se concentrar no que não temos. E neste momento não temos robô nem um ambiente de trabalho viável para continuar o treinamento.

— Eu entendo, mas não posso ignorar o con... conselho. Minha escolha para CEO foi uma decisão deles. Entendo sua participação neste projeto, mas existe uma estrutura administrativa e, até onde sei, o senhor não faz p... parte dela. Tenho todo o respeito do mundo pelo que o senhor fez por este projeto, mas presto contas ao conselho.

— Admiro sua lealdade e seu desejo de cumprir com suas obrigações de CEO da melhor maneira possível.

— Obrigada.

— Posso lhe dar uma sugestão? Seria importante, para uma mulher de sua posição, dedicar algum tempo ao reconhecimento do ambiente, talvez reavaliar alguns pressupostos. Não dá para entender de saída a verdadeira natureza da estrutura de poder em um empreendimento tão complexo.

— Obrigada pela preocupação. É muita gentileza de sua parte.

ARQUIVO Nº 249

ENTREVISTA COM VINCENT COUTURE, CONSULTOR, COMPANHIA BVI Nº 462753 INC.

Local: Não revelado, próximo a San Juan, Porto Rico

— Espero que você esteja gostando do novo ambiente.

— Impossível não gostar. Agora moro na praia! Não sei de onde você é, mas para alguém como eu, que morou no Quebec a vida inteira, isso aqui é incrível.

— Fico feliz que a casa na praia seja do seu agrado, mas estava me referindo a estas instalações.

— Só estive aqui duas vezes. Encontrei Alyssa no dia que cheguei... aliás, você sabia que tinham trazido ela de volta? Esbarrei com ela de novo, quando voltei para o exame físico, alguns dias depois.

— Você já está aqui há quase duas semanas, se não me engano. O que anda fazendo, se não está aqui?

— Estou aprendendo a surfar! Bom, estou tentando. Sou horrível como surfista, mas é *muito divertido*! Sei que não dá, mas fico imaginando que seria muito mais fácil com os joelhos invertidos. Você devia experimentar! Vai ser fácil me encontrar, sou o branquelo muito queimado de sol.

— Eu... nem preciso dizer que não surfo, não é? Podemos falar de trabalho?

— Claro!

— O que você acha da nova base?

— Tenho certeza de que você sabe muito mais deste lugar do que eu. Como disse, só estive aqui duas vezes. Eu já achava as instalações de Denver impressionantes, mas isso aqui é absolutamente incrível. Sabia que estamos mais de um quilômetro abaixo da superfície?

"A porta aqui atrás leva a um espaço enorme, com praticamente o mesmo tamanho daquele em que treinamos em Denver. Este andar também tem seis laboratórios e uma baía enorme, gigantesca, que leva ao Atlântico. Por enquanto, só conheço este andar, então não sei o que mais tem aqui."

— Só existe este andar, que também tem uma sala de máquinas com dois mil metros quadrados, instalações médicas, cômodos para a equipe e uma usina de força.

— Posso fazer uma pergunta idiota?

— Não.

— Então, posso fazer uma pergunta muito inteligente?

— Como quiser.

— Como vamos tirar a robô daqui? A única porta grande o suficiente leva direto ao mar.

— Quando estiver montada, ela não poderá sair dessas instalações por terra. Será preciso desmontar e içar à superfície perto da costa. De lá, podemos colocar as peças em navios cargueiros. Só que ela cabe na câmara estanque. Então, teoricamente, ela poderia sair andando até a praia, passando pelas encostas menos íngremes.

— Você acha que ela funciona debaixo d'água? Isso é fantástico.

— Não sabemos ainda, mas com certeza pretendemos descobrir. E seria realmente fantástico.

— Quem é o responsável por este lugar? É uma base americana?

— Na verdade, não. Estas instalações pertencem a um consórcio de quatro nações, Japão, Rússia, Coreia do Sul e Emirados Árabes Unidos, e a quatro corporações, duas da Alemanha, uma dos Estados Unidos e uma do Japão.

— Parece uma lista de países completamente aleatória. Você tirou os nomes de uma cartola?

— Era preciso envolver a Rússia, de alguma maneira. A situação ficou instável demais depois que dois militares russos foram mortos em uma de nossas missões.

— Nós matamos dois militares russos?

— Não matamos ninguém. Foram dois camponeses tuvanos... É uma longa história. Basta dizer que todas as tentativas americanas de manter a robô teriam consequências catastróficas. Precisei oferecer algumas garantias a Moscou. Lamentavelmente, o governo russo não tem os recursos financeiros necessários para financiar um projeto dessa magnitude, mas os Emirados Árabes, sim. O Japão foi um parceiro aceitável para essas duas nações, e a Coreia do Sul é o cliente mais óbvio para o nosso produto. Nossos parceiros privados trouxeram tecnologias específicas para o projeto.

— Você disse "nosso produto"?

— Nosso objetivo é oferecer capacidades defensivas de curto alcance aos países-membros.

— E capacidades de ataque?

— Não há. Está em nosso estatuto. Ela só pode ser usada para defesa contra invasões ou ataques inimigos, nunca como arma de ataque e nunca contra um membro do consórcio.

— Desculpe, mas isso não entra na minha cabeça. Vocês podem fazer isso, quer dizer, pegar a robô e dizer que são donos?

— Está aberto a interpretação. A propriedade pode ser contestada. Só que somos donos de mais de setecentas patentes sobre a tecnologia. O uso por outros seria algo legalmente temerário.

— E o que as empresas privadas ganham com isso?

— O custo de participação é... significativo. À medida que outras nações forem se juntando ao consórcio, os que forneceram os fundos iniciais vão receber um considerável retorno sobre o investimento.

— Então saímos da maior descoberta da história, para o bem da humanidade, blá-blá-blá, e chegamos a uma arma com fins lucrativos? É isso mesmo?

— Admito que a situação está longe de ser a que eu tinha imaginado, mas é a única que nos permite continuar a pesquisa e evitar um conflito global.

— E qual é o nome?

— Do quê?

— Do consórcio. Ah, seria um bom nome deixar como está: "O Consórcio".

— Ainda não tem nome. É uma companhia internacional numerada, constituída nas Ilhas Virgens Britânicas.

— Que romântico. Que tal chamar de Consórcio Têmis? Soa bem.

— Não dividi informações relativas à história ou à identidade dela com mais ninguém até agora.

— Por quê?

— Tenho minhas razões. Porém, é preciso admitir que uma companhia numerada está longe do ideal do ponto de vista da motivação. Você teria alguma sugestão de nome? Gostaria que nossa equipe tivesse alguma sensação de pertencimento. Como temos muitas restrições de segurança e limitações relativas à vida pessoal de quem trabalha em nossas instalações, fortalecer a moral seria importantíssimo.

— Bom, se você não quer usar Têmis... Ela é filha de Gaia e Urano. Como a robô é mulher, acho mais justo homenagear a mãe do que o pai. E Gaia soa bem. Consórcio Gaia.

— Vou levar a sugestão ao conselho.

— Existe um conselho?

— É uma corporação.

— Certo. Enfim, não serei eu a reclamar. Este lugar deve ter custado uma fortuna. Quem estava aqui antes de nós?

— Não entendi.

— Quero dizer, o que havia aqui antes da nossa chegada? Uma mina?

— Nada. Estamos abaixo de um parque nacional. Foi preciso escavar a partir do mar.

— Você está de brincadeira. Não há como construir uma coisa deste tamanho em apenas alguns meses. Levaria anos para cavar tanto e tão fundo.

— Foram quase dois anos.

— Dois anos?

— Sim, construímos essas instalações em menos de dois anos. É uma pena que os custos tenham sido inversamente proporcionais à velocidade.

— Não faz sentido. Nós nem tínhamos montado todas as peças dois anos atrás.

— Eu raramente faço algo sem estar preparado para contingências.

— Você não está nem um pouco preocupado com a reação do governo americano? Eles não estavam na lista de países que você mencionou.

— É verdade. No entanto, os Estados Unidos estão imunes a qualquer ataque, porque um de nossos membros é uma empresa americana.

— Imagino que isso vá deixar o governo muito tranquilo... Devo ter perdido algum detalhe. Os Estados Unidos pagaram por toda a pesquisa. Nós recuperamos todas as peças com a ajuda do Exército americano e agora tudo está sendo dado de bandeja para a Rússia? Eu não sei você, mas eu ficaria um pouco irritado.

— Você está certo. Em algum momento, alguns reparos terão que ser feitos.

— O.k., então. Quem sou eu para reclamar de alguma coisa? Sou do Canadá. Quando você acha que poderemos voltar a treinar?

— Se a srta. Papantoniou estiver correta, todas as peças terão sido resgatadas daqui a um mês.

— Também está faltando uma piloto. Achei que Kara já estaria aqui.

— Ela não deve demorar a chegar. Pode ter se envolvido em um acidente.

— O que aconteceu? Ela está bem?

— Está ótima. O acidente pode nem ter acontecido ainda. Você se esqueceu de que ela continua fazendo parte do Exército americano. Sem envolvimento direto dos Estados Unidos, não posso simplesmente requisitar os serviços dela ao governo. Não tenho nenhum envolvimento oficial ou oficioso com qualquer projeto que possa precisar de uma piloto de helicóptero.

— E então?

— Então, a qualquer momento, ela vai se envolver em um acidente de trânsito e vai sofrer uma concussão, um traumatismo cervical. O médico vai fazer um diagnóstico de síndrome pós-concussão e de radiculopatia cervical e declará-la incapaz para o serviço militar. Vai recomendar que Kara receba licença médica por pelos menos seis meses.

"Quando ela chegar, você também terá alguns reparos a fazer. Ela ficou profundamente magoada com seu sumiço. Por mais que eu espere sinceramente que vocês consigam reatar o relacionamento, me daria por satisfeito com um convívio pacífico, neste momento. É essencial que aprendam a trabalhar em equipe outra vez e se comuniquem da

forma mais eficiente possível, como fizeram no passado. Além disso, vocês precisarão aprender muito rápido. Acontecimentos recentes me obrigaram a aumentar o número de atores envolvidos no projeto. Agora temos pessoas demais, que investiram pesado demais para ver tudo andar para trás por causa de problemas particulares, mesmo que por poucos dias."

— Não acho que você precise se preocupar com Kara. Ela pode até me odiar, mas vai fazer o trabalho.

— Você tem toda razão. A srta. Resnik é absolutamente profissional e vai executar as tarefas com toda a capacidade, independentemente do que estiver sentido. Minha preocupação é com você.

— Mas eu nunca...

— Não precisa ficar na defensiva. Não tenho dúvidas sobre sua determinação em executar bem as tarefas, mas você não tem a experiência militar da srta. Resnik. Assim como ela, você afirmou várias vezes que o trabalho na esfera causa um efeito psicológico singular. Minha preocupação é que, se um de vocês achar que não está tendo os sentimentos correspondidos, o ambiente na esfera fique carregado rapidamente. Não acredito que vocês consigam ser eficientes lidando com tanto estresse.

— Nós ficaremos bem.

— É preciso mais que isso. Vocês precisam estar em sintonia. Suas mentes precisam trabalhar em uníssono.

— No começo, não havia qualquer possibilidade plausível de que Kara e eu ficássemos juntos. Ela tem mais problemas que um compêndio de psicologia, e eu sou tão encantador quanto um tratamento de canal. E ainda assim nos encontramos. E não fazia nem, sei lá, vinte minutos que eu tinha beijado Kara pela primeira vez quando um maluco me imprensou contra uma parede de cimento com uma picape. Nós continuamos juntos apesar disso. Destruímos um aeroporto juntos, matamos nossa melhor amiga e quase causamos a Terceira Guerra Mundial, tudo em um só dia de trabalho.

"Será que você não vê? Nós termos ficado juntos, ou é a maior piada cósmica de todos os tempos, ou é mesmo coisa do destino. O mais engraçado disso tudo é que eu não acredito em destino. Como eu disse, Kara e eu ficaremos bem. Se eu fosse você, ficaria mais preocupado com nosso próximo desastre."

ARQUIVO Nº 250

ENTREVISTA COM KARA RESNIK, 2ª SUBTENENTE, EXÉRCITO DOS ESTADOS UNIDOS

Local: Não revelado, próximo a San Juan, Porto Rico

— O sr. Couture passou por muita coisa.

— E como você acha que foi para mim? Um passeio no parque? Eu também estava lá, esqueceu? Ele me abandonou! Não ligou, não escreveu. Não que meus padrões de exigência sejam altos em relação a namorados. Tudo bem precisar de um tempo sozinho, mas, se vai me dar um pé na bunda, que pelo menos avise que está bem e... sei lá... talvez diga se pretende um dia voltar ou não. Será que é pedir muito?

— Estou ficando incomodado com a direção que esta conversa está tomando.

— Então diz logo! Por acaso estou sendo irracional?

— Um mínimo de comunicação seria sensato.

— Muito obrigada!

— Sua gratidão súbita me deixa profundamente preocupado. Não

tome nenhuma de minhas palavras como um sinal de que estou do "seu lado".

— O que você teria feito?

— Vou fingir que não me fez essa pergunta. A verdade é: nem você nem eu podemos entender o que passou pela cabeça do sr. Couture, e ele teve a maior parcela de culpa na morte da dra. Franklin.

— Como é que você diz uma coisa dessas? Sou tão culpada quanto ele.

— É muita generosidade da sua parte, mas nós dois sabemos que isso não é verdade. Foram as mãos do sr. Couture que apertaram os botões e causaram a liberação de energia, não as suas.

— Não é justo! A robô tropeçou!

— Tropeçou enquanto o sr. Couture estava controlando as pernas. Se a dra. Franklin tivesse sido esmagada por um dedão gigantesco, eu poderia apontar... culpar a pessoa que estivesse controlando as mãos. Você devia conversar com ele.

— Já conversamos.

— Não estou me referindo a trocar gentilezas, mas a conversar de verdade. Na última visita que fiz ao sr. Couture, eu tive sérias dúvidas em relação ao estado mental e à disposição dele em continuar, e também sobre a natureza dos sentimentos que ele nutria por você. Agora não tenho mais. Por mais que seja difícil de aceitar, a longa ausência e tudo o que ele fez durante esse tempo é uma confirmação do compromisso do sr. Couture com este projeto e, ainda mais, da devoção que ele tem por você.

— Você disse que ele ficou montando brinquedinhos.

— Não foi bem isso que eu disse. Acho que o acidente havia me abalado mais do que eu imaginava quando fiz a visita, o que me levou a deixar passar certos fatos que, em retrospectiva, deveriam ser óbvios. Percebo agora que meu relato da história pode ter piorado uma situação que já era difícil por si só e peço sinceras desculpas por minha falta de visão.

— Você está certo em relação a uma coisa. O que ele fez em Montreal realmente o deixou muito melhor aqui na esfera. Nós fizemos o primeiro teste hoje de manhã.

— No simulador?

— Não, para valer. Eles recuperaram a última parte à noite. Ela estava totalmente montada e pronta para a ação quando acordamos. Ainda não sei se gosto dessa coisa de empresa privada, mas não dá para negar que a equipe está bem mais completa.

— A água causou algum dano?

— A câmara estava tão seca quanto da última vez que a vimos. De qualquer forma, no início estávamos meio enferrujados, mas depois de meia hora Vincent nos fez correr em círculos pelo galpão. Correr! Da última vez que nos posicionamos nos controles, ele mal conseguia dar alguns passos. Agora está correndo… Até consegue trabalhar no console enquanto anda. Não imaginei que os músculos dele aguentariam algo assim.

— É impressionante o que uma pessoa consegue fazer quando mergulha de cabeça em algo. Estou muito interessado no fato de que a esfera se manteve lacrada mesmo sob uma pressão inacreditável. Eu gostaria de descobrir se é possível operar a robô debaixo d'água.

— Alyssa está um passo à frente de você nisso. Devemos fazer um teste na câmara estanque na sexta. Se funcionar, vamos poder nos distanciar da terra e tentar algumas manobras submersos. Alyssa quer que a gente descubra como concentrar a liberação de energia. Não é uma má ideia. Se algo der errado, o máximo que vai acontecer é matarmos alguns peixes. Não vamos vaporizar ninguém, nem destruir a base… de novo.

— Ela não me contou nada.

— Não me surpreende. Não gosto dela. Ela é objetiva, isso tenho que admitir, mas algo nela não parece certo. Já não parecia certo em Denver, e nada mudou.

— Ela disse que você não ia gostar dela aqui.

— Já não gostava antes.

— Ela disse que você não ia gostar porque ela não é a dra. Franklin.

— Ah, isso explica tudo. E aqui estava eu pensando que poderia ter alguma coisa a ver com ela.

— Sem contar os sentimentos, ela fez alguma coisa que te desagradasse?

— Bom, para dizer só uma, ela adora enfiar agulhas em mim. E são agulhas cada vez maiores. Estou aqui há três dias e já fui solicitada, ou melhor, *mandada*, a comparecer ao posto médico quatro vezes.

"No dia em que cheguei, ela coletou sangue e algumas amostras em cotonetes. Imagino que sejam para DNA."

— Ela é geneticista.

— Para mim, ela parece mais uma cientista maluca. Na manhã seguinte, me chamaram de novo para recolher mais amostras de sangue. Depois ela me colocou em uma máquina de ressonância magnética durante uma boa meia hora. Não sou claustrofóbica, mas preciso admitir que não gosto daquela coisa. Ela me trata como uma cobaia, não me explica nada, não diz qual a razão de nenhum procedimento. Deve achar que sou muito burra para entender.

"Depois do jantar, eu queria me deitar cedo, pois tinha sido um dia longo. Eu estava prestes a entrar no banho quando ouvi meu nome no intercomunicador. 'Kara Resnik, favor comparecer ao posto médico 1.' Fui lá e ela enfiou um soro intravenoso no meu braço para me preparar para uma tomografia computadorizada. O braço ainda estava queimando da injeção de iodo quando ela me avisou que precisava fazer uma punção lombar. Você já viu o tamanho de uma agulha de punção lombar?"

— Dói?

— Não quis descobrir. Arranquei o soro intravenoso do braço e voltei para o meu quarto. Tenho certeza de que ia doer.

— Você disse que foi chamada ao posto médico quatro vezes, mas só falou de três.

— Fui chamada de novo hoje de manhã.

— Pela falta de detalhes, imagino que você não tenha ido. Péssima ideia. Duvido que ela aceite um não como resposta.

— Ela vai ter que conviver com isso. O que mais poderia fazer, me levar amarrada?

— Eu não descartaria essa possibilidade.

— Ela que tente. Para que isso tudo, afinal? A dra. Franklin já havia determinado que nosso DNA não tem nada fora do comum.

— Não sei ao certo. Ela quer entender por que os capacetes só se ativaram com você e com o sr. Couture e acabar com essa limitação, se for possível.

— Claro, ela fala a respeito disso abertamente. Ela quer ter uma "equipe B". A prioridade dela é fazer os capacetes funcionarem com qualquer um. Vai ser difícil encontrar alguém com pernas iguais às do Vincent, mas, se a história do capacete funcionar, ela pode me substituir.

— Não acredito que ela vá substituir você, mas está claro que o projeto não pode depender da saúde ou da vontade de uma só pessoa. Eu estaria mentindo se dissesse que não compartilho esse sentimento. Seria muito fácil para alguém acabar com a ameaça da robô apenas matando um de vocês dois.

— Eu entendo. Só espero que demore um pouco para ela conseguir. Não acho que ela vai me manter por aqui se não for necessário.

— E qual seria a razão para ela querer sua saída?

— Confie nas minhas palavras, ela adoraria se livrar de mim. Quando a gente se apaixona, existe uma boa chance de que a outra pessoa não corresponda. Porém, o ódio costuma ser mútuo. Se você despreza alguém, é bem provável que essa pessoa também não seja lá muito sua fã.

— Não imaginei que você a detestasse.

— Talvez seja um pouco de exagero. Não detesto, mas também não gosto nem um pouco dela. E acho que ela me odeia.

— Queria poder ajudar mais. Infelizmente, minha relação com ela não é tudo que poderia ser. Ela sabe o que quer, mas pode ser assertiva demais, às vezes. A determinação da srta. Papantoniou é louvável, mas ela costuma ser... desafiadora demais.

— Quer dizer que ela não concorda com tudo o que você diz? Estou começando a gostar dela...

— Eu estava querendo dizer que vai ficar cada vez mais difícil ajudar você.

— Fico agradecida por ela só estar implicando comigo até agora.

— Por falar em agradecer, ainda não lhe agradeci pelo que fez na Bósnia.

— Não precisa. Você estava certo. Só percebi que não queria ir embora quando estava a caminho do aeroporto. O povo de lá é tão... Eles são tão fortes e tão vulneráveis ao mesmo tempo. As coisas lá parecem mais...

— Reais.

— Isso. Obrigada por me enviar para lá.

— Obrigado por encontrar Fata.

— De nada. Não vou me esquecer dela. Pobre mulher. O que ela teve de enfrentar é... nem tenho palavras para definir. Foi desumano. Que tipo de monstro faria uma coisa dessas com outra pessoa?

— A guerra mostra o pior e, algumas vezes, o melhor de cada pessoa.

— Por falar em guerra, estou preocupada com o que estamos fazendo aqui. Nosso projeto começou como uma pesquisa. Não tenho diploma em física ou coisa parecida, mas antes tinha um quê de ciência. Agora, não. Não é mais um projeto de pesquisa, estou começando a voltar a me sentir como soldado.

"Tem dinheiro demais investido nessa coisa para deixá-la sem uso. Em algum momento, vamos sair com ela e matar pessoas às centenas, aos milhares... talvez dezenas de milhares. É difícil ver a robô como realmente é, porque ela parece uma pessoa, uma mulher, mas o que temos é uma arma, ou pelo menos estamos tratando como se fosse uma arma. Se tivéssemos encontrado uma bomba, um míssil gigante..."

— Você teria continuado no projeto, se fosse isso?

— Talvez. Provavelmente. De alguma forma, seria mais fácil se não fosse responsabilidade minha pilotar essa coisa. Quer dizer, não há mais ninguém. Bom, tem outra pessoa. Mas vão nos mandar para algum lugar e não teremos escolha senão matar quem nos enfrentar.

"Você sabe que os inimigos não vão fazer ideia do que estão enfrentando, nem vão desconfiar que não têm nenhuma chance. O que estou querendo dizer é o seguinte: é mais fácil ser só mais um soldado de um exército enorme do que ser o exército inteiro."

— Não faz muita diferença se você está sozinha ou se faz parte de um exército com milhares de soldados. Sempre há uma escolha. Sempre houve uma escolha. Você deveria estar feliz por ter a possibilidade de fazer essa escolha quando o que está em jogo é muito claro. Raramente é assim.

— Não entendi.

— Você controla uma arma formidável, mas que foi projetada para combate a curta distância. Isso significa que você vai sempre ver quem escolheu matar. É uma escolha clara. Destruir uma ponte em uma incursão noturna é uma decisão muito mais difícil. Você nunca tem tempo para pensar no assunto. A destruição pode evitar que reforços inimigos cheguem à linha de frente, mas a ponte também poderia ser a única rota de escape para civis. Quantas pessoas você salvou? Quantas condenou à morte? É uma decisão complicada, principalmente sem todos...

— É o seu telefone ou o meu?

— Acho que é o seu...

— Então este outro deve ser o seu.

— É, sim. Estamos fazendo sucesso.

— O que diz o seu?

— A Coreia do Norte acabou de afundar um navio sul-coreano no mar Amarelo. Estão movimentando tropas em direção à zona desmilitarizada. Acho que vocês...

— É. Fomos convocados para combate.

PARTE 5

ARMAS EM PUNHO

ARQUIVO Nº 251

DIÁRIO DE MISSÃO — KARA RESNIK, 2ª SUBTENENTE, EXÉRCITO DOS ESTADOS UNIDOS

Local: Paju, próximo à zona desmilitarizada, Coreia do Sul

— Pode me ouvir, srta. Resnik? Tussa se conseguir me ouvir.

— Para que tossir, se posso falar? Ouço em alto e bom som. A comunicação com Alyssa está no mudo. Ela não consegue nos ouvir.

— Ótimo. Onde você está?

— Estamos em Paju, caminhando ao lado da autoestrada em direção à fronteira. Fizemos um belo passeio pelo rio antes disso.

— Vocês estão sendo seguidos pelo Exército sul-coreano?

— Não. Havia algumas tropas atrás de nós ao longo do rio, mas já pararam de se movimentar. Agora o show é nosso. Ah, exceto por um jipe ao nosso lado na estrada. Acho que está nos escoltando, por mais idiota que pareça.

— Como você está?

— Dolorida. O corpo todo dói.

— Aconteceu algum incidente que eu não esteja sabendo?

— Não. Nada aconteceu. Absolutamente nada. Sabe quanto tempo levou para chegarmos aqui? Onze dias! Onze dias em um cargueiro, dormindo naquele projeto mal-acabado de beliche que nos deram.

"Ou resolvemos esse problema do transporte ou vamos precisar encontrar inimigos muito pacientes. Pelo menos tive chance de conversar com Vincent."

— Fizeram algum progresso para a reconciliação?

— Er... Podemos falar disso outra hora? Estou no meio de uma coisa agora. De onde você está ligando?

— De Pequim. Ainda tenho alguns amigos aqui. Tentei conseguir uns dias a mais para você.

— E você por acaso tem amigos?

— Todos que me devem algum favor são meus amigos. Pedi a eles que segurassem o governo norte-coreano o máximo possível.

— Parece que funcionou. Sabe de uma coisa? Nunca imaginei que fosse tão bonito.

— O quê?

— Aqui. Nunca estive na Coreia, muito menos na fronteira. Sempre imaginei a zona desmilitarizada como algo, sei lá... feio. Um lugar sujo, mais ou menos escavado e cheio de minas, com cercas de arame farpado por toda parte. Isso aqui parece um parque nacional. É todo gramado e absurdamente verde. Tudo é muito bonito e muito bem cuidado. Tenho certeza de que tudo iria pelos ares se andássemos por lá, mas, ainda assim, é bonito.

"Pode aguardar um instante? Preciso fazer um relatório...

"Sim, Alyssa. Estamos entrando da zona desmilitarizada. Estamos a pouco mais de um quilômetro da... como se diz... linha de demarcação militar. Vejo um posto de fronteira daqui. Me arrisco a dizer que eles já nos viram... Não. Não tem nada acontecendo... Sim. Vou te avisar assim que chegarmos à fronteira... Você ainda está aí? Não posso ficar desligando o microfone. Ainda posso te ouvir, mas não vou poder responder."

— Tudo bem. Basta manter o canal aberto para que eu possa ouvir você.

— Muito bem. Nada aqui...

"Alyssa, estou de volta. Sim, estava falando com Vincent... Coisas que não são da sua conta. Achei que você gostaria de saber que estamos quase na fronteira. Vejo tropas a cerca de um quilômetro e meio de distância... Não sei, estou vendo muitos tanques, uns duzentos, mais ou menos. Imagino que seja uma brigada. Tem um grande contingente de infantaria...

"Como é que eu vou saber? Eles estão em tendas. Posso dizer que não tem mais de cinquenta mil homens aqui. Eles não trouxeram todos, isso com certeza. Se estiverem preparando uma ofensiva, não acho que aqui seja o lugar. Eu diria que é apenas uma demonstração de força...

"Você pediu minha opinião, sim. Queria saber quantas tropas estão aqui. Além do mais, como deveríamos estar aqui para impedir uma invasão, acho que o fato de não haver soldados suficientes para o ataque seja, sabe, relevante.

"Claro. Podemos andar até a fronteira, mas eles conseguem nos enxergar muito bem de onde estamos, se é essa a sua preocupação.... Estamos indo.... Estamos indo...

"Vincent, já estamos perto o suficiente. O.k. Chegamos. Estamos bem diante da cerca. São cerca de cem homens, uns dois caminhões a uns sessenta metros de distância... Não, Alyssa... Não estão fazendo nada. Só olhando para nós... Estou te dizendo! Ninguém está atirando na gente! Onde?

"Sim, estou vendo. Tem um sujeito na nossa lateral, a uns trinta metros de distância, atirando a esmo com uma AK... O que você quer que eu faça? Grite com ele? EI, VOCÊ AÍ! PARE DE ATIRAR EM NOSSOS PÉS! Que tal?

"Você só pode estar de brincadeira. Não vou entrar na Coreia do Norte por causa de um atirador de meia-tigela. Ele deve estar se borrando de medo... Não podemos atirar de volta, Alyssa. Podemos esmagá-lo se ele chegar mais perto, mas não conseguimos alcançar o sujeito daqui. Não, Alyssa, não estamos sendo atacados. Pouco me importa se você está querendo mostrar seu brinquedinho, não existe perigo iminente aqui...

"Sua recepção está ruim aí? Eu já disse que não. Não vamos começar uma briga com cinquenta mil homens e uma divisão blindada só por diversão..."

— Não cruze a fronteira. Dane-se o que a srta. Papantoniou está dizendo. Não cruze.

— Uma ordem... Tem certeza, Alyssa? Para mim, pareceu mais uma sugestão...

"Atire em mim, então! Viemos até aqui para evitar uma coisa. Agora sabemos que nada está acontecendo. Precisamos juntar nossas coisas e ir embora... Vincent, dê meia-volta. Vamos embora daqui. Vincent?"

— Você não pode cruzar a fronteira, ouviu bem?!

— Não vamos cruzar a fronteira! Vincent! Mexa-se! Não vou dizer... O que foi isso?

"Sim, estou ouvindo, Alyssa. Acho que atiraram na gente, para valer dessa vez... Eu não sei, uma granada lançada por foguete, acho. Vocês não têm câmeras aqui em cima? Digam o que nos atingiu... Eu não sei de onde veio... de perto, acho. Vi alguma coisa de canto de olho...

"No ombro... Não, não sentimos qualquer explosão, foi mais um zumbido. Minha armadura ficou tensionada um instante, mas foi... Espere... VAMOS SER ATINGIDOS!"

— Resnik? O que está acontecendo? Resnik!

— Fomos atingidos! Fomos atingidos! Um míssil antitanque. Veio de um lança-mísseis a oeste... Essa deu para sentir. Acho que não causou nenhum dano, mas minha armadura está me passando algum tipo de feedback. A sensação foi de choque elétrico. Vincent, você sentiu também?

"Sim, Vincent sentiu o mesmo. Vincent, melhor acionar o escudo. Não sei quantos mais vamos aguentar antes de recuarmos... Alguém pode dizer ao idiota do jipe para se afastar de nós?

"Claro que estão atirando em nós, Alyssa. Tem um robô de vinte andares na porta da casa deles. Eles não fazem ideia do que... Mais um! VAMOS SER ATINGIDOS!

"Acione o escudo! VAI! VAI! VAI!... Para a esquerda, Vincent! Para a esquerda!... PEGUEI!

"Vocês viram isso?"

— Imagino que seja uma pergunta retórica. Estou falando da China.

— Não, Alyssa, foi outro míssil, provavelmente um AT-5. Quer dizer, você viu a luz? Levantei o braço para pegar o projétil na borda do escudo. Foi estranho, o escudo ficou liso e brilhante, muito brilhante mesmo. Dava para ver tudo através dele por um segundo. Não sei por que ele muda de forma dessa maneira.

"Tudo bem, isso foi muito divertido, mas que tal sairmos daqui antes que a coisa saia de controle? Isso, nos leve de volta por onde viemos. Alyssa, estamos voltando...

"Você só pode estar de brincadeira. Quanto tempo? O.k.

"Vincent, tem dois MIGS a caminho. Tempo estimado de chegada de três minutos... Sim, vamos esperar aqui. Vire. Se atirarem, melhor não sermos atingidos pelas costas. Alyssa, estamos a cerca de trezentos metros de onde estávamos. Vamos aguardar os MIGS chegarem aqui. Vou desligar o rádio por um instante...

"Você consegue dar um fim nisso?"

— Está falando comigo?

— Estou. Alyssa não consegue me ouvir. Alguma chance de conseguir que os MIGS deem meia-volta?

— Me dói dizer isso, mas está além do meu alcance.

— O.k.... E aí... alguma história interessante para contar? Eu tenho três minutos.

— O que você quer ouvir?

— Qualquer coisa que desvie meu pensamento dos dois MIG 21.

— Não acredito que esses caças possam destruir você.

— Fique à vontade para vir aqui e tomar o meu lugar.

— Vamos ter que marcar outra data.

— Fale de Pequim.

— Sou a pessoa errada para isso. Esta cidade está cheia de más recordações. Já não consigo enxergar o que há de bom.

— Certo. Fale da sua infância. Fale de cachorros.

— Você acabou de desobedecer uma ordem direta de sua superior.

— Ah, aquilo.... Se "desobedecer" significa não fazer o que ela mandou, foi isso mesmo.

— Já conversamos sobre isso. Você foi treinada para não questionar ordens.

— Aparentemente, não fui tão bem treinada assim.

— ...

— Não sei o que dizer. Isso aqui não é o Exército.

— Sua resposta teria sido a mesma se a ordem viesse da dra. Franklin?

— Provavelmente, não. Olha só, eu sinto muito! Não vai acontecer de novo. Eu não terei outra chance. Duvido que Alyssa me mande para qualquer outro lugar por um bom tempo.

— Talvez ela não tenha escolha. Talvez esta não seja a melhor hora, mas acho que não vou ter chance de falar com você antes da sua volta a Porto Rico. Houve um desdobramento e acredito que você mereça descobrir antes do fato consumado...

— Bem, dá para me contar em menos de um minuto e meio?

— Alyssa encontrou pilotos substitutos. Ela quer que você e Vincent comecem a treinar os dois assim que voltarem. A pessoa designada para assumir sua estação é uma piloto israelense.

— E ela é boa?

— A melhor que eles têm. Ainda não tive a oportunidade de conhecê-la, mas li o arquivo e acredito que vocês vão se dar bem. Estou mais preocupado com o substituto do sr. Couture.

— Quem é?

— Devo dizer que a srta. Papantoniou foi absolutamente lacônica, mas fiquei sabendo que certo piloto do Exército acabou de ser solto de maneira prematura do presídio militar de Fort Carson.

— Um pilo... Ryan? Você só pode estar de brincadeira...

— Gostaria de estar. A menos que você saiba de alguma razão para o sr. Mitchell marcar um voo para San Juan no dia em que foi liberado. Sinto muito, sei que isso deve ser preocupante.

— Jura?! E como você acha que Vincent vai reagir?... Não, Vincent, não é nada! Bom, na verdade, é. Depois eu te conto, o.k., Vincent?...

"Ela está maluca se acha que ele vai dar algum treinamento... Mas você está certo. Que ótima hora para me contar, hein?"

— Eu sei.

— Merda, aí vêm eles. Preciso ir.

— Boa sorte...

— ...

— Resnik?

— ...

— Resnik. Você está aí?

ARQUIVO Nº 252

ENTREVISTA COM ALYSSA PAPANTONIOU, DIRETORA EXECUTIVA E DIRETORA DE CIÊNCIAS, CONSÓRCIO GAIA

Local: Não revelado, próximo a San Juan, Porto Rico

— Acabou. Acabou para a Ka... Kara.

— Isso não é verdade.

— Acabou! Enfie isso na... na cabeça!

— Você desgostou dela desde o início. Isso deve ser muito frustrante.

— Não vá me dizer que você con... concorda com o que ela fez. Ela desobedeceu uma ordem di... direta. Se fosse no Exército, ela iria à... corte marcial. E já estaria presa. Você sabe disso.

— Sei. Se isso aqui fosse o Exército dos Estados Unidos, é bem provável que ela perdesse uma patente de maneira desonrosa depois de cumprir pena... a menos, é claro, que as ordens fossem ilegais. Você não tinha o direito de pedir a ela que entrasse na Coreia do Norte. Eu fui muito claro em relação a isso. Nenhuma ação ofensiva. Acho que todos concordamos que um ataque direto dentro das fronteiras de um Estado soberano pode ser considerado uma ação ofensiva. Eu daria

uma condecoração à srta. Resnik por manter a posição. Estou muito mais preocupado com o seu completo desacato em relação às minhas ordens.

— Não me reporto a você, mas ela se reporta a mim. Eu dei uma ordem! Ela n... não só recusou. Ela me fez de idiota!

— Você está paranoica.

— Ela me desafiou!

— Você estava prestes a começar uma guerra! Será que seu egoísmo não permite que veja que não se trata de você?

— Ela não vai se safar dessa.

— Será que não percebe que precisa dela muito mais do que ela precisa de você?

— Não por muito tempo. Falta pouco, muito pouco. Pode acreditar, ela nunca mais vai colocar os pés na robô. Nunca mais.

— Você encontrou uma maneira de liberar os capacetes?

— Encontrei... Bom, não exatamente. Ainda preciso da cabeça dela para que funcione, mas acredito ter descoberto um método capaz de fazer o capacete acreditar que ainda... ainda está sendo usado por ela, mesmo que não esteja. Ainda estou buscando soluções mais permanentes.

— Você vai conseguir continuar com isso indefinidamente? Só estou perguntando porque ela não vai ficar muito disposta a ajudar se for tirada da estação de controle.

— Espero que sim. Preciso de mais amostras para descobrir.

— Talvez você não tenha percebido, mas a srta. Resnik não gosta de ficar fornecendo amostras.

— Ela não tem mais direito a opinar. Eu v... vou conseguir o que preciso de uma forma ou de outra.

— Preciso muito falar com ela. Acho que consigo persuadi-la a fazer mais exames, mas você não pode sujeitá-la a algo sem consentimento. Espero que isso esteja claro.

"Existem poucas certezas neste mundo. Uma delas é que você não é insubstituível, seja neste ou em outro projeto, mas ela é. Existe uma linha que você não pode cruzar. Isso está muito claro. Pode me procurar para esclarecimento caso esta linha deixe de ficar clara por alguma razão."

— Vou comandar este projeto como achar melhor. Eu n… não queria fazer isso agora, mas vejo que não há outro jeito. Falei com o conselho e é minha obri… obrigação informar que seus serviços não serão mais necessários a partir desta data. Agradecemos tudo o que fez por este projeto. Sabemos que não poderíamos ter ido tão longe sem sua contribuição e seremos sempre gr… gratos. O senhor será acompanhado por seguranças, que lhe pedirão para entregar sua credencial na saída.

— Você falou com o conselho?

— Falei.

— Não sei se percebeu, mas o "conselho" reúne um oficial de baixa patente da Inteligência russa, um general sul-coreano reformado, o filho de um príncipe árabe e quatro advogados que representam empresas particulares, mas não têm permissão para contar nada do que veem. Se fosse preciso preparar uma lista com todas as pessoas que não têm autonomia suficiente para lidar com a situação atual, os nomes dos membros do "conselho" sem dúvida estariam na primeira página. Com certeza o seu apareceria mais para o fim, mas você também é incapaz de encarar o que vai acontecer em breve.

— Do… do que está falando?

— Você não consegue entender a situação, não é?

— Então explique.

— Há doze dias, você revelou ao mundo, pela segunda vez, um dispositivo alienígena poderoso o bastante para alterar o equilíbrio de

forças em qualquer conflito terrestre. Você marchou até a fronteira norte-coreana, ignorando minhas instruções e praticamente obrigando o Exército da Coreia do Norte a atacar, para que pudesse testar o poder de destruição dessa máquina. Ao fazer isso, você não só acirrou consideravelmente as tensões entre países asiáticos, como também contrariou os Estados Unidos, gerando descontentamento em forças ainda mais poderosas.

— Nada foi feito contra os Estados Unidos. A Co... Coreia do Norte não é exatamente um amigo.

— O governo dos Estados Unidos não poupou gastos para localizar e proteger as peças do dispositivo alienígena. Um volume assombroso de dinheiro e recursos foi investido neste projeto. Depois que o robô foi revelado ao mundo, o país também não mediu esforços para evitar um conflito internacional nem para garantir que, se não podia ter o dispositivo, ninguém mais tivesse. Para resumir, você roubou o robô dos americanos, mostrou ao mundo e deixou um buraco do tamanho de uma pequena cidade ao longo da zona desmilitarizada entre as Coreias.

— Eu não roubei nada! Foi sua a ideia de tirar essa coisa do fundo da... Fossa de Porto Rico. Você me trouxe de volta quando os trabalhos de construção já tinham sido iniciados.

— Como você deixou bem claro, não sou mais parte deste projeto. Por isso, ao que parece, a responsabilidade recaiu sobre seus ombros e de mais ninguém.

— Eu só fiz o que o conselho... o que o conselho sancionou. Precisávamos mostrar ao mundo o que o robô pode fazer para que ele pudesse se tornar um agente de dissuasão eficiente. Não se pre... preocupe comigo. Eu sei o que estou fazendo.

— Infelizmente, não sabe. Isso é óbvio. Se tivesse um entendimento mínimo da situação, não teria saído com o robô antes de saber exatamente o que ele é capaz de fazer, nem teria sido imprudente a ponto de trazê-lo de volta para cá.

— E para onde eu o levaria?

— Talvez para a base na Rússia. Para qualquer lugar, menos aqui.

— A ba... base russa ainda não está pronta.

— Você deveria ter levado isso em consideração antes de levá-lo para uma voltinha. Aliás, você tinha a obrigação de pensar nisso antes de trazê-lo de volta para território americano. A viagem demorou mais de uma semana. Não existe governo no mundo que não saiba exatamente onde está o dispositivo.

"Este consórcio tem três países e você já estava em um deles. Ainda assim, preferiu trazer o robô de volta para o único país que tem direitos legítimos sobre ele. Uma coisa é certa, você nunca mais vai conseguir tirá-lo de Porto Rico. Também espero que o conselho reaja, digamos, de maneira não muito favorável à decisão que você tomou, pois acabou de entregar o investimento do consórcio de bandeja para os Estados Unidos.

"Falei com o Gabinete da Presidência várias vezes desde o que aconteceu. O governo americano estava prestes a declarar um bloqueio quando percebeu para onde você ia. A única razão pela qual os fuzileiros navais dos Estados Unidos ainda não invadiram este lugar é não terem descoberto por que você fez algo tão idiota.

"Só que já posicionaram metade da Frota do Atlântico em torno da ilha. As fronteiras marítimas de Porto Rico têm oito milhas náuticas de extensão. Pode acreditar em mim quando digo que ninguém, principalmente a Rússia, cruzaria esta linha. Nem você."

— E as outras nações do consórcio?

— Os Emirados Árabes não têm navios que cheguem até aqui e, se tivessem, não usariam. Pode ter certeza de que a Coreia do Sul não entraria em águas americanas sem ser convidada.

— O que vamos fazer, então?

— Você pode esperar que os diplomatas russos esbocem um acordo ou deixar que eu cuide do assunto. Seja como for, espero que tenha

trazido bons livros para o trabalho, pois vai ficar por aqui durante um bom tempo.

— Não posso tomar este tipo de decisão sem antes submetê-la ao...

— Conselho. Faça isso. A Rússia e a Coreia já devem ter percebido o que você fez, mas seus parceiros da iniciativa privada com certeza gostariam que alguém esclarecesse por que foram alijados do negócio.

— Você está adorando isso, não é?

— Não estou feliz por sua desgraça, srta. Papantoniou.

— Claro que está. Você po... poderia ter me alertado.

— E você teria me dado ouvidos? Expliquei várias vezes que o robô só poderia ser usado em casos de absoluta necessidade e apenas para fins defensivos. Na verdade, eu lhe disse para tomar cuidado com suas ações, para que não fossem consideradas equivocadamente ofensivas. Isso não foi suficiente para impedi-la de marchar direto para a zona desmilitarizada coreana, antes mesmo que alguém atirasse uma única pedra na Coreia do Sul.

— Havia perigo iminente.

— Uma reunião de tropas norte-coreanas... dentro da Coreia do Norte. Muito incomum.

— Eles estavam se reunindo muito perto da fronteira.

— A Coreia do Norte tem o tamanho de Ohio. Seria geograficamente desafiador para eles uma reunião em um local muito distante das fronteiras.

— Diga o que quiser. Você poderia ter me alertado durante a viagem de volta. Como fez questão de destacar, não estávamos exatamente viajando a velocidade super... supersônica. Você teve mais de uma semana para me dizer para dar meia-volta.

— De fato, mas preferi não comentar nada.

— Como eu disse, não conheço você muito bem. Sei que não gosta de mim, mas não entendo por que sabotaria o projeto só pelo prazer de me ver cometendo um erro.

"Imagino que tudo isso seja parte de um plano maior. Qual é a ideia? Você me retira, conserta tudo e assume o comando do projeto?"

— Pode ter certeza, srta. Papantoniou, que não tenho o menor interesse em tomar o seu lugar, nem gostaria do fracasso do projeto. Tenho interesse nas pessoas que recrutei e, para mim, o bem-estar delas é muito importante. Gostaria que você fizesse as pazes com a srta. Resnik.

— Não tenho culpa se ela não quer cooperar.

— Ela ainda mora neste complexo e vem trabalhar todos os dias. Ela passou mais de uma semana em um navio cargueiro para ir à Coreia em uma missão que jamais deveria ter acontecido. A meu ver, o que ela fez foi dar um limite ao tipo de procedimentos que você pode fazer no corpo dela. Isso me parece ser um direito dela, mesmo em circunstâncias extraordinárias como esta.

— Você nem sempre teve problemas em mexer com o corpo de alguém... sem consentimento.

— Posso dizer o mesmo de você.

— Não sei do que está falando.

— ... Não sabe mesmo? E você estava se referindo às pernas do sr. Couture?

— Exatamente.

— O médico fez a cirurgia contra a própria vontade. O sr. Couture não tinha reservas em relação ao procedimento.

— E por acaso ele sabia o que iriam fazer?

— Ele sabia que a alternativa seria perder as pernas. Por mais dolorosa que a experiência tenha sido, acho que ele faria a cirurgia outra vez.

"Seja como for, se a srta. Resnik não aceitar procedimentos mais invasivos, sugiro que você encontre um jeito de trabalhar com as amos-

tras que ela *aceitar fornecer*. Enquanto isso, vou voltar para Washington e ver se consigo encontrar uma solução para sua situação atual."

— Obrigada. Vou falar com…

— O conselho. Claro.

— Vou falar com o conselho para manter você como consultor, mas não posso pro prometer nada.

— É muita generosidade de sua parte.

ARQUIVO Nº 253

TRANSCRIÇÃO — VIGILÂNCIA DE GEOINTELIGÊNCIA — SATÉLITE KH-9 (BIG BIRD)

Agência Nacional de Reconhecimento,
Chantilly, Virginia, EUA

[11:30] Alerta de Movimento. Big Bird em posição geoestática sobre Porto Rico. Saindo do modo de observação. Rastreamento manual habilitado.

[11:31] Homem e mulher, designados Alfa e Bravo, vistos fora do complexo. Seguindo a pé em direção oeste por estrada de acesso.

[11:39] Várias pessoas saindo do complexo. Total de oito homens, todos armados e usando uniformes camuflados. Designados Charlie 1 a 8.

[11:42] Charlie 1 a 8 entrando em dois veículos, duas picapes estacionadas fora do complexo. Veículos seguindo para oeste.

[11:46] Rastreando. Veículos se aproximando de Alfa e Bravo. Homem e mulher deixando estrada de acesso, indo para o norte por região de floresta.

[11:47] Os veículos pararam. Charlie em perseguição a pé.

[11:52] Bravo ao chão.

[11:53] Alfa indo para o norte. Bravo ainda no chão.

[11:54] Charlie 1 a 4 pararam perto de Bravo. Charlie 5 a 8 ainda em perseguição em direção norte.

[11:56] Charlie 1 a 4 carregando Bravo, possivelmente morta, de volta ao veículo.

[12:01] Alfa perdido de vista. Charlie 5 a 8 diminuíram a marcha e se dividiram em dois grupos.

[12:08] Charlie 5 a 8 abandonaram a perseguição. Voltando aos veículos.

[12:17] Veículos voltando para o complexo.

[12:24] Veículos de volta ao complexo. Todos os ocupantes entraram.

[12:32] Atividades cessaram. Big Bird retornando ao Modo de Observação.

ARQUIVO Nº 254

ENTREVISTA COM VINCENT COUTURE, CONSULTOR, CONSÓRCIO GAIA

Local: Bar El Batey, San Juan, Porto Rico

— Onde está a srta. Resnik? Eu estava esperando vocês dois.

— Ela não conseguiu escapar.

— Deixou ela para trás?

— Não pude fazer nada. Atiraram nas costas dela com uma arma de choque. Tentei ajudá-la a se levantar, mas fui atingido no ombro e caí para trás. Acabei rolando pela encosta. Quando dei por mim, estava a poucos metros da água.

— Eles não foram atrás de você?

— Não sei. Não vi ninguém, mas também não fiquei por lá para descobrir. Talvez tenham ficado ocupados demais contendo Kara, talvez eu não fosse tão importante.

— Acredite em mim, você é muito importante para eles. Mesmo que Papantoniou tenha conseguido fazer os capacetes aceitarem outras

pessoas, ela ainda precisa de alguém para operar as pernas e o console. Você é o único que entende bem a matemática envolvida.

— Não é algo tão difícil de aprender.

— Sei que não é difícil, mas você é também a única pessoa que tem anatomia compatível com os controles. Qualquer outro teria que ficar de costas para o console. Poderiam usar um terceiro piloto do outro lado, mas coordenar as ações em três, quando uma das pessoas está de costas, não parece uma solução viável. Se pudessem escolher, você seria capturado antes dela, porque é mais fácil substituir Resnik do que você.

"Como chegou a San Juan?"

— Tinha um barquinho pesqueiro perto da praia. Nadei até lá, disse que estava mergulhando e que a lancha em que eu estava tinha partido sem mim. Acho que foi isso que falei, pelo menos. Sabe como é meu espanhol. De qualquer jeito, eles me levaram para Playa Sardinera, onde peguei um ônibus até aqui.

— Muito esperto de sua parte. Por que as coisas desandaram assim? O que aconteceu no complexo?

— Nós fugimos.

— Estou falando de antes. Quando vocês decidiram fugir?

— Ontem. Bem, hoje, mas tudo começou ontem.

— Me conte os detalhes.

— Acordei tarde. Nem tive tempo de um banho, só desci as escadas correndo para tomar café. Eles a chamaram no intercomunicador quando eu estava na metade da refeição.

— Chamaram quem, a srta. Resnik?

— Isso. Ela disse que voltaria em um instante, mas me pediu para vigiar o café dela.

— E então?

— Nada. Esperei meia hora, depois fui até o quarto dela e ao posto médico. Estava fechado. Comecei a bater. Uns cinco minutos depois, a porta se abriu. Sabia que aquele merda do Ryan está lá?

— Sabia.

— E não achou que eu gostaria de saber disso?

— Podemos conversar sobre isso depois? A srta. Resnik estava no posto médico...

— Estava. Tentei chegar até ela. Kara estava inconsciente sobre uma mesa de metal, com os braços e os pés amarrados. Ela deve ter lutado muito. Ryan tinha um corte na testa. Ele deve ter ajudado a imobilizá-la, porque eu duvido que os dois guardas que estavam lá tivessem conseguido dominá-la sozinhos. Alyssa com certeza não conseguiria.

"Ryan me agarrou e disse que ninguém ia machucar Kara. Como não acreditei, continuei lutando, mas ele é muito mais forte do que eu. Alyssa estava lá, pegou alguma coisa em uma das gavetas e enfiou no meu pescoço. Quando dei por mim de novo, já estava no meu quarto."

— O que fizeram com você?

— Não sei. Acordei com uma dor de cabeça horrível, mas foi só.

— Suas costas estavam doendo?

— Não. Por quê?

— Que tipo de exames Papantoniou fez com você antes da missão à Coreia?

— Ela me mandou fazer alguns exames de raios X em San Juan e colheu várias amostras.

— Que tipo de amostras?

— De tudo: sangue, muito sangue, saliva, esperma, cabelo. Por quê? O que você acha que ela está fazendo?

— Não sei. Como você conseguiu libertar a srta. Resnik?

— Não libertei. Acho que, quando acabaram o que tinham que fazer, liberaram Kara. Ela bateu à minha porta.

— Como ela estava?

— Muito atordoada. Ainda estava grogue da medicação dada por Alyssa. Kara segurou minha mão, deitamos e dormimos até de manhã. Quando acordei, ela já estava vestida. Estava muito nervosa. Nós sabíamos que tínhamos que fugir dali.

— E qual era o plano?

— Nenhum. Tentamos sair andando pela porta da frente. Os guardas tinham ordens para não deixar a gente passar. Dava para ver que Kara queria brigar para fugir, mas eu não estava muito disposto a enfrentar quatro homens armados. Pus a mão no ombro dela para contê-la. Demorou alguns segundos, mas ela acabou cedendo. Depois que desistiu da ideia, voltamos ao meu quarto para tentar bolar algum plano.

— E o que vocês planejaram?

— Nada, de início. Só existe um poço de elevador, com forte vigilância. Só nos restava a opção de tentar a escotilha submarina e os dutos de exaustão. Como nenhum de nós sabe pilotar submarino, desistimos da ideia na hora, mas também não conseguimos pensar em uma maneira de escalar os dutos, que têm mais de um quilômetro e meio de comprimento. Então, pensei: Han Solo.

— ...

— Han Solo, você sabe. "Se seguirem o procedimento imperial padrão, eles vão jogar o lixo fora antes de acelerar até a velocidade da luz, e então nós vamos escapar flutuando."

— E como isso ajudou?

— Hoje foi dia de coleta de lixo. Uma vez por semana, eles tiram os contêineres com tudo que não foi possível incinerar, sabe como é, metal e entulhos de todo o tipo, depois um caminhão vem fazer a coleta. Entramos em um contêiner e fomos levados para fora, junto com o resto do lixo.

— Estou surpreso em saber que a srta. Resnik aceitou seguir adiante com esse plano.

— Eu também. Nem eu tinha tanta confiança nessa ideia. A única coisa que sabíamos é que não queríamos passar nem mais um dia ali. Era melhor do que não fazer nada.

"Fugimos do contêiner quando ouvimos a porta se fechar e saímos andando. Não caminhamos nem um quilômetro quando escutamos o som das picapes vindo atrás de nós. Entramos na floresta e corremos muito, mas eles nos alcançaram rapidinho. O resto da história você já sabe.

"Não podemos deixar Kara lá dentro com aquela lunática."

— Concordo plenamente.

— Então, qual é o plano?

— Não faço a menor ideia.

— Não dá para invadir com um pelotão de fuzileiros navais?

— Não.

— Comando Delta, então? Ou coisa parecida?

— Bem que eu gostaria, mas não tenho mais acesso aos militares. Em relação ao governo dos Estados Unidos, sou persona non grata neste momento.

— Você deve ter amigos em algum outro lugar.

— Tenho conexões em vários países, mas se por "amigos" você entende pessoal com treinamento militar e disposto a invadir território americano para uma missão de resgate em uma região hostil, não me resta ninguém no momento, embora eu continue com acesso a recursos financeiros significativos. Com tempo, eu conseguiria juntar um grupo de mercenários, mas não é algo que se faça de uma hora para outra, nem de um dia para outro.

— E quanto tempo seria preciso?

— Duas ou três semanas, no mínimo.

— Não podemos deixar Kara lá por mais duas semanas. Podem acabar com ela hoje ou amanhã. Isso se já não estiver morta.

— Temos tempo. Não vão matá-la. Pode parecer insensibilidade da minha parte, mas ela é um ativo valioso demais para que corram o risco de danos permanentes. Agora, não resta dúvida de que a estadia dela no complexo não será das mais agradáveis. Papantoniou vai fazer tudo o que puder para descobrir o que torna Kara... especial, mas não vai matá-la.

— Sei que Alyssa não a mataria sem propósito, mas você sabe como Kara é. Ela pode ter um acesso de fúria e fazer alguma bobagem. Tenho certeza de que os guardas foram instruídos a não levantar a mão para ela, mas não vão ficar parados enquanto recebem um monte de pancada. Como tem muitas armas lá dentro e muita gente no limite, a chance de acontecer algo errado é muito grande.

— Sugiro que você vá comigo aos Estados Unidos. Talvez a gente consiga convencer o Gabinete da Presidência que é do interesse deles nos ajudar.

— E para que você precisaria de mim?

— Eu serei preso no instante em que cruzar os portões da Casa Branca. Se resolverem me deixar mofando em uma cela durante alguns dias, você pode falar com eles.

— Não vão prender você até ouvirem o que tem a dizer. Vá e convença o governo de que precisamos de ajuda. Vou ficar aqui e ver o que posso fazer.

— E o que você faria? Você não conhece ninguém e não fala espanhol. Onde é que você ficaria escondido?

— Em lugar nenhum. Você tem razão, eu teria dificuldades até para pedir um café por aqui. Vou voltar para lá. Acho que vão me deixar entrar.

— Vão é trancar você em alguma sala e nunca mais soltar.

— Duvido. Vou dizer que o projeto é tudo para mim, que não tenho outro lugar para ir. Acho que não vão acreditar de início, por ser óbvio demais.

Mas, se eu mantiver a máscara, vão acabar confiando em mim. Minha disposição em voltar seria muito conveniente para eles. Duvido que resistam à tentação de me dar uma chance.

— Se eles caírem mesmo nesse estratagema rasteiro, o que você fará depois?

— Vou esperar pela cavalaria e fazer de tudo para que nada aconteça a Kara.

— E se não der certo? Vale a pena arriscar a vida e perder a liberdade sem conseguir nada?

— Talvez eu encontre um jeito. Vou tentar bolar algo melhor do que me esconder no lixo. E tentar descobrir que trunfo a Alyssa tem escondido na manga. Porque, se ela quer nos tratar como prisioneiros, não pode esperar muita disposição de nossa parte para cooperar. Ela deve estar muito perto. Talvez até já tenha algo funcionando.

— Antes de me expulsar de lá, ela deu a entender que encontrou uma maneira de manter os capacetes em funcionamento depois que vocês ativarem. Insinuou que era mais um projeto do que algo funcional.

— Duvido muito. Ela tem um ego enorme, mas, se estivesse realmente perto, não seria melhor engolir o orgulho mais alguns dias em vez de arriscar tudo? E acho que não acaba aí. Ela não vai conseguir manter os capacetes ativados para sempre, ainda vai precisar de nós para fazer a reativação de vez em quando. Teria que ser algo que não precisássemos fazer voluntariamente. Já é difícil subir até lá normalmente, não consigo imaginar tentar levar alguém que não queira ir.

— Melhor você deixar a investigação de lado e se concentrar em achar uma maneira de escapar de novo. Temo que Papantoniou não seja o único risco iminente à vida de vocês dois. A cavalaria, como você chamou, pode trazer mais estragos do que benefícios.

— Não é melhor pagar para ver?

— Este plano tem muitas pontas soltas. O governo dos Estados Unidos pode simplesmente decidir minimizar os danos e neutralizar a ameaça.

— Você quer dizer destruir tudo?

— Nada tão drástico. A opinião pública reagiria mal aos Estados Unidos bombardeando um parque nacional em Porto Rico.

— Que tranquilizador. Cheguei a ficar preocupado.

— Eu diria que alguns torpedos na câmara estanque fariam o serviço com a mesma eficiência.

— Maravilha! Se a câmara se rompesse, estaríamos todos afogados em questão de segundos e ninguém saberia de nada.

— Quer reconsiderar a decisão de voltar?

— Não posso abandonar Kara lá. Além disso, caso haja vida após a morte, eu não gostaria de passar a eternidade ouvindo ela dizer que a abandonei para morrer afogada em Porto Rico.

ARQUIVO Nº 255

ENTREVISTA COM SR. BURNS, OCUPAÇÃO DESCONHECIDA

Local: Restaurante chinês New Dynasty, Dupont Circle, Washington, D.C., EUA

— Estou a caminho da Casa Branca.

— Eu sei. Que empolgante! E mesmo assim você quis almoçar. Deve estar faminto.

— No momento, tempo é essencial e não quero perder nem um segundo com rodeios. Preciso da sua ajuda.

— Você pedindo ajuda? Só pode ser porque não está conseguindo pensar direito com o estômago vazio, já que não comeu nada desde que saiu de San Juan.

— Posso perguntar como é que você sabe tanto sobre por onde andei?

— É engraçado, não é?

— O quê?

— Como isso deve ser estranho para você, que normalmente é quem sabe coisas que não devia sobre outras pessoas.

— Não existe uma chance de que tenham se esquecido de nós?

— Não, nenhuma. Se tem uma coisa em que eles são bons é em manter registros. Vocês também são muito interessantes no momento. De uma perspectiva evolutiva, a maioria dos sistemas que eles supervisionam ou estão próximos demais deles, e parecem banais, ou estão nos estágios iniciais de evolução, em geral sem vida inteligente ou até mesmo organismos complexos. Chegar à "maioridade", como vocês estão fazendo agora, é um acontecimento raro, muito importante e empolgante. Acredite em mim quando digo que estão acompanhando vocês de perto.

— Maioridade?

— Sim. Isso tudo o que está acontecendo agora é o bar-mitzvá de vocês. Quem consegue brincar com átomos já pode se sentar à mesa com os adultos.

— O que isso significa para nós?

— Significa que os erros da infância não serão mais perdoados.

— Como podemos ser responsabilizados por nossas ações se não sabemos o que esperam de nós?

— Eles não esperam nada de vocês. Como eu disse, não são colonizadores. Interferir é a última coisa que querem fazer.

— Não estou entendendo. Eles não querem que matemos uns aos outros usando a arma que nos deixaram. No entanto, já fazemos isso há milênios usando nossas próprias armas sem que eles sequer tenham franzido as sobrancelhas.

— Eles não têm sobrancelhas, uma característica genética muito predominante, como você pode ver.

— Mesmo assim, pode me dizer por que merecemos esta distinção?

— Não existe distinção. Não estão nem aí se vocês se matarem com um porrete ou com algo que eles construíram. Não estão nem aí se vocês se matarem. Ficariam muito satisfeitos em assistir a humanidade inteira se destruindo. Sua extinção não é o problema.

— Então precisamos demonstrar que podemos usar este poder recém-adquirido com responsabilidade, caso contrário, vão tomá-lo de nós. É isso?

— Se considerarem que vocês ainda não estão prontos, sim. Nesse caso, ou vão levar embora ou mandar vocês de volta à Idade da Pedra para que amadureçam mais alguns milênios.

— Quantos robôs seriam enviados se decidirem nos aniquilar?

— Não precisariam enviar nenhum robô, bastaria tirar vocês da órbita. Mas, se enviassem, meia dúzia seria o suficiente. Com cem seria mais rápido e com mil… bem, você já entendeu.

— Teríamos alguma chance se combatêssemos com nosso robô?

— Acho que não. Basta lembrar que o robô de vocês tem seis mil anos. É uma antiguidade.

"Porém, nunca se sabe, talvez vocês deem sorte. As armas deles podem ter evoluído de maneira considerável, mas ainda são basicamente as mesmas, de energia concentrada. O armamento que eles têm hoje vai fazer mais ou menos a mesma coisa que o de vocês faz, só que com mais poder."

— Então a atitude mais sensata seria cruzar os braços e torcer por misericórdia, é isso?

— Espero que não! Acho que vocês deveriam lutar com todas as forças. Se eles decidirem se livrar dos seres humanos e começar de novo, vão fazer isso, não importa como vocês reajam. No seu lugar, eu preferiria cair lutando.

— Duvido que nosso robô pudesse sair vitorioso em uma luta de espadas. Não com os nossos pilotos.

— Acho que você tem razão. Eu lutaria a distância.

— Como é que faríamos isso se só temos uma espada?

— Uma espada? Vocês não destruíram o Aeroporto Internacional de Denver com uma espada!

— Então a onda de energia é uma arma. Pensávamos que era um subproduto do material usado para construir o dispositivo. Pode ser meu cérebro subdesenvolvido, mas não entendo como uma onda de energia unidirecional com alcance muito limitado nos permitiria combater a distância.

— Boa tentativa. Mas vocês vão precisar descobrir isso sozinhos. Bom, eu já disse tudo o que podia. Vá para a sua reunião. Eu pago a conta.

— Posso perguntar por que você está nos ajudando? Não é contra as regras?

— Não passo de um velho que gosta de contar histórias. Não posso fazer nada se você é maluco a ponto de acreditar nelas.

— Mas por quê? Por que não deixar que eles façam o que quiserem conosco?

— Eu moro aqui. Conheço muita gente. E muita gente boa. Não quero que nada de ruim aconteça com essas pessoas.

— Sei que você nasceu aqui e é, em grande parte, humano. Você não nos contou como lutar com eles, mas disse que deveríamos. Você se refere aos alienígenas como "eles", não como "nós", o que sugere alguma ambiguidade, mas há algo mais. Percebo um sentimento familiar quando você fala de seus ancestrais. Não consigo identificar o que é, ao certo. Raiva, talvez... ou seria ressentimento?

— É muita coisa para se deduzir de um pronome.

— Abandonaram você aqui, não foi?

— Eu nasci em Michigan.

— Estou me referindo a seus ancestrais. Deixaram seus ancestrais aqui sem nenhuma instrução além de se misturar com o povo o máximo possível. Deixaram pessoas altamente desenvolvidas, provavelmente cientistas, a elite, sozinhas com um povo primitivo, que andava meio nu e talvez ainda nem tivesse inventado a roda. E essas pessoas passaram séculos a fio esperando por coisas que pareciam as necessidades

mais básicas. Imagine ter filhos e saber que eles jamais seriam tudo o que poderiam, porque vocês os ensinariam a ser… comuns. Só posso imaginar qual seria o sentimento, mas rancor é uma palavra que me vem à mente.

— Belo discurso! Uma coisa está certa: você não faz ideia do que essas pessoas passaram ou sentiram. Vou dizer uma última coisa antes de você ir embora. Pare de se preocupar tanto! Você está dando o seu melhor?

— O meu melhor pode não ser o suficiente.

— Então é melhor ficar em paz com o que acontecer. Tudo o que você pode fazer é o seu melhor. Pode ir agora. Da próxima vez, a conta é sua, e você *precisa* ouvir a história sobre o pescador e a gaivota. Por falar nisso, você me deve um favor. Um grande favor.

— Pelos conselhos?

— Não.

— Então não consigo entender o que estou devendo.

— Você verá… mas saiba que tem uma dívida comigo. Não se esqueça disso.

ARQUIVO Nº 256

DIÁRIO DE MISSÃO — RYAN MITCHELL, 4º SUBTENENTE, EXÉRCITO DOS ESTADOS UNIDOS

Local: Não revelado, próximo a San Juan, Porto Rico

— Onde está, sr. Mitchell?

— No escritório de Alyssa. Invadi para pegar o celular via satélite e as chaves dela. Preciso de sua ajuda, senhor. Por favor! Preciso tirá-la daqui. Pode me ajudar?

— Imagino que esteja se referindo à srta. Resnik. Ela está correndo risco iminente?

— Ela está no posto médico com Alyssa. Ela está... Estão fazendo coisas com ela, senhor.

— Quem está?

— Alyssa. Ela... Olha, não dá tempo de explicar tudo. Preciso tirar ela daqui agora. Pode mandar as tropas?

— Já tem um pelotão de fuzileiros navais no local, mas eles não vão invadir. Não vão correr o risco sem saber o que estão enfrentando.

— Eu posso contar! Mande invadir! Conto tudo o que eles precisam saber. Mas eles precisam ser rápidos!

— Sr. Mitchell, os fuzileiros não estão aí por pedido meu, nem para ajudar. Estão aí para prender o senhor e todas as pessoas que estiverem na base.

— O quê?... Eu... eu não me importo! Mande invadir. Mande nos prender. Precisamos resgatar Kara agora!

— Eu sou procurado por traição. Eu, o senhor, a srta. Resnik e o sr. Couture somos traidores aos olhos do governo dos Estados Unidos.

— Então por que os caras não invadem e prendem todos?

— Só posso fazer especulações, sr. Mitchell. Se eu estivesse no comando, não arriscaria a vida de meus homens mandando que entrassem em um ambiente possivelmente hostil, com um único ponto de entrada. Ainda mais quando vocês não têm outra saída.

— O que isso significa, senhor?

— Significa que, se quiser que os fuzileiros entrem, terá que abrir a porta para eles.

— Eu posso fazer isso.

— Foi uma piada! A base é protegida por mais de uma dezena de homens armados, a maioria ex-militares. Não vão hesitar nem por um segundo em atirar.

— Senhor, estou dizendo que consigo fazer isso. Consigo proteger a base.

— Tem a chave do arsenal?

— Estou indo para lá agora... Senhor?

— Diga, Mitchell.

— Eu sei que, se pudesse escolher, eu ainda estaria apodrecendo em Fort Carson... Sinto muito, senhor. Sei que não adianta nada, mas lamento ter feito o que fiz. Só queria dizer isso.

— ...

— Estou no arsenal, procurando a chave. Tem que ser esta...

— Já atirou em alguém?

— Não com uma arma, senhor, mas não vou matar ninguém.

— Não vai conseguir desarmar doze homens sozinho.

— Veja bem, senhor, eu me meti nessa encrenca porque quase matei Vincent. Não vou tentar consertar tudo matando gente.

— Mitchell, me escute...

— Está tudo bem, senhor, encontrei o que eu estava procurando. Lembrei que eles guardam as XREP para se livrar de invasores na superfície.

— Sei muito pouco de armas de fogo. O que é uma XREP?

— Balas não letais que dão choques elétricos e podem ser disparadas por pistolas. Coisinhas bem caras. Deve ter mais delas em algum lugar, mas já achei três caixas e duas pistolas. Só falta pegar as granadas de efeito moral e muitos lacres de plástico.

— Lacres de plástico? Mitchell, eu insisto que...

— Tem razão, senhor. Não sou capaz de fazer isso sozinho.

— Para onde você está indo?

— Para os alojamentos, só deve ter um guarda na entrada. Espero que consiga fazer isso sem estardalhaço. Preciso parar de falar agora.

— ... Mitchell.

— ...

— Você está aí?

— Estou. Tentei nocautear o guarda, mas acertei na parte de trás do pescoço. Precisei atirar de novo. Agora só falta encontrar a chave certa... A menos que... Isso! Bom rapaz. Estava com a chave pendurada no pescoço.

— A chave de quê?

— Bem, este sujeito não vai ficar muito feliz em me ver...

"Oi! Preciso da sua aju... Não... Pare... Por favor... *Pare de lutar*!

"Preciso da sua ajuda! Kara está em perigo! Ela está em perigo e preciso da sua ajuda para libertá-la. Ou você confia em mim e me ajuda ou volta para o quarto, mas vou ser obrigado a nocauteá-lo se continuar fazendo tanto barulho."

— Com quem você está falando? É com o sr. Couture? Diga a ele que não tive sucesso e que a cavalaria não virá.

— Ele disse que a cavalaria não virá... Você sabe quem. Ele! Pode calar a boca por um segundo? O.k. Preciso da sua ajuda para puxar este cara aqui para dentro. Agora pegue esta chave e tranque todas as portas do corredor. Elas são trancadas pelo lado de fora. Tem doze guardas na base. Com sorte, um ou dois ainda estarão nos quartos...

— O sr. Couture está ferido?

— Não, ele está bem. Bom, pelo menos me parece bem. E me parece muito mais forte do que antes... Terminou?

— Está falando comigo?

— Agora preste atenção no que vamos fazer. Pegue isso e coloque no bolso. Eu sei que são lacres. Pegue esta arma...

"Não, não precisa atirar em ninguém. Quero que me dê a arma quando eu ficar sem munição e carregue a que eu te entregar. É uma Mossberg 500, tem capacidade para cinco cartuchos no carregador. Faça assim para colocar... Tem lugar para mais um na câmara, aqui...

"Não, Vincent, não vamos matar ninguém. São balas não letais. Você está bem? Consegue fazer isso? Ótimo. Agora carregue a sua."

— O sr. Couture não recebeu treinamento militar. Vocês podem ser capturados ou mortos por causa dele.

— Ele vai ficar bem... Não, Vincent, você está indo muito bem. Só mais um... Pronto.

"A sala de máquinas está trancada a essa hora. A câmara estanque e a usina de força estão fechadas. Isso significa que todos os guardas devem estar na entrada ou no corredor principal. Dê uma olhada na mochila. São granadas de efeito moral. Quando chegarmos ao corredor, você vai pegar duas, tirar o pino, contar até três e jogar o mais longe possível. Isso deve desorientar os guardas que estiverem lá durante alguns segundos. Com sorte, será o suficiente para eu atirar em todos. Aí você me segue e amarra as mãos deles com o lacre...

"Não, não é só isso. Bem que eu gostaria que fosse. As granadas vão fazer muito barulho, a pistola também. Os guardas da entrada e os que não estiverem no corredor vão correr em nossa direção ou vão ficar esperando por nós. Seja como for, teremos que improvisar. Se for preciso, atire e abaixe, atire e abaixe, como nos filmes."

— Mitchell, não tive como deixar de ouvir o seu plano ou a ausência dele. Tem certeza de que não prefere escolher outra arma? Preciso mesmo recordar que os guardas que você não quer matar estarão usando munição de verdade?

— Sei disso. Vincent, você está pronto? Ótimo! Fique atrás de mim...

"Estamos no canto do corredor principal. Estou vendo dois homens conversando, encostados na parede, tem mais dois sentados à mesa. Minto, três... Pegue as granadas. Não se esqueça de contar até três antes de jogar. Jogue o mais longe possível. Ah, e não fique olhando. Comigo, três... dois... um... já!...

"*Um guarda... Dois.* Vamos, Vincent! *Três! Quatro!...* Cinco. Não! Ei, pare de se mexer. *Cinco!*

"O.k., Vincent, amarre todos... Não, assim não, com as mãos nas costas. Assim, pode puxar com vontade. Tem que ficar muito apertado!

"Cinco guardas dominados aqui, outro no quarto do Vincent. Um está com Alyssa no posto médico. Certo, isso nos deixa com algo entre zero e cinco guardas na entrada principal. Vincent, me passa a sua pistola e recar... *Abaixe!*"

— Mitchell, você foi atingido?

— Um guarda estava no banheiro. Ele voltou quando me ouviu gritar. Vincent, me dê a arma e pegue uma granada na mochila... Quando você estiver pronto... Cinco, quatro, três...

"Olá! Não sei se você consegue me escutar, mas meu amigo vai amarrar suas mãos nas costas. Caso você se mexa, eu atiro, por isso... não faça nenhum movimento. Amarre ele, Vincent. Rápido! Rápido!

"Tudo pronto aqui. Só falta a entrada principal. Vincent, pegue uma granada. Vamos!

"Pode ser que eles comecem a atirar assim que eu abrir a porta. Prepare a granada. E... aí... vai... Vincent, não puxe o pino! Merda, jogue no banheiro, rápido! Anda! Anda!"

— O que está acontecendo, Mitchell? Fale comigo.

— Só tem dois guardas na entrada principal e eles estão com as armas no chão e as mãos para o alto. Acho que alguns ainda estão nos quartos. E aí, galera! É, eu também não fui contratado para isso. Vocês se importariam de colocar as mãos nas costas para o meu amigo amarrar? É só por alguns minutos, depois os fuzileiros navais vão invadir e vão algemar todos vocês. Vincent, corra!

"Estamos a alguns passos do posto médico. Deve ter um guarda com Alyssa. Vincent, quer fazer as honras? Jogue a granada lá dentro e desarme o guarda...

"Kara está sedada e amarrada a uma mesa de operação, com certeza você não vai conseguir desorientá-la ainda mais... Isso. Entra logo!

"Eu disse que ele ficaria bem, senhor. O garoto enfrentou tudo com um sorriso no rosto a maior parte do tempo. Acho que ele ficou orgulhoso por ter dominado a técnica de amarrar com lacre de plástico. Só espero que ele não perceba o que estava acontecendo ali."

— Você está se referindo às amostras de tecido que Papantoniou estava coletando?

— Ela não estava coletando tecido, senhor. Foi por isso que liguei. Juro que não fazia a menor ideia do que estava acontecendo quando vim para cá. Só pensei que pudesse ajudar.

— Acredito em você. Agora me diga o que testemunhou.

— Bem, o senhor sabe que Alyssa coletou amostras da Kara e do Vincent: sangue, pele, fluidos corporais. Quando fui me encontrar com Alyssa esta manhã, ela tinha colocado a Kara em… A Kara estava nua da cintura para baixo… Perguntei o que estava acontecendo e Alyssa me disse que estava retirando óvulos dos ovários de Kara.

— Foi por isso que você se rebelou?

— Não foi só isso. Ela disse que tentaria uma fertilização in vitro no dia seguinte. Ela consegue fazer isso, senhor?

— Eu conheço muito pouco de fertilização in vitro, mas duvido que ela tenha os equipamentos necessários. Ainda assim, ela tem acesso a material criogênico. Pode congelar óvulos e amostras de sêmen do sr. Couture. Esse material teria que ser levado para uma clínica fora do complexo. Os óvulos e o sêmen seriam descongelados, e os que sobrevivessem ao processo poderiam ser fertilizados e se desenvolverem por alguns dias. A maioria das clínicas já realiza o procedimento chamado de transferência de blastocistos.

— Eu não…

— Blastocisto é um embrião cuja divisão celular já ocorreu muitas vezes nos primeiros dias. Os embriões que atingem este estágio podem ser transferidos para uma hospedeira após cinco dias, com uma possibilidade razoável de sucesso.

— Para outra mulher, o senhor quer dizer.

— Exato.

— Que loucura!

— De fato. Sua decisão de intervir ocorreu na hora certa.

— Jamais teria concordado em ajudar se soubesse disso. O senhor acredita em mim, não é?

— Acredito. E você já me perguntou isso antes.

— Vincent está voltando com Kara… Olá, Bela Adormecida! Como assim, ela não estava lá?

— A srta. Resnik desapareceu?

— Não, Alyssa... Tem certeza de que vasculhou tudo? Eu sei que a sala é pequena. Olha, Kara mal consegue ficar de pé, por que vocês dois não se sentam ali?

"Não sei o que dizer, senhor. Procuramos em toda parte. Ela estava aqui vinte minutos atrás. A menos que estivesse em um dos quartos dos guardas, teríamos encontrado. Não é possível que tenha conseguido sair."

— Talvez seja. Ela foi a responsável por supervisionar a construção do complexo.

— Preciso encontrá-la.

— Deixe isso para os fuzileiros. A srta. Resnik deve estar precisando de atendimento médico urgente. Permita a entrada dos fuzileiros agora.

— Só mais um minuto. Preciso contar para eles o que Alyssa andou fazendo.

— Não. Os dois já enfrentaram problemas demais. Não aumente o sofrimento deles revelando uma situação que não tem remédio.

— Mas, senhor! Eles podem ter um filho daqui a um ano, sem saber disso.

— Podem ter uma dúzia de filhos. Não diga nada a eles, Mitchell. Entendeu?

— Senhor, eles têm direito de saber.

— Têm, sim. Vou contar a eles no momento certo.

— O senhor me dá a sua palavra?

— Dou. Agora abra a porta e libere a entrada para os fuzileiros.

— O.k. Estou entrando no elevador neste instante. O que vai acontecer com a gente quando eles invadirem?

— Você será algemado. É bem provável que vocês fiquem separados até que todos tenham prestado depoimento. Imagino que o depoimento

vá ser… bem longo e detalhado. Depois disso, não sei. Na melhor das hipóteses, você voltará a Fort Carson e cumprirá sua sentença. Na pior, todos receberemos uma injeção letal.

— E o que devo dizer a eles?

— Infelizmente, a essa altura, há pouquíssima coisa que o governo dos Estados Unidos não saiba. O que você disser ou deixar de dizer terá poucas consequências. Facilite as coisas para você e diga o que eles quiserem ouvir.

— O.k. Obrigado por tudo, senhor. Destranquei a porta principal.

"Olá, pessoal! Bem-vindos a Porto Rico! Ai! Qual é! Eu protegi o lugar para vocês, seu imbecil! Precisa apertar tanto? Para com isso, cara! Esse negócio machuca!"

ARQUIVO Nº 257

ENTREVISTA COM INES TABIB, SECRETÁRIA DA PRESIDÊNCIA PARA ASSUNTOS DE SEGURANÇA NACIONAL

Local: Casa Branca, Washington, D.C., EUA

— Você tem algo a dizer antes que seja preso e julgado por traição?

— Não vejo razão para isso, mas fico feliz de permitir que você se imponha por alguns momentos. Como estão a srta. Resnik e o sr. Couture?

— Seus pilotos ainda estão sendo interrogados em Porto Rico. Estão bem. Vocês serão julgados como a família feliz que são.

— Nós dois sabemos que eu não irei a julgamento. A justiça costuma ser muito mais ágil com alguém do meu ramo de atuação. Ela chega sem avisar, normalmente pelas costas, e até onde sei nunca é precedida por uma reunião na Casa Branca. O que aconteceu? Você foi impedida de me prender pela própria presidente ou por outra pessoa? Você é relativamente inexperiente nesse tipo de coisa, por isso imagino que me matar não seria a sua primeira opção.

— Ela disse que iria cuidar do assunto pessoalmente. Como é que você sabia?

— Eu não sabia. Só me pareceu uma explicação lógica.

— Você acha isso lógico? Usa fundos americanos para financiar o projeto, usa helicópteros, drones e nossas tropas para localizar e resgatar as peças desta máquina em todas as partes do mundo... ilegalmente, devo acrescentar... matando vários cidadãos americanos e estrangeiros no processo. Você fez a montagem em território americano, usou cientistas americanos pagos pelo governo americano para descobrir como a robô funcionava. Tudo isso em uma base americana que você acabaria destruindo, deixando o país à beira de uma guerra.

"Por sugestão sua, o ex-presidente dos Estados Unidos concordou em lançar a máquina ao mar, uma medida descrita pelo senhor como temporária. E depois o senhor dá as costas e entrega a robô de graça para a Rússia e os Emirados Árabes. Fiz um resumo completo? Que parte dessa história *não* constitui traição, do seu ponto de vista?"

— Que pergunta eu devo responder primeiro?

— A que você preferir.

— Não.

— Não, você não quer responder?

— "Não" é a resposta à sua primeira pergunta.

— Que foi?

— Se você fez um resumo completo. Não fez.

— O que foi que esqueci?

— A primeira parte do que disse, por mais redundante e melodramática, estava correta em termos gerais. Sem contar os indivíduos que estiveram diretamente envolvidos, os Estados Unidos têm enorme parcela no sucesso do projeto. Na segunda parte, você se esqueceu de mencionar a Coreia do Sul. E, acima de tudo, eu não "entreguei" nada para ninguém. Em primeiro lugar, porque a máquina não era minha. Em segundo, não foi de graça, longe disso.

— Não me interessa ouvir o que o senhor tem a dizer.

— Foi você quem perguntou. O seu plano, conforme estabelecemos, era me prender e me julgar por traição. Nós dois sabemos que o plano em questão não será bem-sucedido. Estou oferecendo a você uma alternativa que será de grande benefício para os Estados Unidos. E que também não exige que eu tenha um ataque cardíaco fulminante ou uma reação fatal a uma picada de abelha.

— Por que, então? Por que a presidente não quer prender você?

— Isso você terá que perguntar a ela.

— Ela sabia, não é? Sabia desde o início. O ex-presidente também estava ciente?

— Bem...

— Não precisa responder. Sei que você não vai me dizer. Então era isso? O plano era esse desde o início.

— Você acabou de me dizer para não responder.

— Não entendo.

— Não foi uma piada.

— Não entendo como isso pode ser bom para nós.

— Talvez seu sentimento de impotência com relação à minha prisão esteja prejudicando sua capacidade de julgamento. Vou repetir o que disse antes. Não entreguei nada a ninguém. Primeiro, a máquina não era minha. E nem sua. A razão pela qual o ex-presidente consentiu em lançar a robô ao mar foi exatamente porque a insistência dos Estados Unidos em ficar com ela teria causado um conflito global. Você concorda?

— Isso importa? Vamos dizer que sim, em prol da argumentação.

— E por que causaria um conflito global?

— Porque a Rússia não permitiria que ficássemos com a máquina.

— Correto. A Rússia não deixaria a balança de poder ficar tão desequilibrada em seu favor. E não seria o único país a fazer isso. O Oriente

Médio ficaria ainda mais tumultuado, pois saberia que a robô acabaria sendo usada lá. A Ásia também ficaria incomodada.

— E qual é o seu argumento?

— Tendo te convencido de que a máquina não pertencia aos Estados Unidos, imagino que seja desnecessário te convencer de que ela também não pertence à Rússia.

— Pensei que esse fosse o *meu* argumento.

— De fato. Moscou tem plena consciência disso. Como neste momento os russos foram pegos com a boca na botija, por assim dizer, você acha que podem lançar mão do argumento moral, como fizeram no passado, agora que a máquina está sob custódia dos Estados Unidos?

— Tenho certeza de que você quer que minha resposta seja não.

— E o Oriente Médio? Talvez se, digamos, os Emirados Árabes estivessem envolvidos... E a Europa? A Ásia? Será que uma empresa alemã participante do consórcio seria útil? Japão, Coreia... você acredita que alguma dessas nações, diante da perspectiva de perder tudo, tentaria impedir que os Estados Unidos participassem deste empreendimento?

— O.k., entendi. É um raciocínio inteligente. Agora nós vamos dividir com a Rússia, pois eles vão aceitar...

— Mais ou menos. Só que você está perdendo a verdadeira beleza da situação. Como eu disse antes, não entreguei nada. Não era de graça. As nações envolvidas investiram cerca de duzentos bilhões de dólares para recuperar a robô e construir a base em Porto Rico. Se tivesse tentado fazer a mesma coisa, os Estados Unidos teriam que desembolsar esse dinheiro sozinhos. E seria impossível fazer isso secretamente, pois não dá para se apropriar de duzentos bilhões de dólares sem que ninguém perceba.

— O.k. É inteligente *e* economizamos muito dinheiro. O que você quer de mim, uma condecoração?

— Um simples obrigado seria suficiente.

— Continuo sem entender. Se a presidente sabia, e realmente parece que sim, por que você não me avisou a respeito de seu plano genial?

— Não posso afirmar o que a presidente sabia, pois não tenho acesso a esses relatórios. Como eu disse várias vezes a seu antecessor, existem muitas coisas que exigem uma dedicação que vai muito além de oito anos. Logo, existem muitas coisas que nunca chegam a este escritório. Em relação ao plano, você precisa perceber que, se existiu de fato, ele jamais teria sido tão bem delineado. A robô estava causando tumulto demais, em parte pela maneira como as peças foram coletadas. Falando hipoteticamente, o ex-presidente pode ter concordado que outras nações compartilhassem parte do trabalho e parte das despesas. Nesse caso, eu teria reunido um grupo de partes interessadas e começado a construção das instalações em Porto Rico.

— Você quer dizer que começou a construção de uma base em Porto Rico *antes* que lançássemos a robô lá perto?

— Gosto de acreditar que tenho a reputação de ser um homem de palavra.

— Eu não apostaria duzentos bilhões nisso.

— Teria sido a única maneira de evitar que o projeto fosse suspenso por um ano ou dois. Precisaríamos começar a construção enquanto nossa equipe continuava a pesquisa. Se, hipoteticamente, eu tivesse prometido jogar a robô no fundo da fossa na primeira oportunidade, o acidente em Denver teria sido a ocasião perfeita.

"Dito isso, fico boquiaberto ao ver como eles se precipitaram ao exibir a robô publicamente, e ainda mais com o fato de que a trouxeram de volta a Porto Rico logo em seguida."

— Hipoteticamente...

— Não, essa parte aconteceu de fato. Acho que mereço algum crédito por ter inadvertidamente recrutado idiotas. Sem a imbecilidade deles, levaria anos, talvez décadas, para que pudéssemos ter esta conversa.

— Então, como é que funciona? Entramos em acordo com a Coreia do Sul, a Rússia e os Emirados Árabes e ganhamos direito de exibir a robô três meses por ano? Você sabe que ela nunca poderá ser usada contra alguém com essa lista de parceiros.

— Acho que não existe momento bom para dar as más notícias. Você não vai gostar do que vem por aí.

— Eu não fiquei exatamente empolgada até agora...

— Você não vai compartilhar a robô com três países, mas com 192.

— Você quer entregá-la para a ONU?

— Eu, não. Você.

— E por que eu iria querer isso?

— Tem que ser assim, por isso sugiro que encontre uma boa razão. Se não encontrar, posso sugerir algumas, como a paz mundial, por exemplo. A questão é que a iniciativa deve partir de você. O consórcio deve estar absolutamente convencido de que, de outra forma, você jamais concordaria em liberar a robô.

— Assim nunca poderemos usá-la.

— Não seria possível, de qualquer maneira. Isso já deveria ter ficado claro. Nem você nem ninguém pode usar a robô para atacar outro ser humano. Isso significa que você não pode mandar o Vaticano pelos ares, mesmo que ele não faça parte da ONU. Porém, em vez de ficar choramingando pelos cantos por todas as guerras que nunca acontecerão, sugiro que reze para o Deus em que acredita e peça para que nunca seja preciso usá-la. Até porque, se isso for necessário, sem dúvida vai significar o fim de tudo.

"Olhando pelo lado positivo, tenho certeza de que a ONU estaria disposta a esquecer boa parte da sua dívida por causa disso. E vocês devem uma quantia considerável. Ah, e claro que você terá a oportunidade de exibi-la de vez em quando, embora talvez não durante três meses por ano.

"Você me disse uma vez que esta descoberta mudaria para sempre a maneira como nos vemos e reduziria parte de nossas diferenças. Eu honestamente espero que tenha sido sincera, porque no dia de hoje você e a presidente têm a chance de fazer algo de bom para a humanidade, e não algo que algum analista de CIA diria que poderia trazer estabilidade para o Oriente Médio ou reduzir o preço do petróleo. Vocês têm a chance de fazer algo inegavelmente bom, para todos. Agora me diga: quantas vezes uma coisa dessas acontece?"

— E se eu disser não?

— Tenho absoluto respeito pela liberdade de escolha. Na verdade, grande parte do que faço tem o objetivo de preservar essa liberdade. No entanto, não estamos em um desses momentos. Fique à vontade para aguardar alguns dias antes de dizer sim. Também gostaria que a srta. Resnik e o sr. Couture fossem soltos imediatamente.

— A presidente não disse nada sobre seus pilotos. Eles vão a julgamento.

— Você parece obcecada com julgamentos. Pode julgar o guarda, se quiser. E insisto para que processe a srta. Papantoniou, se conseguir encontrá-la.

— Você está se referindo à psicopata que escolheu para comandar o programa, aquela que fez todos reféns para fazer experimentos doentios?

— A própria. Eu ficaria muito grato se você conseguisse prendê-la o quanto antes. No entanto, os pilotos precisam ser soltos.

— Posso não ter o poder para prender o senhor, mas não preciso fazer *tudo* o que manda.

— Com certeza, não. Fale com a presidente e tome sua decisão sem levar minha opinião em conta. Você sabe que ela vai querer se beneficiar dos desdobramentos futuros. Imagine as Nações Unidas dando a robô alienígena ao mundo, criando a primeira força armada planetária. Um presente que traduz esperança, dado à humanidade pela presidente dos Estados Unidos. Eu vejo um desfile, fogos de artifício e um discurso longo e inspirador, que seria muito mais fácil de ser escrito se

os pilotos não estiverem no corredor da morte por traição. O desfile ficaria ainda melhor se não fosse preciso rebocar a robô.

— ...

— Isso é tudo? Preciso pegar um avião.

ARQUIVO Nº 263

ENTREVISTA COM KARA RESNIK, 2ª SUBTENENTE, EXÉRCITO DOS ESTADOS UNIDOS

Local: Posto Militar do Exército dos Estados Unidos — Fort Buchanan

— Não acredito que Ryan virou herói. Que previsível.

— Ele realmente ajudou você e o sr. Couture a escapar.

— Ele me ajudou a escapar? Sei. A única coisa que ele fez foi me tirar da cama em que me amarrou... duas vezes. É um imbecil, mas *adora* um gesto grandioso.

— Ele tem uma inclinação para o drama, é verdade, mas você deveria considerar a possibilidade de que as ações dele não tenham sido totalmente egoístas.

— Ele só queria fazer as pazes consigo mesmo. Ryan não lida bem com a culpa.

— Redenção não é exatamente um mau motivo. Duvido que ele tivesse noção de em que estava se metendo quando foi contatado pela srta. Papantoniou.

— Ele demorou muito tempo para descobrir. Por que você começou a defender o Ryan de repente? Foi você quem o colocou na prisão.

— É verdade. E vou prendê-lo de novo, depois de expressar minha gratidão por ele ter salvado a vida de vocês dois. Só estou argumentando que o sr. Mitchell não é de todo mau. Ele arriscou a vida de verdade e desarmou doze homens para salvar você.

— Não é de todo mau… O.k. Vou deixar essa passar. O que vai acontecer com os guardas?

— Nada, imagino eu. Todos foram contratados legalmente por uma empresa legítima, e a maioria não fez nada ilegal.

— E o que vai acontecer com Alyssa?

— Quer saber se ela vai ser punida pelo que fez com você?

— Comigo? Sim. Comigo, com Vincent, com todos que ela prejudicou.

— Provavelmente, não. Ela vai argumentar que suas ações foram sancionadas, se não ordenadas, pelos governos envolvidos. Seria… problemático, por falta de palavra melhor.

— Quer dizer que eles vão deixar ela se safar? Simples assim?

— Ninguém a encontrou ainda. Ela deve ter achado uma maneira de fugir do complexo antes que o sr. Mitchell agisse.

— E para onde ela iria?

— Não sei. Os fuzileiros deram uma busca no aeroporto. Não havia mulher com o nome dela nas listas de passageiros do dia. Então eles calcularam algumas rotas possíveis. O mais provável é que ela tenha embarcado em um voo curto para uma das ilhas da região. Deve ter pulado de ilha em ilha antes de pegar um voo para os Estados Unidos ou a Europa.

— Então ela vai se safar e nós vamos esquecer tudo? Olha, não sou tão compreensiva assim.

— Nem eu. Entrei em contato com o governo da Bósnia e Herzegovina hoje de manhã. Forneci algumas provas a eles. Talvez seja o suficiente para que Sarajevo peça a extradição dela quando a encontrarem.

— Provas de quê? O que ela faria na Bósnia?

— Ela nasceu lá.

— Papantoniou?

— O nome dela não é esse. Ela nunca retomou o nome de solteira depois da morte do marido.

— E qual é a prova?

— Existe um lapso de treze meses no histórico trabalhista dela. Ainda assim, registros financeiros não apontam qualquer mudança significativa nos padrões de vida durante esse período.

— Uau. Deixa ver se eu entendi: você acha que ela é uma criminosa porque continuou gastando a mesma coisa, mesmo desempregada. Talvez ela tivesse economias. Talvez os pais tenham dado uma ajuda.

— Os pais dela estão mortos. Indo direto ao ponto, este lapso de treze meses ocorreu na mesma época do massacre de Srebrenica.

— Srebren... Você acha que foi ela a médica que torturou aquelas pessoas? Que obrigou muçulmanas a... eu... eu nem consigo falar...

— Sem pressa.

— Por isso você queria que eu encontrasse Fata?

— Mandei você lá para encontrar uma provável testemunha. Como eu disse, não tenho provas cabais. Ela se formou em medicina. No emprego anterior, trabalhava em um hospital que ficava a menos de cento e cinquenta quilômetros de Srebrenica, e não tem como explicar de onde veio a renda que teve na época do massacre.

"O governo bósnio levou em consideração o que eu disse. Como seria uma vitória política significativa levar a Carniceira de Srebrenica à justiça, eles vão investigar a fundo. Um investigador será enviado

até a aldeia onde você encontrou Fata para mostrar algumas fotos a ela."

— Tem certeza de que era ela? Quer dizer, certeza absoluta?

— Tenho certeza quase absoluta de que ela não teve nenhuma relação com os acontecimentos de Srebrenica. Para ser honesto, é uma interpretação bastante forçada dos fatos. Mas eu já errei antes. Talvez o governo bósnio consiga levá-la aos tribunais, seja culpada ou não desse crime.

— Preciso me lembrar de nunca ficar mal com você. E quando saberemos?

— Eu diria que daqui a uns dez anos.

— Dez anos?! Quanto tempo demora para mostrar uma foto a uma mulher? Ou esse é o tempo que o julgamento levaria, na sua opinião?

— Desconheço a agilidade das engrenagens da justiça na Bósnia, mas sei que o julgamento só pode começar depois que ela for extraditada, e a extradição não poderá acontecer enquanto ela estiver presa por outro crime.

— Que outro crime? O que mais ela fez? Matou Kennedy?

— Ela ainda não fez nada, mas, se aterrissar em um dos grandes aeroportos em que tenho contatos, estará de posse de vários quilos de heroína ou algum outro narcótico ilegal. Isso deve prolongar bastante a estadia dela, seja onde for. Eu diria cerca de dez anos, com base na sentença média para tráfico de drogas.

— Você não dá ponto sem nó, não é?

— Gosto de ser meticuloso.

— Não gosto de pensar que sou vingativa, mas...

— Mas é.

— Exatamente. Por isso, obrigada. Ela bem merece. E como é que você acabou escolhendo Eva Braun para comandar este lugar? Não precisa responder, não quero saber.

— Posso responder com facilidade. Ela foi a única pessoa que não escolhi pessoalmente. E ficam me perguntando por que eu cuido dos mínimos detalhes de tudo...

— Então, a gente pode ir para casa agora?

— Lamentavelmente, tem outro assunto que precisamos discutir antes da sua saída. Algo que envolve você e o sr. Couture.

— É para eu me preocupar?

— Você gostaria de entrar para a história?

— Uau! Que brega. Não é isso que estamos fazendo há tempos?

— Bem, que tal fazer parte do Corpo de Defesa da Terra?

— Que merda é essa?

— Um braço armado das Nações Unidas dedicado à defesa planetária. Será a primeira força militar mantida diretamente pela ONU.

— Um exército com soldados de todas as partes do mundo?

— Por enquanto, a equipe será basicamente formada por Estados Unidos e Canadá.

— Só eu e Vincent...

— Exato. O plano inicial prevê um centro de comando e pesquisa a ser criado em dois anos. E ele precisará de funcionários. Quando isso acontecer, você está certa, eles virão de todas as partes.

— E o que vamos fazer?

— O principal foco da organização será a pesquisa: explorar as capacidades do dispositivo e usá-lo como trampolim para o desenvolvimento de novas tecnologias com aplicações para defesa planetária.

— Eu quis dizer o que eu e Vincent faremos?

— Desfiles e fotos, na maior parte do tempo. A menos, é claro, que a Terra seja atacada por forças alienígenas. Neste caso, é bem provável

que vocês tenham uma morte rápida e sem sentido nas mãos de um inimigo superior e com um contingente infinitamente maior.

— Você faz tudo parecer tão interessante. Estou empolgadíssima. E quem ficará responsável por essa coisa de defesa da Terra?

— Não sei. Minha missão é encontrar um líder de equipe adequado. Prometo que vou passar longe de candidatos com tendências sociopatas. O que importa agora é que este projeto não pode prosseguir sem você, e eu gostaria de dizer à ONU que eles podem contar com seu contínuo envolvimento.

— Preciso responder agora?

— Não há momento melhor que o presente.

— ... Claro. O que eu poderia dizer? Não, não quero mais pilotar aquela máquina alienígena incrível? Sei que Vincent não perderia essa por nada do mundo. Não quero estragar o barato dele.

— Estou muito satisfeito por ouvir isso. Achei importante perguntar, em vista de tudo por que você passou recentemente.

— Eu sei, seu coração mole. Você parece todo durão, mas no fundo é uma manteiga derretida.

— Isso me faz lembrar de que sua mãe quer te ver.

— Minha mãe? Onde ela está?

— Em Guantánamo.

— ... Para com isso! Sério? Você colocou minha mãe em uma cela para usá-la como argumento caso eu dissesse não?

— Embora não seja impensável que eu usaria a presença de alguém que você ama como forma de persuasão, saiba que eu jamais colocaria sua mãe na prisão. Afinal de contas, eu sou uma manteiga derretida. Ela está na base de Guantánamo, não na prisão. O avião em que ela estava teve de deixar alguns fuzileiros no caminho. Ela deve chegar aqui em menos de uma hora. Vocês podem voltar juntas para os Estados Unidos.

— Você é um babaca. Vincent disse que você aprontaria alguma dessas.

— Como está o sr. Couture? Ainda não tive chance de me encontrar com ele.

— Está bem. Na verdade, está ótimo. Ele gosta deste negócio de ser herói. É meio assustador.

— E isso é ruim?

— Não sei, ainda estou fula da vida com ele.

— O que ele fez para merecer sua ira? Como você disse, ele foi bastante heroico nos últimos dias.

— Exatamente. Como é que ele pôde ser tão estúpido a ponto de voltar para me buscar?

— Você acha que ele tinha alguma motivação oculta?

— Não, foi só por mim. E esse é o problema. Você sabe que não confio com facilidade nas pessoas.

— Tem alguém que não saiba disso?

— Bem, e como é que posso não confiar nele agora? Você sabe o que vai acontecer, não sabe? Eu vou baixar a guarda, dizer coisas bobas de que vou me arrepender depois e agir como uma adolescente de quinze anos. Em algum momento, ele vai me pedir em casamento e eu, fora de mim, não vou conseguir recusar.

— O sr. Couture não me parece ser o tipo de homem que casa.

— Sabia que ele já está procurando uma aliança?

— ...

— Pois é, fiquei sem palavras quando descobri. Estou tentando ser o mais sarcástica possível diante das circunstâncias. Até agora, consegui parecer ambígua em relação aos meus sentimentos e evitar que ele faça o pedido.

— Talvez, por trás dessa aparência durona, exista uma menininha louca para ser pedida em casamento pelo Príncipe Encantado.

— Claro que existe. Só que até agora consegui manter a boca daquele criançāo fechada.

— E qual será sua resposta se ele fizer o pedido?

— Você é engraçado. Ele não vai fazer. Vou arrumar um jeito de ser tão megera pelos próximos quarenta anos que o momento perfeito nunca chegará.

— Parece que você consegue controlar bem a garotinha, no fim das contas. Até mais, srta. Resnik.

EPÍLOGO

ARQUIVO Nº 360

ENTREVISTA COM MULHER DESCONHECIDA

Local: Embaixada dos Estados Unidos, Dublin, Irlanda

— Como a senhora está, fisicamente? Precisa de atendimento médico?

— Estou bem. Obrigada.

— Tem algo que eu possa trazer para que se sinta mais confortável? A senhora ficou exposta ao frio durante muito tempo.

— Estou bem. Mesmo. Eles me deixaram tomar um banho e me deram roupas quentes. Obrigada.

— A senhora sabe quem eu sou?

— Não, lamento. Não conheço ninguém na Irlanda.

— O que a senhora está fazendo neste país?

— Eu fui sequestrada! Olhe, eu já contei essa história umas dez vezes. Não sei como vim parar na Europa. Um caminhoneiro me encontrou à beira da estrada hoje de manhã. Nua, pelo amor de Deus.

— A senhora diz que foi sequestrada. Como isso aconteceu?

— Eu estava voltando do trabalho para casa quando as luzes de freio de uma van se acenderam bem na minha frente. Bati na traseira com força. Alguém me puxou do carro. Devo ter desmaiado logo depois.

— De onde a senhora é?

— Sou dos Estados Unidos, moro em Chicago.

— A senhora desmaiou e acordou à beira de uma estrada perto de Dublin.

— Foi isso... Eu... eu... foi isso.

— O que foi?

— Não tenho certeza. Acho que estive acordada por alguns segundos nesse meio-tempo. Não consegui ver nada, mas ouvi vozes.

— Quantas vozes?

— Quatro ou cinco. Não sei bem. Nem tenho certeza se foi tudo um sonho.

— O que estavam dizendo?

— Não sei. Não conheço a língua em que estavam falando. Parecia... não sei com quê. Talvez sueco ou dacota com forte sotaque alemão. Não sei. Algo que eu nunca ouvi antes.

— Como é que a senhora reconhece a língua dacota?

— Não sei. De *Dança com lobos*? É a única língua nativa americana que me vem à cabeça. Eu nasci em Dakota do Sul. Tem algumas reservas da minha região. Na verdade, toda a região em que minha família morava era território dacota.

— A senhora não tem documentos nem qualquer tipo de identificação. Está correto?

— Já disse, eu estava completamente nua quando acordei. Não sei o que aconteceu com a minha bolsa.

— Bom, a senhora deveria saber que os médicos que a examinaram não encontraram nenhum sinal de abuso sexual.

— Obrigada. Isso é um alívio.

— Tem algo de que a senhora se lembre que possa nos ajudar a confirmar sua identidade?

— Não. Na Irlanda, não. Isso não é crime, é? Se me levarem para casa, vocês podem falar com meus amigos e colegas de trabalho.

— Eu gostaria de lhe mostrar algumas fotos.

— Pois não.

— A senhora reconhece esta moça?

— Não. Não sei quem é ela. É bonita.

— E este homem.

— Também não. Quem é?

— Um linguista do Canadá.

— Um ling... Você acha que foram eles que me sequestraram?

— Não. Na verdade, posso dizer sem hesitar que não foram eles.

— Então, por que me mostrar essas fotos?

— Para ver se a senhora conseguia reconhecê-los.

— Eu teria alguma razão para isso? Posso garantir que não tenho amnésia. Tirando as poucas horas em que estive inconsciente, me lembro de tudo com muita clareza.

— Posso lhe fazer uma pergunta mais pessoal? Qual a sua idade?

— Tenho vinte e sete anos.

— Para os registros, pode me dizer seu nome e sua ocupação mais uma vez?

— Meu nome é Rose Franklin. Sou pesquisadora da Universidade de Chicago.

— Seu DNA realmente corresponde ao da dra. Franklin.

— Você parece surpreso. Sei muito bem quem sou. Posso ir para casa agora? Não dou comida ao meu gato desde que saí para o trabalho ontem.

— Dra. Franklin, até onde eu sei, isso foi há quatro anos.

— O quê? Isso não faz sentido. Eu fui sequestrada, mas não estava em coma. Eu não fiquei dormindo durante quatro anos.

— Acredito na senhora. Por mais estranho que pareça, não existe método científico específico para determinar a idade de uma pessoa. No entanto, os resultados de seu exame físico e dos raios X da arcada dentária são consistentes com os de alguém de vinte e sete anos.

— Eu sei. Já falei minha idade.

— O que estou querendo dizer é que a senhora não tem cicatrizes recentes nem marcas do tratamento dentário feito na dra. Franklin após os vinte e sete anos.

— Eu... não estou entendendo.

— A dra. Rose Franklin teria trinta e um anos de idade, hoje.

— O que você quer dizer com "teria"?

— Venha comigo, por favor, temos muita coisa para conversar...

AGRADECIMENTOS
(em ordem cronológica inversa)

Um obrigado do tamanho de um robô gigante para meu editor Mark Tavani e todo mundo da Del Rey. Obrigado, Mark, por dar um lar a este livro, por seu entusiasmo, sua orientação e por lidar com o meu vício em ponto e vírgula. Obrigado, Seth Fishman, meu agente alado, e Rebecca Gardner e Will Roberts da The Gernert Co. Seth, você é o cara. Obrigado por me tirar do emprego de editor.

Eu não teria escrito uma página deste livro sem meu agente cinematográfico Jon Cassir, da CAA (e também não conseguiria dizer coisas como "meu agente cinematográfico"). Obrigado, Jon. Isso me leva a Josh Bratman. Josh, você sabe o que fez. Obrigado por mudar minha vida.

Muito obrigado a meus leitores-beta, em especial Toby e Andrew. Vocês são alfa, sem sombra de dúvida. Obrigado, Barbara, por não reclamar por ser ignorada durante algumas horas todas as noites, embora eu tenha sérias suspeitas de que você tenha ficado feliz por ter mais tempo para ler.

Obrigado, Théodore. Você me fez tantas perguntas quando me ofereci para lhe fazer um robô de brinquedo que precisei escrever um livro sobre o assunto. Obrigado, Jean, por passar para mim seu amor pela linguagem. Obrigado, Thérèse, por me dar coragem para tentar praticamente tudo.

ESTA OBRA FOI COMPOSTA PELA ABREU'S SYSTEM EM ADOBE GARAMOND
E IMPRESSA EM OFSETE PELA LIS GRÁFICA SOBRE PAPEL PÓLEN SOFT DA SUZANO
PAPEL E CELULOSE PARA A EDITORA SCHWARCZ EM JUNHO DE 2016